ایک چھوٹا سا جھنم

ساجد رشید

ایک چھوٹا سا جہنم

ایجوکیشنل پبلشنگ ہاؤس، دہلی۔۶

نام کتاب	:	ایک چھوٹا سا جہنم
مصنف	:	ساجد رشید
سرورق	:	ساجد رشید
اشاعتِ اول	:	۲۰۰۴ء
ناشر	:	ایجوکیشنل پبلشنگ ہاؤس، دہلی۔

EK CHHOTA SA JAHANNAM

by Sajid Rashid

Add: 36/38, Umerkhadi Cross lane, Dogri, Mumbai - 400009.

Ist Edition: 2004

Publisher: Educational Publishing House, Delhi.

اپنے بیٹوں

التمش، شاداب اور فیصل

کے نام

فہرست

جنت میں محل

رکوع میں جھکتے ہی تیز ڈکارآئی اور رات کی شراب کا کڑوا ذائقہ منہ میں گھل گیا۔معدے کی تیزابی رطوبت کی آمیزش کے بعد وہسکی کی ترشی قدرے تیز ہوگئی تھی۔سجدے میں جاتے ہی مشتاق کی آنکھوں میں وہ سرخ ربن لہرانے لگا جو بھاری کولہوں اور پتلی نازک سی کمر سے بندھا ہوا تھا اور جس کی گانٹھ سے جھولتے دونوں سرے کمر کے ہر لوچ پر سانپ کی طرح لہرا اہرا جاتے تھے۔ناف کی گہرائی کے اطراف میں پسینے کے باریک قطرے ہزاروں ننھے ننھے قمقموں کی طرح جلتے بجھتے دکھائی دے رہے تھے۔سجدے میں اس کے منہ سے بے ساختہ سبحان رب العلیٰ کے بجائے سبحان اللہ۔سبحان اللہ۔سبحان اللہ نکل گیا تھا۔۔۔۔اس نے لاحول پڑھ کر سلام پھیر کر جاء نماز لپیٹ دی تھی۔

رات اس نے کچھ زیادہ ہی پی لی تھی۔مختلف مزاج اور تاثیر والی نشہ آور مشروبات نے معدے میں جا کر رات بھر جو اتھل پتھل مچائی تھی،صبح سے کھٹّی ڈکاروں کا سلسلہ اسی کا نتیجہ تھا۔وہ عموماً دو تین پیگ کے بعد اپنا گلاس اوندھا کر دیا کرتا تھا لیکن کل رات میوزک کی بیٹ پر مصری بیلے ڈانسر کے مچلتے کولہوں کی متواتر تھرتھراہٹ نے پیاس میں آگ لگا دی تھی۔

نماز سے فارغ ہو کر اس نے جلدی جلدی شیو کیا،نہایا اور صرف ایک پیالی چائے پی کر معمول کے مطابق درود شریف پڑھ کر آفس کے لیے نکل پڑا۔لوکل ٹرین کے فرسٹ کلاس کے ڈبے کی بھیڑ میں پھنسا وہ رات کی پارٹی کے بارے میں سوچ کر خفت محسوس کر رہا تھا۔پارٹی

مینیجمنٹ کی جانب سے دی گئی تھی ۔سوڈان کی ایک کمپنی کے لیے اس نے ایک بڑا ٹینڈر حاصل کیا تھا ۔کمپنی کو اس کے ذریعے ملنے والا یہ پہلا بڑا غیر ملکی ٹینڈر تھا ۔جنرل مینجر نے اس کی اسی کامیابی کو سیلی بریٹ کرنے کے لیے ہوٹل او برائے میں آفس کے ایگزی کیٹیوز کی ایک پارٹی رکھی تھی جس میں بیلے ڈانسر کی ناف میں تھرکتے چاند کو اپنے جام میں ڈبونے کی کوشش میں وہ خود ڈوبتا چلا گیا تھا ۔اسے افسوس زیادہ پینے کا نہیں بلکہ فجر کی نماز کے چھوٹ جانے کا تھا ۔فجر پڑھنا اسکول کے دنوں سے اس کا معمول تھا ۔اس کی تربیت ہی کچھ اس ڈھنگ سے ہوئی تھی کہ ''نماز نہیں تو ناشتہ بھی نہیں'' ۔اتنے دنوں کی اس عادت کا اثر تھا کہ اگر وہ کسی روز فجر کی نماز پڑھنے سے رہ جاتا تو سارا دن اسے یوں محسوس ہوتا رہتا جیسے کوئی شے کھو گئی ہو ۔

☆

دفتر پہنچتے ہی پروجکٹ مینجر نے اسے یاد دلایا کہ آج شام میں سوڈانی مہمان کی تواضع میں ٹھنڈی جھاگ بھری شمپین کے علاوہ مینو میں کوئی فلپائنی لڑکی بھی ہونی چاہیے ۔افریقہ اور مشرق وسطیٰ کے لوگ فلپائنی لڑکیوں میں کچھ زیادہ ہی دلچسپی لیتے ہیں ۔کسی زمانے میں یہ لوگ سرخ و سفید رنگت کے دیوانے ہوتے تھے ۔ پستہ قد فلپائنی لڑکیوں سے ان کی دلچسپی کو دیکھتے ہوئے ایک بار اس نے پروجکٹ مینجر سے اس کا سبب پوچھ لیا تھا ۔اس نے بڑے معنی خیز انداز میں شہادت کی انگلی اور انگوٹھے کو ملا کر ایک تنگ دائرہ بنا کر آنکھ ماری تھی ۔

مشتاق نے موبائل فون پر پروجکٹ مینجر کو مہمان کی فرمائش پوری کرنے کا یقین دلانے کے فوراً بعد کمیکیشن پر ایسی فرمائشوں کی تکمیل کرنے والے قادر کو فون ملایا ۔دیر تک گھنٹی بجتی رہی اور مشتاق کا دل زور زور سے کہتا رہا ''اگر آج انتظام نہ ہوا تو یہ سوڈانی کہیں پسر نہ جائے ۔تب تو کمپنی کا سارا نزلہ مجھ پر ہی گرے گا'' اس کی آنکھوں میں بینجامن کا چہرہ گھومنے لگا جو ایسے کاموں میں طاق بھی تھا لیکن کثرت شراب نوشی کی وجہ سے اس پر مشتاق کو پروموشن دی گئی تھی ۔دوسری طرف سے فون اٹھاتے ہی بینجامن کا چہرہ اچانک ایسے غائب ہو گیا جیسے فیوز اڑتے ہی سارا منظر تاریکی میں ڈوب جاتا ہے ۔دوسری طرف قادر ہی تھا وہ شاید اب تک سو تا ہی تھا ۔اس کی آواز

10

نیند سے بوجھل تھی قادر کا کام ہی کچھ ایسا تھا جب شہر اپنا کام ختم کرتا تو اس کے کام کی شروعات ہوتی تھی۔

"قادر مجھے آج رات دس بجے تک ایک فلپائنی لڑکی چاہیے۔"

"کدھر پے؟"

"او بیرائے میں۔ سوئٹ نمبر فور تھرٹی ٹو میں"

"ٹائم؟"

"گیارہ بجے تک"

"اوکے" کہہ کر قادر نے فون رکھ دیا تھا۔

اسے یاد آیا جب چھ ماہ قبل اسے پہلی بار کلائنٹ کو انٹرٹین کرنے کا کام سونپا گیا تھا تو خوب بارش ہو رہی تھی اور کلائنٹ یو اے ای کا کوئی شیخ تھا۔ مالابار ہل سے کار میں چوپاٹی کی طرف آتے ہوئے شیخ نے مغرب کی نماز پڑھنے کی خواہش ظاہر کی تھی۔ راستے میں کہیں کوئی مسجد نہیں تھی۔ مشتاق کے دماغ میں عربوں کی بے راہ روی کے بارے میں جو باتیں گھر کر گئی تھیں نماز کے فرض سے شیخ کی دلچسپی کو دیکھ کر رفع ہو گئی تھیں اور اسے شرمندگی محسوس ہوئی تھی لیکن شرمندگی کا یہ وقفہ کار کے گردش کرتے تیز پہیوں کے ساتھ ایک کلو میٹر بھی قائم نہیں رہ سکا تھا کیونکہ شیخ نے مشتاق سے مسکرا کر پوچھا تھا "کین یو ارینج اینی گڈ لوکنگ ٹین ایج گرل...'' شیخ کا یہ جملہ سنتے ہی اسے لگا جیسے سمندر کی بھری ہوئی موجوں نے مرین ڈرائیو کی پتھریلی دیوار پر نہیں بلکہ اس کے چہرے پر زور سے تھپڑ مارا ہو۔ جھاگ سے اڑ کر پانی کی بوندیں فٹ پاتھ پر ضرور بکھری تھیں لیکن کار کے بند شیشوں کے پیچھے مشتاق کا چہرہ بھی بھیگ گیا تھا۔ شیخ بڑے غور سے اس کے چہرے کو اپنے جواب کے انتظار میں گھور رہا تھا۔ چند منٹوں قبل جس آدمی کا چہرہ اسے بڑا پاکیزہ نظر آ رہا تھا اسی چہرے پر اب اسے خباثت کا سایہ محسوس ہونے لگا تھا۔

"آر یو لسننگ ... آئی نیڈ اے ٹین ایج...'' شیخ نے اپنی فرینچ کٹ داڑھی کو کھجاتے ہوئے کہا اور اسے ایسے لگا جیسے وہ اپنی عبایا میں ہاتھ ڈال کر ان کھجا رہا ہو۔ اس کا جی چاہا کہ وہ یا تو خود کار

سے اتر جائے یا پھر شیخ ہی کو دروازہ کھول کر باہر دھکیل دے۔ پھر اسے ایسا لگا تھا جیسے شیخ ہی نے اسے کار سے باہر پھینک دیا ہے اور وہ سڑک پر لڑکھڑاتا چلا جا رہا ہے اور کار کی کھڑکی میں سے شیخ اور بینجامن سر نکال کر نفرت بھری آنکھوں سے گھورتے ہوئے قہقہے لگا رہے ہیں ۔۔۔۔ بزنس مینیجمنٹ میں ڈگری لینے کے بعد بڑی کوششوں کے بعد اسے یہ نوکری ملی تھی ۔ وہ ایسی کوئی غلطی کرنا نہیں چاہتا تھا جس سے کمپنی میں اس کی اہلیت پر حرف آئے ۔

اس نے جیب میں سے پرس نکال کر اس میں رکھے کئی وزیٹنگ کارڈوں میں سے ایک کارڈ نکالا تھا۔ قادر کا یہ کارڈ اسے جنرل مینیجر نے بہت پہلے یہ کہہ کر دیا تھا کہ ''یہ آدمی ہمارے بزنس کے لیے بڑے کام کا ہے ۔ کلائنٹس کے انٹرٹین کے سارا سامان یہ مہیا کر سکتا ہے ''۔ قادر کا نمبر ڈائل کرتے ہوئے مشتاق کی انگلیاں کانپ رہی تھیں اور اسے ایسا محسوس ہو رہا تھا جیسے وہ کسی نامحرم کو چھونے کا گناہ کر رہا ہو۔

فون پر جب مشتاق نے قادر کو کمپنی کا نام بتایا تھا تو اس نے فوراً ہی پوچھا تھا۔ ''بینجامن صاحب کدھر ہیں؟'' مشتاق نے مختصراً بتا دیا تھا کہ بینجامن کو اب دوسرا کام دے دیا گیا ہے اور اب بینجامن کا کام اس کے ذمے ہے ۔ اس نے جس تپاک سے بینجامن کے بارے میں پوچھا تھا مشتاق کو لگا تھا کہ بینجامن سے قادر کی ملاقات کافی پرانی ہے ۔ قادر سے ''ایک لڑکی کا انتظام کر دو'' کہنے میں ہی اس کے پسینے چھوٹ گئے تھے باقی تفصیل اس نے ہکلاتے ہوئے بیان کی تھی۔ اس نے جب اپنا مدعا بیان کر دیا تھا تو قادر نے قہقہہ مار کر کہا تھا۔'' او مین بی فرینک وی بوتھ آر ان سیم بزنس ''۔ قادر کا یہ جملہ اور قہقہہ دونوں ہی نے اس کے کانوں کو جھنجھنا دیا تھا۔ اسے محسوس ہوا تھا کہ یہ شخص سامنے ہوتا تو اس کا گریبان پکڑ کر جھنجوڑتے ہوئے پوچھتا کہ ''بتا تیرے اور میرے بزنس میں کیا یکسانیت ہے؟''

قادر ٹھیک وقت پر ایک اٹھارہ بیس سال کی سانولی سی لڑکی کو لے کر ہوٹل پہنچ گیا تھا۔ قادر چالیس پنتالیس کے پیٹے میں تھا۔ سفید لباس میں اس کی سیاہ رنگت زیادہ نکھری آئی تھی۔ کھچڑی بال کی ایک لٹ اس کے ماتھے پر جھول رہی تھی۔ اس کے ساتھ جو لڑکی تھی وہ کچھ جھینپی جھینپی اور

مرعوب سی دکھائی دے رہی تھی۔شیخ کو وہ پہلی ہی نظر میں پسند آگئی۔مشتاق کو لگا لڑکی کو دیکھ کر شیخ کا چہرہ مزید سیاہ پڑگیا ہے۔شیخ نے لڑکی کی کمر میں ہاتھ ڈال کر دونوں کی طرف دیکھتے ہوئے جب ''تھینکس'' کہا تو مشتاق کو ایسا محسوس ہوا جیسے وہ حقارت سے کہہ رہا ہو ''گیٹ آوٹ''۔

''مال کون دے گا؟'' قادر نے کاروباری انداز میں پوچھا۔مشتاق کو اچانک خیال آیا کہ انٹرٹین کی رقم کمپنی کی جانب سے تو اسے ہی خرچ کرنی ہے۔قادر نے اسے رقم بتائی۔مشتاق نے جلدی سے اپنے پاوچ میں سے روپئے نکال کر قادر کی طرف بڑھا دیے۔اس نے انگوٹھے پر تھوک لگا کر رقم گنی اور پان اور گٹکے سے سیاہ اپنے دانتوں کو نکال کر ہنسا اور مشتاق کا ہاتھ پکڑ کر کمرے سے باہر نکل آیا۔مشتاق عجیب طرح کی ذلت محسوس کر رہا تھا۔اس کا سر بھاری بھاری ہو رہا تھا اور ٹانگیں کپکپا رہی تھیں۔وہ دونوں ہوٹل سے نکل کر سٹرک پر آگئے تھے۔وہ قادر سے اب پیچھا چھڑانا چاہتا تھا۔قادر کی صحبت میں اسے بالکل ایسا لگ رہا تھا جیسے کوئی بہت میلا اور بدبودار لباس اس کے جسم سے چپکا ہوا ہو۔قادر شاید پیچھا چھوڑنے کے موڈ میں نہیں تھا ''آوٗ چلو کہیں گلا تر کرتے ہیں''۔اس نے مشتاق کا ہاتھ بے تکلفی سے پکڑ کر کہا اور فٹ پاتھ پر چل پڑا۔

مشتاق کمپنی کی طرف سے دی گئی پارٹی میں بیئر بہت پہلے ہی چکھ چکا تھا۔وہسکی کا پہلا گھونٹ اس نے قادر کے ساتھ ہوٹل علی بابا میں لیا تھا۔

''اس کمپنی میں تم کیا کرتے ہو؟'' قادر نے سگریٹ سلگا کر کہا اور انگلیوں کی کینچی میں سلگتی سگریٹ کو مشتاق کے ہونٹوں کے قریب کر دیا۔مشتاق نے تین پیگ کے نشے میں کمان سی تنی آنکھوں سے قادر کی آنکھوں میں دیکھتے ہوئے سگریٹ کو انگلیوں سے چھوئے بغیر ہی اپنے ہونٹوں میں دبالیا تھا۔مشتاق نے گیلے ہونٹوں سے نم سگریٹ کے کنارے کو ہونٹوں کے درمیان بھینچ کر بالکل قادر ہی کے انداز میں سوٗٹا کھینچا تھا۔

دوسرے روز اسے دیر تک رات کی باتیں یاد آتی رہیں اور قادر کے ہونٹوں کی جوٹھی سگریٹ پینے کا خیال آتے ہی اسے کراہیت محسوس ہونے لگی تھی۔اس نے دیر تک برش کرنے کے بعد ہونٹوں کو صابن سے مل مل کر دھویا تھا۔لیکن جنرل منیجر نے دو روز بعد اسے جب فون پر

یہ کو مپلی منٹ دیا تھا کہ اس نے بڑی خوبصورتی سے شیخ کو انٹرٹین کیا تو جنرل مینجر کے تعریفی کلمات نے اس پر سرشاری طاری کر دی تھی۔ نوکری کے مستقل ہو جانے کے تصور سے اس کا رواں رواں جھوم اٹھا تھا... آبائی مکان کی مرمت اور چھوٹی بہن کی شادی جیسے مسائل، رنگ برنگے غباروں کی طرح اس کی کوفت کے ساتھ پھر سے آسمان میں اڑ گئے تھے۔ کل جو انگلیاں قادر کا نمبر ڈائل کرتے ہوئے کانپ رہی تھیں انہوں نے بڑے اعتماد کے ساتھ ریسیور کو فون پر رکھ دیا... اس کے بعد مشتاق کو انٹرٹین کرنے کے لیے قادر کو فون کر دینا ہی کافی ہوتا تھا۔ قادر لڑکی پہنچاتا۔ مشتاق پیمنٹ کرتا اور دونوں کسی بار میں کسی بار بیٹھ کر پیتے لیکن بل ہمیشہ قادر ہی دیا کرتا تھا۔

☆

دفتر سے مشتاق سیدھا گھر چلا آیا تھا۔ دروازہ کھولتے ہی اس کی نظر فرش پر پڑے لفافے پر پڑی۔ پتے کی تحریر دیکھتے ہی وہ سیدھے بیڈ روم میں آ کر بستر پر جوتوں سمیت لیٹ کر لفافہ کھولنے لگا تھا۔ اس کا اندازہ بالکل صحیح نکلا۔ وہ ابو کا ہی خط تھا۔ انہوں نے لکھا تھا کہ ڈاکٹر نے انہیں موتیا بند تشخیص کیا ہے اور اماں قصبے کے کسی ڈاکٹر کی تشخیص سے مطمئن نہیں ہے اس لیے وہ بمبئی آ رہے ہیں کسی اچھے آنکھ کے ڈاکٹر سے چیک اپ کے لیے۔ خط کے آخر میں اماں کی طرف سے ہدایت درج تھی کہ روز رات میں سونے اور صبح گھر سے نکلنے سے قبل درود شریف ضرور پڑھا کرے۔ اس کے علاوہ مہینے میں کسی محتاج کو کھانا کھلانے کی بھی تاکید تھی۔ اس نے ابو کے آنے کی تاریخ دیکھی "وہ کل صبح کی گاڑی سے آرہے ہیں"۔ "بڑ بڑاتے ہوئے وہ اچھل کر بیٹھ گیا۔ جوتے اتار کر پیروں میں سلیپر ڈال کر وہ کچن میں پہنچا۔ کوکنگ ٹیبل کے نیچے بیئر کی سات آٹھ بوتلیں رکھی ہوئی تھیں۔ باتھ روم میں بھی وہسکی کے ادھے کی تین چار بوتلیں پڑی تھیں، اس نے پولی تھین کی تھیلی میں ساری بوتلوں کو بھر کر نیچے جا کر تھیلی کالونی کے چوکیدار کے حوالے کر دی جو بوتلوں کو بیچ کر اپنے لیے ٹھرے کا ادھا خرید لیا کرتا تھا۔

اسے اپنی ہٹر بڑاہٹ پر ہنسی آ گئی تھی۔ اسے یاد آیا، امتحان کے دنوں میں جب وہ درسی

کتاب میں ناول رکھ کر پھر رکھ دیا ہوتا تھا تو اس کے کان کمرے سے باہر قدموں کی آہٹ پر لگے رہتے تھے۔ اُسے جیسے ہی ابو کے قدموں کی چاپ سنائی دیتی وہ بالکل ایسے ہی ہڑبڑا کر ناول کو تکیے یا گدے کے نیچے چھپا دیا کرتا تھا۔

ٹرین دو گھنٹے لیٹ آئی تھی۔ ڈبے کے دروازے پر ابو سب سے آخر میں نمودار ہوئے تھے۔ انہوں نے موٹے شیشوں والا چشمہ پہن رکھا تھا۔ ابو سر اٹھا کر مچی مچی آنکھوں سے پلیٹ فارم کی بھیڑ میں اسے تلاش کر رہے تھے وہ لپک کر ان کے قریب پہنچا سلام کر کے اٹیچی ان کے ہاتھ سے لے لی۔ ابو اسے کچھ کمزور معلوم ہوئے داڑھی گزشتہ سال سے کہیں زیادہ سفید نظر آ رہی تھی۔ اس نے محسوس کیا کہ ان کی آنکھیں زیادہ متاثر ہوئی ہیں اس لیے وہ چھوٹے چھوٹے قدم اٹھا رہے ہیں ۔

ٹیکسی میں انہوں نے ہمیشہ کی طرح مشتاق سے اس کے معمولات پوچھ ڈالے تھے ۔ وہ کب بیدار ہوتا ہے؟ دفتر کب جاتا ہے؟ کھانا کب اور کہاں کھاتا ہے؟ رات میں کب سوتا ہے؟ وغیرہ ۔ وہ خوب سمجھ رہا تھا کہ ابو دراصل یہ معلوم کرنا چاہ رہے ہیں کہ اتنے بڑے شہر میں آ کر اس نے نماز تو نہیں ترک دی ۔ کمرے میں پہنچ کر انہوں نے اپنی صدری کی جیب سے ایک چھوٹی سی ڈبی نکال کر اس کی طرف بڑھاتے ہوئے کہا۔

”تمہاری امی نے دیا ہے یا سین شریف ۔ مجھاواں والے پیر صاحب سے خاص تمہارے لیے لائی ہیں ۔ ہر وقت جیب میں رکھو گے تو شر سے محفوظ رہو گے ۔ خدا کے اس کلام میں زبردست قوت ہے نزع میں مبتلا مریض کے سرہانے پڑھانے سے موت آسان ہو جاتی ہے تو اسی یا سین شریف کی برکت سے مریض شفاء بھی پاتا ہے۔“

اُس نے سنہری کناروں والی ڈبی کو احترام سے چوم کر اپنی جیب میں رکھ لیا۔ ابو کپڑے اور تولیہ لے کر باتھ روم میں چلے گئے تھے ۔ نہانے کے بعد پلنگ پر دراز ہو کر انہوں نے پورے کمرے پر ایک طائرانہ نظر ڈال کر پوچھا ”یہ مکان کرائے کا ہے؟“

”جی دو ہزار روپے فون کے ساتھ ۔“ اس نے کرائے کی رقم ان کے پوچھنے سے پہلے خود

ہی بتادی ۔

"اتنے چھوٹے مکان کا کرایہ دو ہزار روپے!!"

اسے پتہ تھا کہ انھیں ایک کمرے کے اس فلیٹ کا کرایہ زیادہ معلوم ہوگا۔اس نے انہیں بمبئی میں مکان کی قلت کے بارے میں تفصیل سے سمجھا دیا تھا۔

"تم کچھ بھی کہو مشتاق میاں چالیس سال قبل جب میں اس شہر میں آیا تھا تب دو تین ہزار میں ایک کشادہ شاندار مکان پگڑی پر مل جایا کرتا تھا۔ یہ تو بہت ہے ہے بھی بہت ہے ۔"وہ بڑبڑائے ۔

"ابھی میں پروبیشن پر ہوں ۔کمپنی کو میرا کام پسند آگیا تو ملازمت مستقل ہو جائے گی تب کمپنی مجھے تین کمروں کا فلیٹ الاٹ کر دے گی ۔"

"اللہ تمہیں کامیاب کرے ۔"انہوں نے فوراً ہی دعا دی پھر کچھ یاد کرتے ہوئے بولے "گڈی کی شادی کی بات چل رہی ہے متین صاحب کے منجھلے لڑکے سے ۔"

"جی...۔"مشتاق نے مری ہوئی آواز میں کہا اسے پتہ تھا کہ ابو اب اس کی شادی کی بات چھیڑیں گے اور اسے خود شادی کی جلدی نہیں تھی وہ پہلے کچھ بننا چاہتا تھا۔اس کے نزدیک کیریئر اہم تھا۔اسے جس بات کا خدشہ تھا وہی ہوا ابو نے اس کی شادی کے بارے میں اس سے پوچھا تھا پھر وہ تاخیر سے شادی کے نقصانات اور وقت پر شادی کرنے کے فوائد گنانے لگے تھے۔مشتاق یہ لیکچر کئی بار سن چکا تھا اس لیے اس نے گفتگو کا رخ بدلنے کے لیے قصبے کی اُس مسجد اور مدرسے کے بارے میں پوچھ لیا تھا ابو جس کے ٹرسٹیوں میں تھے اور جہاں اس نے حافظ صاحب سے قرآن پڑھا تھا۔"وہ خوب یاد دلایا بھئی"کہہ کر وہ پھرتی سے اُٹھے اور اٹیچی کھول کر ایک رسید بک مشتاق کی طرف بڑھاتے ہوئے بولے ۔

"زیادہ نہیں صرف ۲۵ رسیدیں ہیں ۔اپنے جاننے والوں میں دے دینا۔پچیس روپے دینا کسی کو بھی گراں نہیں گذرے گا ۔"

مشتاق اثبات میں سر ہلا کر رہ گیا تھا۔اس کے جاننے والوں میں اس کے دفتر ہی کے

لوگ تھے اور وہ تمام غیر مسلم تھے ان سے مسجد کے لیے چندہ لینے کی بات سوچی بھی نہیں جا سکتی تھی لیکن اس نے ابو سے کچھ نہیں کہا۔ خدا کے گھر کی تعمیر میں حصہ لینے سے جو ثواب اُسے حاصل ہونے والا تھا اس کی مسرت ان کے چہرے پر ابھی سے چھوٹی پڑ رہی تھی۔

☆

ابو کو شہر میں ایک ہفتہ گزر چکا تھا۔ مشتاق انہیں آنکھوں کے ایک اسپیشلسٹ کے پاس لے گیا تھا جس نے بتایا تھا کہ موتیا ابھی پوری طرح پکا نہیں ہے اس لیے کچھ وقت اور انتظار کرنا ہوگا۔ ابو ڈاکٹر کو دکھانے کے دوسرے روز ہی لوٹ جانا چاہتے تھے لیکن اس نے انہیں کچھ دن ٹھہر جانے کا اصرار کر کے روک لیا تھا۔ اگر چہ ہفتے بھر بعد اسے ابو کو روک لینے کا فیصلہ بڑا غلط معلوم ہوا تھا کیونکہ ان پچھلے سات دنوں میں اس نے پارٹیاں اور ڈنر تو اٹینڈ کیے لیکن شراب کو نہیں چھوا۔ اس کے ساتھی اصرار کرتے تو وہ پیٹ کی خرابی کا بہانہ بنا دیتا۔ اس نے کسی پر یہ ظاہر نہیں کیا تھا کہ وہ اپنے ابو کی موجودگی کی وجہ سے نہیں پی رہا ہے، مبادا اسے ایک قدامت پسند مسلمان نہ سمجھ لیا جائے۔ جس پارٹی میں سارے لوگ وہسکی اور اسکاچ لے رہے ہوں وہاں کولڈ رنک پیتے ہوئے اسے ندامت سی ہوتی تھی پہلی بار بیئر اس نے ایسی ہی ندامت سے بچنے کی لیے پی تھی۔

آج آفس کی سالانہ میٹنگ میں بھی اسے ایسی ہی ندامت سے بچنے کے لیے پینا پڑ گیا تھا کیونکہ اس میٹنگ میں کامرس منسٹری کا سکریٹری بھی شریک تھا۔ مارٹینی کے چار پیگ کے بعد جنرل منیجر نے اس کے کان میں دھیرے سے کہا تھا ''قادر کو کال کرو۔ ہمارے ایک وی آئی پی گیسٹ کو مکمل انٹرٹین چاہیے۔''

وہ وی آئی پی گیسٹ، کامرس منسٹری کا سکریٹری ہی تھا جو نشے کی وجہ سے ٹھیک سے چل بھی نہیں پا رہا تھا۔ قادر اور مشتاق نے اسے سہارا دے کر اسی ہوٹل کے کمرے میں پہنچایا تھا... اب وہ بھڈاد دھیر عمر کا بنگالی سکریٹری بستر پر نیم دراز سگریٹ پی رہا تھا مشتاق اور قادر اس لڑکی کے انتظار میں بیٹھے تھے جسے قادر نے فون کر کے طلب کیا تھا۔ مشتاق گاڑیوں کے اسٹارٹ ہونے کی

17

آواز سے انداز لگا رہا تھا کہ ... یہ مینیجنگ ڈائرکٹری کی ٹو یوٹا گئی ... یہ جنرل مینیجر کی ون تھا وزن گئی ... یہ پروجیکٹ مینیجر کی ون ون ایٹ ...

آدھے گھنٹے کے بعد ایک چھریرے بدن کی عورت کمرے میں آ گئی تھی ۔ بنگالی سکریٹری لڑکھڑا کر اپنے بیڈ سے اٹھا اور اس نے مشتاق سے ہاتھ ملایا اسی دوران مشتاق نے اس کے ہاتھ کا باؤ اپنی شرٹ کی جیب پر محسوس کیا بنگالی سکریٹری نے اپنی جیب سے ڈن ہل کا پیکٹ نکال کر اس کی طرف بڑھا کر دوسرے ہاتھ سے دروازے کی طرف اشارہ کیا ۔ پتلون کی جیب میں اُس کی مٹھیاں نفرت اور غصے سے بھینچ گئیں وہ چاہتے ہوئے بھی کمپنی کے مہمان کو گھور کر نہیں دیکھ سکا تھا۔

ٹیکسی سے گھر کی طرف جاتے ہوئے اس نے ڈن ہل کا پیکٹ کھڑکی سے سڑک پر ایسے کھینچ مارا تھا جیسے کامرس سکریٹری کے چہرے پر تھپڑ مار رہا ہو ۔ سگریٹ کے پیکٹ کے گرنے کی آواز پر ٹیکسی ڈرائیور نے گھوم کر مشتاق کی طرف دیکھا ۔ ڈرائیور کے چہرے پر خش خشی داڑھی دیکھ کر اسے ابو یاد آ گئے ۔ وہ اپنے وعدے کے مطابق انہیں ان کے دوستوں سے ملانے بھی نہیں لے جا سکا تھا ۔ وہ ہر رات جب گھر پہنچتا اور انہیں خالی بیٹھا ہوا پاتا تو یہی سوچتا کہ وہ کل چھٹی لے کر انہیں ان کے شناساؤں سے ملانے لے جائے گا لیکن دفتر پہنچ کر ٹیلی فون اور فائلوں میں الجھ کر سب کچھ بھول جاتا تھا ۔ ابو کے موٹے شیشوں کی عینک سے جھانکتی ویران آنکھیں اسے دل میں چھبنے لگیں ... کھڑکی کے باہر گیلی سڑک اسے اپنے دل کی طرح محسوس ہوئی جس پر گردش کرتے موٹر گاڑیوں کے مضبوط پہیوں کا کوئی اثر نہیں ہو رہا تھا۔

☆

اس نے دروازے کے لاک میں چابی گھمانے سے پہلے رسٹ واچ دیکھ لی تھی ۔ رات کے ڈیڑھ بج رہے تھے ۔ کپڑے تبدیل کر کے بیڈ پر جانے تک اس نے اپنے پیروں کو پرندوں کے پروں جیسا ہلکا پھلکا کر لیا تھا۔

"کون ...؟ مشتاق میاں؟ ۔ ابو کی آواز نے اُسے چونکا دیا۔

”جی“ اس نے بڑی سعادت مندی سے کہا۔ انہوں نے برسوں کی عادت کے مطابق وقت پوچھا تھا اور مشتاق نے بھی کالج کے دنوں کی طرح وقت کو ایک گھنٹہ پیچھے بتا دیا تھا پھر اس نے ان کے درود شریف پڑھنے کی آواز سنی تھی۔ کپڑے تبدیل کر کے وہ بیڈ کے سامنے والی دیوار سے ابو کی طرف پیٹھ کر لے لیٹ گیا۔ اس کے باوجود اسے اپنی پیٹھ پر چونٹیاں سی رینگتی محسوس ہوتی رہیں ۔۔۔ اسے لگا ابو نے اسے کتاب میں ناول چھپا کر پڑھتے ہوئے پکڑ لیا ہے ۔۔۔

گہری نیند میں اسے اپنا جسم ہلتا ہوا محسوس ہوا تھا۔ آنکھیں کھول کر دیکھا تو کھڑکی سے آنے والی دھندلاہٹ بھری روشنی میں اسے ابو کا ہیولیٰ اپنے اوپر جھکا ہوا نظر آیا۔ وہ اُسے کندھے سے ہلا رہے تھے۔ وہ پھرتی سے اٹھ بیٹھا کھڑکی سے دھوپ کی ایک پتلی لکیر کمرے میں نیزے کی طرح گڑی ہوئی تھی۔ اس کا سر بھاری پتھر ہو رہا تھا۔ منہ میں عجیب ذائقہ گھلا ہوا تھا۔ وہ لپک کر باتھ روم میں جا گھسا ایسی حالت میں وہ ابو کا سامنا نہیں کرنا چاہتا تھا۔ وہ جب نہا کر نکلا تو کھڑکی کے کنارے رکھے ٹیبل پر بھاپ چھوڑتی چائے کی پیالی رکھی ہوئی تھی۔ ابو آرام سے کرسی پر بیٹھے صبح کا اردو اخبار دیکھ رہے تھے ۔ مشتاق کو یہ سمجھنے میں دیر نہیں لگی کہ ابو نے فجر کی نماز سے قبل چائے پینے کی عادت کے مطابق خود ہی چائے تیار کی ہے اور مسجد میں نماز پڑھ کر لوٹتے ہوئے وہ دودھ اور اخبار بھی لیتے آئے ہیں ۔ کرسی پر بیٹھ کر اس نے چائے کی پیالی اٹھائی اور چونک پڑا۔ چائے میں دودھ نہیں پڑا تھا اور طشتری میں لیمو کا ایک کٹا ہوا ٹکڑا رکھا ہوا تھا۔ اسے لگا جیسے ابو کنکھیوں سے گھور رہے ہوں ۔ اس خیال کے آتے ہی اس کی پیشانی پسینے سے بھیگ گئی ۔ اسے اب جتنا دکھ فجر کی نماز چھوٹ جانے کا تھا اس سے کہیں زیادہ خجالت اس لیمو والی کالی چائے کو سامنے دیکھ کر ہو رہی تھی ۔

”میں آج ساڑھے نو بجے والی گاڑی سے جا رہا ہوں ۔“ ابو کی آواز پرسکون تھی۔

”آج ہی!“ اس نے چونک کر گھڑی دیکھی آٹھ بج رہے تھے ۔

”ہاں بیٹے تمہاری امی جان وہاں پریشان ہو رہی ہوں گی ۔ پھر گڑی کی بات کی رشتے کی بات بھی آگے بڑھانی ہے ۔“

”ٹھیک ہے ابو جان میں ٹکٹ کے لیے...“

”میں نے ٹکٹ لے لیا ہے“

”آپ نے...“

”ہاں یہاں کمرے میں بیٹھ کر بھی کیا کر تا کل جا کر ٹکٹ لے آیا تھا“

”آپ مجھ سے کہہ دیتے ابو جان“ اس کی آواز میں ندامت تھی۔

”میں دیکھ رہا ہوں بیٹے تم اپنے کام میں کس قدر الجھے رہتے ہو۔رات گئے دیر سے گھر آتے ہو تمہیں پوری نیند بھی نہیں ملتی اس لیے فجر کی نماز بھی تم سے چھوٹ جاتی ہے میں سمجھ سکتا ہوں تمہاری مصروفیات کو“

ابو کا یہ جملہ اس کے سینے میں تیر کی طرح پیوست ہو گیا اور کالی چائے کی پیالی اس کے ہاتھ میں کانپ گئی۔اپنی مصروفیات اور فجر کی نماز کے بارے میں ان کے خیالات سن کر اُسے اپنے آپ پر بہت غصہ آیا تھا کہ میں اپنے ابو کے لیے تھوڑا سا بھی وقت نہ نکال سکا۔مجھے تکلیف نہ ہو اس لیے انہوں نے خود کتنی تکلیف اٹھائی ہوگی۔انہیں کم دکھائی دیتا ہے وہ کیسے ہو گئے ہوں گے اسٹیشن تک۔ٹکٹ کی لائن میں نہ جانے کتنی دیر کھڑے رہنا پڑا ہوگا۔اسے خیالوں میں ڈوبا ہوا دیکھ کر ابو نے کچھ وقفے سے جھجکتے ہوئے پوچھا۔

”وہ مدرسے کی رسیدیں...“

”ہاں...رسیدیں نا...وہ تمام بانٹ دی ہیں میں نے...ان کے پیسے بھی مل گئے ہیں“۔

اسے یہ جھوٹ بولتے ہوئے ذرا بھی تاسف نہیں ہوا تھا بلکہ خوشی ہی ہوئی تھی کہ وہ اس طرح ابو کا دیا ہوا ایک کام تو پورا کر رہا ہے، اور اُس نے اپنے پاوچ میں سے ساڑھے سات سو روپے نکال کر ان کی طرف بڑھا دیے۔

”میری صدری کے اندر والے جیب میں رکھ دو“ ان کے چہرے کی مسکراہٹ کو دیکھ کر وہ یہ فیصلہ نہ کر سکا کہ اس میں شفقت تھی یا طنز!

اس نے لپک کر کرسی کی پشت سے ٹنگی ہوئی صدری کی جیب میں روپے رکھ دیے۔

☆

گاڑی چھوٹنے میں دس بارہ منٹ ہی تھے۔ٹریفک کی وجہ سے اسٹیشن پہنچنے میں انہیں دیر ہو گئی تھی۔اس نے ڈبہ تلاش کر کے ابو کو ان کی سیٹ پر بیٹھا دیا تھا جو کھڑکی سے لگی ہوئی تھی۔ انہوں نے اٹیچی کو اپنی سیٹ کے نیچے ایسے رکھ لیا تھا کہ وہ ان کے پیروں سے ٹکراتی رہے۔اس نے ڈبے سے اتر کر من رل واٹر کی ایک بوتل خرید کر کھڑکی سے انہیں تھما دی۔گاڑی نے سیٹی دی کھڑکی کی سلاخوں پر رکھے اس کے ہاتھ کو انہوں نے چھو کر تاکید کیا ''نماز مت قضا کیا کرو بیٹا اور ہاں تمہاری امی نے تمہارے لیے یاسین شریف کی جو دفتی بھجوائی ہے اسے جیب میں رکھا کرو۔تمام شر سے پاک رہو گے۔''

وہ صرف سر ہلا کر رہ گیا اس کی آنکھیں بھر آئی تھیں لیکن ابو اس کی نم آنکھوں کو نہیں دیکھ سکے تھے کیونکہ گاڑی چل پڑی تھی۔پلیٹ فارم کی بھیڑ میں وہ بہت پیچھے رہ گیا تھا۔اُس نے باہر آ کر سٹرک پر چاروں طرف نظر دوڑائی سب کچھ رواں دواں تھا لیکن کوئی آواز اور ہلچل نہیں تھی، جیسے موٹر گاڑیوں اور لوگوں کو کوئی رسیوں سے باندھ کر چہار سمتوں میں کھینچ رہا ہو۔

وہ جب گھر پہنچا تو اس کے پیروں میں رعشہ تھا اور سینے میں بگولہ اٹھ رہا تھا کیونکہ اس نے اپنے ناحلف ہونے کے دکھ کو ایک بار میں جا کر بیئر کی تین ٹھنڈی بوتلوں سے دھونے کی کوشش کی تھی۔اس نے کپڑے بدلنے کے لیے شرٹ اتاری اور جیب کو خالی کرنے کے لیے اس میں رکھی چیزوں کو نکال کر میز پر رکھ دیا۔اس کی نظر پانچ سو کے ایک تازہ سے نوٹ کے نیچے یاسین شریف کی دفتی پر پڑی اور پتہ نہیں کیوں اس پر رقت طاری ہو گئی اس نے یاسین شریف کی دفتی کو دھیرے دھیرے ہاتھ بڑھا کر ایسے چھوا جیسے انگارہ چھونے جا رہا ہو پھر اس نے جھپٹ کر دفتی کو مٹھی میں بھینچ لیا اور کسی تھکے ہوئے مسافر کی طرح دھم سے کرسی پر بیٹھ گیا اسے پتہ ہی نہیں چلا کہ اس کی آنکھوں سے آنسو کیوں بہنے لگے تھے۔ٹرین کی سیٹیوں کی آواز دور سے آتی رہی وہ پتہ نہیں کب تک سسکتا رہا۔جب آنکھوں نے قطرہ قطرہ بہہ کر سینے کے بوجھ کو ہلکا کر دیا تو اس نے اپنی مٹھی کھولی اور یاسین شریف کو چومنے کے لیے ہاتھوں کو جیسے ہی اپنی

21

آنکھوں کے قریب کیا، پانچ سو روپے کے نوٹ کو دیکھ کر وہ چونک پڑا جو شاید دفتی کے ساتھ اس کی مٹھی میں چلا آیا تھا۔اسے یاد آیا کہ بنگالی سیکریٹری سے ہاتھ ملاتے ہوئے اس نے اپنی جیب پر جو دباؤ محسوس کیا تھا وہ اسی نوٹ کا تھا!...اس نے کراہیت سے نوٹ کو چٹکی سے پکڑ کر میز پر رکھ دیا اور کرسی کے پشت سے سر ٹکا کر گہرے سکون کے ساتھ آنکھیں بند کر کے وہ سرخ اینٹوں والی چار دیواری کو پھاند کر مسجد کے صحن میں آم کے پیڑ پر چڑھ کر گڈی کے لیے کچے آم توڑنے لگا...ننھے ننگے پیروں سے وہ اپنے گھر کے دالان میں دوڑنے لگا...امرود کے پیڑ پر پھدکتی گلہریوں کو غلیل کا نشانہ بنانے لگا...''نہیں بیٹے مشتاق...''امی چیخنے لگیں...''نہیں مارتے بے زبانوں کو''...بڑن ٹرن، ٹرن ٹرن...امی کی آواز میں فون کی گھنٹی کی آواز شامل ہو گئی تھی۔امی کی میٹھی آواز کے درمیان فون کی گھنٹی کر یہہ شور معلوم ہو رہی تھی...بڑن ٹرن، ٹرن ٹرن...اس نے آنکھیں کھول دیں اور بجتے ہوئے فون کی طرف بے زاری سے دیکھنے لگا...یہ ضرور جنرل منیجر کا فون ہو گا...اس نے سوچا...بڑن ٹرن فون کی گھنٹی بج رہی تھی...وہ جب بھی کسی اہم کلائنٹ کو اٹینڈ کرتا تھا جنرل منیجر اسے فون کر کے، رپورٹ ضرور لیتا تھا،ٹرن ٹرن...گھنٹی کی آواز اس کے کانوں میں جھنجناہٹ پیدا کرنے لگی تھی۔لیکن وہ لاتعلقی سے فون کو گھورتا رہا۔ٹرن ٹرن گھنٹی کا ارتعاش اسے اپنی سماعت پر رینگتا محسوس ہونے لگا...بڑن ٹرن، ٹرن ٹرن...اب اسے گھنٹی کی آواز اپنے شکم میں گونجتی محسوس ہوئی۔ٹرن ٹرن...پنکھے کی ہوا اسے تھر تھرائی یاسین شریف کی دفتی اور پانچ سو روپے کے نوٹ کو اُس نے جلدی سے پرس میں رکھ کر یسور اُٹھا لیا۔

۰۰

ایک گمشدہ عورت

کمرے میں بھرے گہرے اندھیرے میں وہ انجان پانیوں میں اترنے والے محتاط انداز میں ، قدم اٹھاتا ہوا کھڑکی کے قریب رکھے کوچ تک آیا اور جوتوں سمیت بستر پر گر پڑا۔۔۔اچانک ہی کمرہ روشن ہوگیا۔ چند سیاہی نم آنکھوں سے اس نے دیکھا دروازے کے بغل میں لگے سوئچ بورڈ کے قریب پڑوس کی روپا ویدی کھڑی تھیں۔ان کے ایک ہاتھ میں ٹرے تھی جس میں رکھا دودھ کا گلاس صاف نظر آرہا تھا۔ وہ جلدی سے اٹھ بیٹھا۔ بھیگی آنکھوں کو چھپانے کے لیے اس نے اس غلط فہمی کے ساتھ سر جھکا لیا جیسے دل کا درد صرف آنکھوں ہی سے عیاں ہوتا ہو، جبکہ غم اُس سیاہ پر چھائیں کی طرح ہے جو آدمی کے پورے وجود پر ایسے سایہ کردیتا ہے کہ اسے دیکھنے کے لیے آنکھوں کی نہیں محسوسات کی ضرورت ہوتی ہے اور روپا دیدی کے پاس آنسوؤں کو دیکھنے والی آنکھیں اور دل کے کرب کو سمجھنے والے احساسات دونوں ہی تھے۔

”جگدیش“ روپا دیدی کے پکارنے پر اس نے سر اٹھایا۔

”لو کچھ کھالو بھیا“ کہہ کر انہوں نے ٹرے کو کوچ کے قریب پڑی تپائی پر رکھ دیا۔ ٹرے میں کھانے کی چیزیں طشتری سے ڈھکی ہوئی تھیں۔ ایک نظر کھانے کی ٹرے پر ڈال کر وہ دونوں ہتھیلیوں میں منہ چھپا کر سسکنے لگا۔

”وہ کہاں ہوگی۔کس حال میں ہوگی دیدی۔۔۔“

”جہاں بھی ہو ٹھیک ہی رہے بھگوان سے یہی پر ارتھنا کرنی چاہیے۔“

جگدیش نے سر اٹھا کر دیوار پر آویزاں بھگوان کی تصویر کو دیکھا وہ سیتا جی کے ساتھ کھڑے مسکرا رہے تھے ۔اُن کے چہرے پر بن باس دیے جانے کا ذرا بھی ملال نہیں تھا ۔ یہ مصور کا کمال تھا یا سچ مچ بھگوان کے داخلی تاثرات تھے؟ یہ سوال ابھی ابھی اس کے دل میں پیدا ہوا تھا ۔ بھگوان کے سامنے اگر دان میں جلی ہوئی اگر بتیاں پڑی ہوئی تھیں ۔روپا دیدی نے دو بیٹیوں کا بیاہ رچایا تھا اور دو بہوؤں کے ساتھ ماں بن کر نباہ کر رہی تھیں ۔جگدیش کے خیالات کا بھانپ کر انہوں نے سر یکھا کی تصویر کو دیکھتے ہوئے کہا ''بھگوان کو بھی اپنے شرد ھالو بندوں کا انتظار رہتا ہے ۔آج سر یکھا ہوتی تو بھگوان ہم لوگوں کو اس طرح کیوں تک رہے ہوتے ہیں ۔'' پھر انہوں نے جگدیش کا دل رکھنے کے لیے کہا ۔۔۔''دیکھنا بھگوان جلدی ہی سر یکھا کو بھیج دیں گے ۔ ہمارے لیے نہیں اپنی سیوو اشر دھاکے لیے ۔''

بھوک سے اسے اپنا ہی پیٹ گہرا کنواں معلوم ہو رہا تھا ۔لیکن سر یکھا کے بغیر وہ کھانے کا تصور ہی نہیں کر سکتا تھا ۔شادی کے بعد بہت کم ایسا اتفاق ہوا تھا کہ دونوں نے علا حدہ علا حدہ کھانا کھایا ہو ۔ایک روز چیف انجینئر کے مکان پر ایک پارٹی میں اسے کھانا پڑ گیا تو گھر پہنچنے پر اسے پتہ چلا تھا کہ سر یکھا اس کے انتظار میں بھوکی بیٹھی ہے ۔اس واقعے کے بعد سے جگدیش نے باہر کھانا ہی ترک کر دیا تھا ۔اسے بھی سر یکھا کے بغیر کچھ کھانا پینا عجیب سا لگتا تھا ،اس وقت بھی کھانے کی خوشبو بھوک کی اشتہا کو بیدارانہ کر سکی ۔روپا دیدی بھی اس کیفیت کو سمجھ رہی تھیں شاید اسی لیے انہوں نے مزید اصرار نہیں کیا اور دروازہ بھیٹر کر خاموشی سے چلی گئیں ۔جگدیش پھر کوچ پر لیٹ کر بڑ بڑانے لگا ۔

''کہاں چلی گئی؟ کیوں چلی گئی؟ کہاں ہو گی؟ کس حال میں ہو گی؟''

دونوں میں کبھی جھگڑا تو کیا تکرار تک نہیں ہوئی تھی ۔اس لیے ناراض ہو کہیں چلے جانے کا سوال ہی نہیں اٹھتا تھا وہ بھی اس طرح اسپتال سے ! اس اجنبی شہر میں پڑوس کی روپا دیدی کے علاوہ اس کا کہیں اور آنا جانا بھی نہ تھا ۔گھر سے مندر اور مندر سے لوٹتے ہوئے بازار سے سودا سلف خرید کر گھر آنا اس کا معمول تھا ۔وہ اس دن کو کوسنے لگا جب اس نے سر یکھا کو شہر میں اپنے

ساتھ رکھنے کا فیصلہ کیا تھا۔

تین سال قبل جگدیش نے میکانیکل انجینئرنگ کا ڈپلومہ کیا تھا اور نوکری بھی اسے کسی معجزے کی طرح فوراً ہی مل گئی تھی۔ اماں جی نے لڑکی کی پسند کی اور اس نے سر جھکا کر سہرہ پہن لیا تھا۔

گول چہرے والی گوری چٹی سریکھا کو دیکھ کر اسے اپنا سانولا رنگ بہت کالا محسوس ہوا تھا۔ اس کی بڑی بڑی گہری سیاہ پلکوں سے ڈھکی بھوری آنکھیں اور جگدیش کی چھوٹی چھوٹی آنکھیں۔ سریکھا کے بے حد گھنے لمبے سیاہ بال اور جگدیش کی پیشانی سے اڑتے گنجے پن کی طرف مائل کھدرے بال، سریکھا کا نکلتا قد اور اس کے سامنے جگدیش کا درمیانہ قد بھی کوتاہ ہی نظر آتا تھا۔ سریکھا کے چھریرے گداز جسم کو جب وہ بانہوں میں بھرتا تو اسے اپنا دبلا پتلا جسم بڑا چمرخ معلوم ہوتا شاید یہی سبب تھا کہ اس نے سریکھا کو فطری ضرورتوں کے وقت بھی نظر بھر کر نہیں دیکھا تھا۔

اگر چہ قصبے کا شہر تک کا فاصلہ تین ساڑھے تین گھنٹے ہی کا تھا لیکن اماں کا اصرار تھا کہ بہو کو ساتھ ہی رکھ کر گھر کی روٹی کھانی چاہیے جو بدن کو لگتی ہے۔ ایک دلال کے ذریعے نئی کالونی میں کمرہ مل گیا تھا روپا دیدی کے ایسے دو کمرے تھے جو انہوں نے کرائے پر اٹھا رکھے تھے۔ روپا دیدی کے شوہر مڈل ایسٹ کی کسی کمپنی میں سیلز مین تھے۔ روپا دیدی جگدیش اور سریکھا سے بڑی بہن جیسی اپنائیت سے پیش آتی تھیں اس لیے دونوں کو اجنبیت کا احساس کبھی نہیں ہوا تھا۔ دونوں میاں بیوی بڑی پرسکون زندگی گزار رہے تھے بس ایک کمی تھی تو ایک اولاد کی اور یہ کمی بھی اس وقت شدت سے محسوس ہوتی جب وہ دونوں اماں جی کے پاس جاتے یا اماں جی ان کے گھر آتیں۔ دو بار سریکھا کو حمل ٹھہرا لیکن تیسرے چوتھے مہینے میں تمام احتیاط کے باوجود ساقط ہو گیا۔ ڈاکٹر نے مکمل چیک اپ کے لیے اسپتال میں داخل کرا دیا تھا لیکن دوسرے ہی روز رات میں وہ اچانک اپنے بستر سے غائب ہو گئی تھی۔

اسپتال کا چپہ چپہ چھان مارنے کے بعد جگدیش جب پولس میں رپٹ لکھانے گیا تھا تو ڈیوٹی انسپکٹر نے اس سے ایسے ایسے سوالات کیے تھے جیسے اس نے خود ہی اپنی بیوی کو غائب

کر دیا ہو، یا پھر قتل کرکے لاش کہیں چھپا دی ہو یا پھر وہ کسی بد کردار عورت کی تلاش میں پولیس کی مدد مانگ رہا ہو۔ ایک سب انسپکٹر نے جس کا اس کیس سے کوئی تعلق نہیں تھا شہدوں کی طرح آنکھ دبا کر جگدیش سے انگریزی میں پوچھا تھا ''کیا وہ آپ سے جنسی طور پر مطمئن تھی؟'' جگدیش کے کان کی لوئیں غصے سے آنچ دینے لگی تھیں۔

''آپ تمیز سے بات کیجیے'' وہ غصے کو ضبط نہ کر سکا۔

''اس میں ناراض ہونے کی کیا بات ہے ہم نے ایسے کیس بھی دیکھے ہیں کہ آٹھ آٹھ بچوں کی مائیں اپنے پریمی کے ساتھ...''

اس کے آگے وہ کچھ نہ سن سکا۔ غصہ اس کی آنکھوں میں پھریریاں بن کر اڑنے لگا تھا۔ اگر سب انسپکٹر نے وردی نہ پہن رکھی ہوتی تو وہ گھونسے مار مار کر اس کا چہرہ لہولہان کر دیتا۔ پولیس نے دن بھر اسے روک کر اسی طرح سے تفتیش کی اس کے بعد ہی رپٹ درج کی تھی۔ دوسرے ہی روز سریکھا کی گمشدگی کی خبر سنسنی خیز سرخیوں کے ساتھ اخبارات میں شائع ہوگئی تھی جس کے بعد اسپتال کا انتظامیہ سخت دباؤ میں آ گیا تھا اور سریکھا کی تلاش میں اسے بھی دلچسپی لینے کے لیے مجبور ہونا پڑا تھا۔

سریکھا کے اچانک اس طرح غائب ہو جانے کے صدمے نے جگدیش کے حواس خطا کر دیے تھے۔ اتنے بڑے شہر میں کوئی ایسا نہ تھا جس کے پاس وہ جا کر وہ اپنے دل کا بوجھ ہلکا کرتا۔ فیکٹری میں بھی اس کی کسی سے دوستی نہیں تھی۔ وہ تھا ہی خود کو لیے دیے رہنے والا... حتیٰ کہ سریکھا سے سہاگ رات کو جس ماحول اور لب و لہجے میں گفتگو ہوئی تھی وہ آج بھی برقرار تھا۔ اس نے سریکھا کو مکمل روشنی اور مکمل روپ میں کبھی نہیں دیکھا تھا۔ اس کی شخصیت پر جمی حجاب کی برف جذبات کی حدت سے بھی نہ پگھل سکی تھی۔

☆

رات بھر وہ جاں بلب مریض کی طرح بے چین رہا۔ آخری پہر میں غنودگی طاری ہوئی تھی کہ دروازے پر دستک ہوئی اور وہ ہڑبڑا کر دروازہ کھولنے کے لیے اٹھا تو اس پر کپکپی طاری ہوئی

کھڑکی سے آنے والی نومبر کی یخ بستہ ہواؤں نے اس کے جسم میں جیسے برف بھر دی۔ سرد ہاتھوں سے اس نے دروازہ کھولا، کوری ڈور میں دھند کا دھیلا ہوا تھا۔ دستک دینے والا اپنے ہیولے سے پولس والا معلوم ہوتا تھا۔

”سب انسپکٹر...“ نووارد نے جذبات سے عاری آواز میں اپنا تعارف کرایا۔

”کیا... کیا بات ہے؟“ اس وقت پولس والے کو اپنے دروازے پر دیکھ کر کسی خوفناک خبر کے تصور سے اس کا کلیجہ کانپنے لگا۔

دروازے پر بے ہنگم دستک نے روپا دیدی کو بھی بیدار کر دیا تھا۔ وہ دروازہ کھول کر باہر نکل آئی تھیں۔ ان کے پیچھے ان کا بڑا بیٹا دیپک کھڑا آنکھیں مل رہا تھا۔

”آپ کو میرے ساتھ چلنا ہوگا۔“ انسپکٹر کی آواز میں وہی بیگانگی تھی۔

”بات کیا ہے؟“ روپا دیدی کے اس سوال کا جواب دیے بغیر انسپکٹر نے جگدیش کو نیچے آنے کا اشارہ کیا اور سیڑھیاں اترنے لگا۔

”جگدیش، تم اپنے ساتھ دیپک کو لے لو اس طرح اکیلے جانا ٹھیک نہیں ہے۔“ روپا دیدی نے اپنے بیٹے کی طرف اشارہ کرتے ہوئے کہا۔

جگدیش نے کمرے میں جا کر جلدی جلدی سوئٹر پہنا اور مفلر گلے میں ڈال کر دراز کو قفل لگا کر نیچے اتر آیا۔ دیپک بدن پر شال لپیٹے ہوئے تیز قدموں سے اس کے قریب آیا۔ انسپکٹر جیپ کی اگلی سیٹ پر بیٹھا تھا۔ وہ دونوں اچک کر جیپ کی پچھلی سیٹ پر جا بیٹھے۔

جیپ اسی اسپتال کے سامنے جا کر رکی جس میں سریکھا علاج کے لیے ایڈمٹ تھی۔ جگدیش نے راستے بھر سگریٹ پھونکنے کے علاوہ کوئی بات نہیں کی تھی وہ انسپکٹر سے کوئی سوال کرتے ہوئے گھبرا رہا تھا کہ وہ نہ پتہ نہیں کیسی خبر سنا دے۔ جگدیش اور دیپک انسپکٹر کی تقلید کرتے ہوئے اسپتال کے عقبی حصے میں بنے ایک ویران سے وارڈ میں پہنچے جہاں ایک ٹرالی اسٹریچر پر سفید چادر سے ڈھکے جسم کے قریب پہنچ کر انسپکٹر نے جیسے ہی چادر الٹی جگدیش کے دل پر جیسے کوئی آہنی گیند اچانک ہی پوری قوت سے ٹکرائی۔ سامنے سریکھا کا زرد چہرہ کھلی آنکھوں سے چھت کو

تک رہا تھا۔ وہ دیپک کا سہارا لے کر اسٹول پر بیٹھ گیا۔ دیپک نے اس کے کندھوں کو اپنے ہاتھوں سے پکڑ لیا جو بری طرح سے ہل رہا تھا۔

لاش کو شاخت کے بعد پوسٹ مارٹم کے لیے بھیج دیا گیا۔ انسپکٹر کے بموجب سریکھا کی لاش اسپتال کے اسٹور روم سے اس وقت ملی تھی جب آدھی رات کو کچھ قیمتی دواؤں کے لیے اسسٹنٹ اسٹور کیپر نے اسٹور روم کو کھولا تھا۔ انسپکٹر کا خیال تھا کہ سریکھا کی موت تقریباً بائیس گھنٹے قبل ہوئی تھی۔ موسم سرد ہونے کی وجہ سے باڈی خراب نہیں ہوئی تھی لیکن نیلی پڑنے لگی تھی۔ جسم پر کسی بھی قسم کا نشان نہ ہونے کی وجہ سے انسپکٹر موت کا سبب بتانے سے قاصر تھا۔ لیکن لاش کے اسٹور روم میں پائے جانے پر اس نے سخت حیرت کا اظہار ضرور کیا تھا۔

دیپک جگدیش کو ٹیکسی میں بٹھا کر گھر لے آیا۔ جگدیش پر جیسے سکتہ طاری تھا۔ اماں اور چھوٹی بہن بلی کمرے میں فکرمند بیٹھی تھیں۔ وہ لوگ آدھا گھنٹہ پہلے ہی قصبے سے یہاں پہنچے تھے۔ بیٹے کے چہرے کی زردی دیکھ کر اماں نے اسے سہارا دے کر کوچ پر بٹھایا۔

”کیا ہوا؟“ روپا دیدی نے دیپک سے پوچھا۔

جواب میں دیپک کے پاس صرف آنسوؤں کے سوا کچھ نہ تھا۔ وہ دونوں ہتھیلیوں میں اپنا چہرہ چھپا کر پھوٹ پھوٹ کر رو پڑا۔

☆

دوسرے روز پوسٹ مارٹم کے بعد سریکھا کا انتم سنسکار کر دیا گیا تھا۔ جگدیش پر عجیب سی دیوانگی طاری تھی وہ صبح سے شام تک شمشان ہی میں بیٹھا رہا۔ جب سریکھا نام کا جسم راکھ میں تبدیل گیا تب ہی وہ تانبے کی کلسی میں سریکھا کی راکھ اور استھیاں لے کر گھر لوٹا تھا۔ روپا دیدی جگدیش کے ہاتھوں میں سریکھا کی استھیاں دیکھ کر سسکتے ہوئے بولیں ”بھیا دو سال پہلے سریکھا کو اس گھر میں دولہن بنا کر لائے تھے اور آج یہ استھیاں لے کر آئے ہو۔“

کلسی کو میز پر رکھتے ہوئے جگدیش نے بھرائی آواز میں کہا ”اماں کے ساتھ جاتے ہوئے اسے گنگا میں بہا کر اس کی آتما کی شانتی کے لیے پرارتھنا کروں گا۔“ جگدیش کی بھرائی آواز

رلائی میں بدل گئی کوچ پر بیٹھ کر وہ خلا میں گھورنے کے بہانے آنسوؤں کو پینے کی کوشش کرنے لگا۔

☆

دو روز بعد پوسٹ مارٹم رپورٹ آئی۔ یہ دو روز اس نے سرد موسم میں انتظار کے جلتے بستر پر گزارے تھے۔ جب وہ پوسٹ مارٹم رپورٹ پڑھ رہا تھا تب انسپکٹر سگریٹ پھونکتے ہوئے غور سے اس کے چہرے کے تاثرات کو دیکھ رہا تھا۔ دیپک کی بھی توجہ انگریزی میں درج پوسٹ مارٹم رپورٹ پر مرکوز تھی۔

"موت کا سبب: سورس سس

نوٹ: موت سے قبل متوفیہ کے ساتھ زنا کیا گیا۔

اسے یقین ہی نہیں ہو رہا تھا کہ پوسٹ مارٹم رپورٹ سری کھا ہی کی ہے، رپورٹ کو اس نے دو تین مرتبہ پڑھا۔ نام عمر پتہ سری کھا ہی کا تھا۔

"یہاں انٹرکورس (زنا) کا کیا مطلب ہے؟ یہ تو ریپ ہے۔" اس کے لہجے میں غصہ تو تھا لیکن اس نے دھیمی آواز میں انسپکٹر سے احتجاج کیا جسے قریب بیٹھا دیپک بھی ٹھیک طرح سے نہیں سن سکا۔

"سول سرجن کو باڈی پر کہیں زخم کھروچ یا مزاحمت کے نشانات نہیں ملے ہیں جو ریپ کو کنفرم کرنے میں مدد کریں میڈیکل رپورٹ میں انٹرکورس اور ریپ میں فرق کیا جاتا ہے ۔ جب تک جبر کرنے کے نشانات نہیں ملتے اسے ریپ نہیں مانا جاتا۔" انسپکٹر نے بڑے ٹھہرے ہوئے انداز میں اسے سمجھایا۔

"آپ کہنا کیا چاہتے ہیں؟" وہ اتنی زور سے چیخ پڑا کہ باہر لان میں پریڈ کر رہے پولیس والے بھی چونک پڑے۔

"سوری میں کچھ نہیں کہنا چاہتا ہوں میں آپ کو ریپ اور انٹرکورس کے ڈیفرنس کو بتا رہا تھا ۔ چائے پئیں گے؟" انسپکٹر نے ماحول کو بدلنے کے لیے نرمی سے پوچھا۔

29

”نوتھینکس“ اس نے سرد مہری سے کہا اور اٹھنے لگا انسپکٹر نے اٹھتے ہاتھ کے اشارے سے اسے بیٹھنے کو کہا وہ ناگواری سے پہلو بدل کر بیٹھ گیا۔

”آپ کی پتنی کا کسی سے۔۔۔؟“

وہ انسپکٹر کو خشمگیں نگاہوں سے گھور کر رہ گیا۔

”میرا مطلب وہ کہیں آتی جاتی تھیں؟“

”نہیں“ اس کا لہجہ خشک تھا۔ ”وہ روز مندر جاتی تھی گول چوک والے مندر“۔

”اکیلے؟“

”اکثر۔۔۔ کبھی کبھار میں بھی ساتھ چلا جاتا تھا۔“

”چال چلن کیسا تھا؟“ محتاط انداز میں پوچھے گئے اس سوال پر تو وہ بالکل ضبط نہ کر سکا اور غصے سے اٹھ کھڑا ہوا۔

”آپ میری سورگ باشی پتنی کے لیے اس طرح کی باتیں کر رہے ہیں؟ آپ کو شرم آنی چاہیے آپ کیسے پولیس افسر ہیں۔“ غصے سے ہانپتے ہوئے وہ اٹھا اور لمبے لمبے قدم اٹھاتا ہوا پولیس اسٹیشن باہر نکل گیا۔

انسپکٹر اسے ترحم آمیز نظروں سے دیکھتا رہ گیا۔ انسپکٹر سے ”سوری“ کہہ کر دیپک بھی اس کے پیچھے چل دیا۔

”بھائی صاحب میں تو گھر چلوں گا ماں کے ساتھ مارکیٹ جانا ہے۔“ دیپک نے معذرت کر لی اور سڑک پار کر کے نئی کالونی والی فٹ پاتھ پر نکل گیا تھا۔ جگدیش اُسے حیرت سے بھیڑ میں گم ہوتا ہوا دیکھتا رہا۔ کیونکہ جگدیش کے ساتھ پولیس تھانے چلنے کی پیشکش دیپک نے یہ کہہ کر کی تھی کہ وہ آج شام بالکل فری ہے۔

جگدیش دن بھر شہر میں بھٹکتا رہا پوسٹ مارٹم کا ہر لفظ کھجور کے کنکھجورے کی طرح اس کے دماغ میں کلبلا رہا تھا تو انسپکٹر کا جملہ سینے میں جلتے کوئلوں کی طرح دہک رہا تھا۔ جب پیروں میں تھکن سے ٹیسیں اٹھنے لگیں تب وہ آٹو رکشا لے کر گھر آ گیا تھا۔ سیڑھیاں چڑھ کر جب وہ اپنے کمرے کی

طرف جارہا تھا اس نے دیکھا کہ روپا دیدی کے کمرے کا دروازہ کھلا ہوا ہے وہ دبے قدموں سے جلدی سے اپنے کمرے میں ایسے گھسا جیسے وہ آج روپا دیدی اور ان کے کسی سوال کا سامنا نہ کرنا چاہتا ہو۔ بیلی کچن میں صفائی کر رہی تھی اور اماں سوٹ کیس میں کچھ تلاش کر رہی تھیں۔ آہٹ پا کر اماں نے سر اٹھا کر جگدیش کی طرف دیکھا۔ ان کے ہاتھ میں ایک چھوٹی سی ایک سنہری فریم میں سریکھا کی شادی سے پہلے کی ایک بلیک اینڈ وائٹ فوٹو تھی۔ اماں نے تصویر میز پر رکھ کر بھگوان کی فریم پر چڑھائے گئے ہار میں سے گیندے کا ایک پھول نکال کر سریکھا کے مسکراتے چہرے کے سامنے رکھ دیا۔ پھر وہ کچن کی طرف منہ کر کے بولیں "جگو آ گیا ہے بیلی، کھانا لگا دے سب ساتھ ہی میں کھالیں گے۔"

اماں کے اصرار پر وہ منہ دھو کر کھانے کے لیے بیٹھ گیا۔ کھانے کے دوران اماں نے کچھ پوچھا اور نہ ہی اُس نے کچھ بتایا۔ اُس نے بڑی مشکل سے ایک چپاتی کھا کر پانی پی لیا۔ اسے بڑی حیرت ہو رہی تھی کہ روپا دیدی ہمیشہ اس کے گھر پہنچنے کی خبر ملتے ہی چلی آتی تھیں آج وہ اب تک نہیں آئیں۔ اس نے بھگوان کی طرف دیکھا اب اس کی طرف دیکھ کر معنی خیز انداز میں مسکرا رہے تھے۔

سریکھا کی گمشدگی پر وہ جس قدر پریشان ہوا تھا، لاش کے برآمد ہونے کے بعد اس کی اس پریشانی میں ذلّت آمیز صدمہ بھی شامل ہو گیا تھا۔ سریکھا کی پُراسرار گمشدگی اور اس کی لاش کے تعلق سے زنا اور عصمت دری کی قیاس آرائیوں پر مبنی جو رپورٹیں اخبارات میں شائع ہوئی تھیں انہیں پڑھ یا سن کر جگدیش کے صدمے میں اضافہ ہوتا جا رہا تھا۔ اپنی سورگ باشی پتنی کے بارے میں ایسی باتیں بھلا کون برداشت کر سکتا تھا جگدیش کو ہمیشہ ہی محسوس ہوتا جیسے پان کی گمٹی والا اسے تک رہا ہے، مندر کا پجاری گھور رہا ہے، پھول کے تھیلے والا اسے دیکھ کر زیر لب مسکرا رہا ہے، رکشا والا اسے معنی خیز نظروں سے دیکھ رہا ہے۔ حتیٰ کہ بھگوان بھی اس کی طرف استہزائیہ نظروں سے دیکھنے لگے تھے۔ روپا دیدی کا رویہ بھی کافی بدل گیا تھا، اب وہ اس کے کمرے میں بہت کم آنے لگی تھیں اور جب بھی آتیں تو اماں جی سے اِدھر اُدھر کی باتیں کرتیں

لیکن سریکھا کا کوئی تذکرہ نہ ہوتا۔ امّاں جی اور بیلی بھی سریکھا کے ذکر سے احتراز کرنے لگی تھیں۔ روپا دیدی اور امّاں جی کے اس بدلے ہوئے مزاج سے اسے خاصا دکھ پہنچا تھا۔

سریکھا کی زندگی میں اگر کوئی اس پر لا چھن لگا تا تو اُسے شاید اتنی تکلیف نہ ہوتی لیکن اس کی موت کے بعد جس طرح کی باتیں ہو رہی تھیں وہ جگدیش کے لیے اذیت ناک تھیں۔ اس نے گھر سے نکلنا ہی ترک کر دیا تھا۔ فیکٹری تو وہ سریکھا کی گمشدگی کے بعد ہی سے نہیں گیا تھا۔ سریکھا کے انتم سنسکار کے دوسرے روز وہ اپنی چھٹی کا فارم بھر کر آ گیا تھا تو آج پورے آٹھ روز بعد پولیس کے طلب کرنے پر گھر سے باہر نکلا تھا۔ اب تو اُسے بھی اس کیس میں دلچسپی نہیں رہی تھی۔ سریکھا کے قاتل سے بھی اسے کوئی غرض نہیں رہ گئی تھی ... پولیس والوں کے ذومعنی سوالات اور کپڑوں کو ادھیڑ کر اندر تک اُتر جانے والی تیز نظروں سے اسے کراہیت محسوس ہونے لگی تھی۔ اس لیے اس نے پولیس کی تفتیش میں تعاون کرنے سے صاف انکار کر دیا تھا۔ آج بھی وہ پولیس اسٹیشن نہ جاتا اگر اسے یہ نہ بتایا گیا ہوتا کہ سریکھا کا قاتل گرفتار کر لیا گیا ہے ۔ یہ اطلاع ملتے ہی غصے، انتقام اور نفرت کے ملے جلے جذبات اس کے سینے میں بجلیوں کی طرح تڑپنے لگے۔ وہ اچانک ہی اس وحشی قاتل کو دیکھنے کے لیے اتنا بے چین ہو گیا کہ بغیر سوئٹر پہنے ہی وہ پولیس تھانے کے لیے نکل پڑا تھا۔ امّاں جی اس کے پیچھے سوئٹر لے کر لپکی تھیں لیکن وہ تو کمان سے نکلے ہوئے تیر کی طرح سیڑھیاں اتر چکا تھا۔ آٹو رکشا میں راستے بھر خواہ مخواہ اس کی مٹھیاں بھنچتی رہی تھیں اور سانس تیز تیز چلنے لگی تھی اس کا ذہن سریکھا کے قاتل کی ممکنہ تصویریں بنا رہا تھا۔ چوڑی ناک تنگ پیشانی چھوٹی چھوٹی آنکھیں سیاہ رو یا پھر چھدرے بال گھنی گہری آنکھیں موٹے ہونٹ یا پھر گھٹا ہوا سر جھکے ہوئے پتلے پتلے ہونٹ لمبوترا چہرا ...

جنگلے کی دوسری طرف ایک نیم تاریک سرد کمرے میں پچیس واٹ بلب کے روشن حلقے میں لکڑی کے ایک اسٹول پر وہ سر جھکائے بیٹھا تھا۔ ہتھکڑی لگے دونوں ہاتھ اس کی گود میں رکھے تھے۔ آہٹ پر اس نے سر اٹھایا گورا رنگ خوابیدہ سا چہرہ اور پیشانی پر تازہ چوٹ کی نیلاہٹ تھی نچلے ہونٹ کا کنارہ پھٹا ہوا تھا جہاں خون جم گیا تھا۔ جگدیش کے پیر دروازے کے ہی

32

میں گڑ گئے وہ اسے غور سے دیکھتا رہا۔اس کے پورے وجود میں قاتلوں والی کوئی خصوصیت نہیں تھی۔جگدیش کی بھنچی ہوئی مٹھیاں آپ ہی آپ کھل گئیں۔

انسپکٹر کے ٹیبل کے قریب بیٹھتے ہوئے جگدیش نے دھیرے سے پوچھا''اس نے کچھ بتایا؟''

''یہ اس کا بیان ہے''۔انسپکٹر نے میز کی دراز سے ایک خاکی رنگ کی فائل نکال کر جگدیش کی طرف بڑھاتے ہوئے کہا''جگدیش نے فائل کو اپنے سرد ہاتھوں سے الٹ پلٹ کر دیکھا اور میز پر رکھ دیا۔اسے پتہ نہیں کیوں ملزم کا بیان پڑھنے کے خیال ہی سے خوف محسوس ہو رہا تھا۔وہ انسپکٹر کو بے بس نظروں سے دیکھنے لگا جن میں سوال نہیں التجا تھی۔

''وہ آپ کی پتنی کے گاؤں کا رہنے والا ہے...وہ اسے بچپن سے جانتا تھا''۔انسپکٹر نے پہلی بار سر یکھا کو اُنہیں کہنے کے بجائے''اُسے''کہا۔

جگدیش کے کان میں سیٹیاں بجنے لگیں،کنپٹی اور کان کی لویں تپنے لگیں اور شام کی خنکی کے باوجود اس کے ماتھے پر پسینہ پھوٹ پڑا۔وہ انسپکٹر کا چہرہ دیکھ رہا تھا جس کا منہ کسی دانتے دار بے آواز مشین کی طرح چل رہا تھا اُسے لفظوں کی آواز سنائی نہیں دے رہی تھی۔بس درمیان میں ایک آدھ جملہ اس کی سماعت میں آ جاتا تھا''وہ اس کے ساتھ چل کر کہیں اکیلے میں بیٹھ کر باتیں کرنے کے لیے تیار ہو گئی...وہ اس کے ساتھ تیسری منزل سے اتر کر گراؤنڈ فلور پر اسٹور روم میں...دونوں بہت...چیف اسٹور کیپر اس کا دوست تھا...اس نے دوبارہ اس کے ساتھ...اچانک اس کی طبیعت بگڑ گئی...دروازہ لاک کر کے اسٹور کیپر کو چابی دے کر وہ غائب ہو گیا...چیف اسٹور کیپر چھٹی پر چلا گیا۔اور وہ...''انسپکٹر کا منہ چل رہا تھا جملے ٹوٹ ٹوٹ کر اس تک پہنچ رہے تھے۔انسپکٹر کی پشت والی دیوار پر''ستیہ میو جیتے''کے موٹے اکشروں کے اوپر گاندھی جی اس کی طرف دیکھ کر پو پلے منہ سے قہقہہ لگا رہے تھے۔مندر کا پجاری،رکشے والا، پان کی گمٹی والا اور پھولوں کے تھیلے والا ٹیبل کے اطراف اسے گھیر کر کھڑے تھے اور اس کے چہرے کی طرف جھک کر سوقیانہ نظروں سے گھور رہے تھے۔انسپکٹر کی کرسی رو پا دیدی بیٹھی تھیں

لیکن ان کا چہرہ دیوار کی طرف تھا...وہ ٹیبل پر کہنیوں کو رکھ کر اپنے سر کو دونوں ہاتھوں سے پکڑ کر کانپنے لگا۔

''مسٹر جگدیش ۔''اس نے ڈرتے ڈرتے سر اٹھایا وہ سب جا چکے تھے۔سامنے انسپکٹر بیٹھا تھا اس کا ہاتھ جگدیش کی طرف بڑھا ہوا تھا جس میں پانی کا گلاس تھا۔اس نے کانپتے ہاتھوں سے گلاس لیا اور ایک ہی سانس میں پورا پانی پی کر انسپکٹر کی طرف رحم طلب نظروں سے دیکھنے لگا ۔''آپ مجھ پر ایک احسان کریں گے ۔''جگدیش کی آواز بری طرح لرز رہی تھی جیسے اسے جاڑا لگ گیا ہو۔

انسپکٹر اسے استفہامیہ نظروں سے دیکھنے لگا ۔اکثر مقتول کے رشتے دار پولیس والوں سے ملزم کو اپنے ہاتھوں سے پیٹنے یا ملزم کو پولیس کے ہاتھوں اذیتیں اٹھاتے ہوئے دیکھنے کی خواہش کا اظہار کرتے ہیں ۔انسپکٹر نے جگدیش کی ایسی کسی بھی خواہش کو مسترد کرنے کے لیے خود کو فوراً ہی تیار کر لیا۔

'''کیا ملزم کا بیان بدلا نہیں جا سکتا؟'' کچھ توقف کے بعد جگدیش نے بڑی عاجزی سے پوچھا

''کیا مطلب ۔''

''یہی کہ یہ انٹرکورس نہیں ریپ ہی تھا۔''

''یہ آپ کیا کہہ رہے ہیں؟''انسپکٹر چونک پڑا۔

''میں...ملزم کو اس کے لیے اچھی خاصی رقم دے سکتا ہوں وہ بس اپنا بیان...''

''یہ ناممکن ہے ۔''انسپکٹر نے درشت لہجے میں کہا اور ملزم کے بیان والی فائل ٹیبل کے دراز میں رکھ کر اٹھ کھڑا ہوا۔انسپکٹر کے لہجے کی فیصلہ کن کھنگی نے جگدیش کو مایوس کر دیا۔وہ چھوٹے چھوٹے قدم اٹھاتا ہوا پولیس تھانے کے باہر نکل آیا۔اندھیرا پڑنے تک وہ شہری کی پر ہجوم سڑکوں پر ٹہلتا رہا جیسے وہ کسی سے نجات چاہتا ہو۔کس سے؟ یہ وہ خود بھی نہیں جانتا تھا البتہ خوابیدہ چہرے والا وہ گورانو جوان ضرور اس کے ذہن میں کسی کیل کی طرح دھنس گیا تھا...

اندھیرے میں دبے قدموں سے سیڑھیاں چڑھ کر وہ چوروں کی طرح گھر پہنچا۔ بڑی عجلت میں سارا سامان سمیٹنے کے بعد اُسے روپا دیدی کو چابی دینے سے قبل پیر چھو کر ان سے بیتے دنوں کی انجانی غلطیوں کے لیے معافی مانگی تھی۔ "کہاں جا رہے ہو جگدیش" یہ سوال روپا دیدی کے ہونٹوں میں دوبارہ گیا تھا۔

روپا دیدی نے صبح اٹھ کر جگدیش والے کمرے کی صفائی کرنے کے لیے جب جھاڑو اٹھائی تو میز پر رکھی سریکھا کی تصویر کو دیکھ کر وہ ٹھٹک گئیں۔ "شاید بھول کر چلے گئے۔" بڑبڑاتے ہوئے انہوں نے ایک بار پھر سریکھا کے مسکراتے بلیک اینڈ وہائٹ چہرے پر ناگواری سے دیکھا اور جھاڑو دینے لگیں۔ کوچ کے نیچے کسی چیز سے ٹکرا کر جھاڑو پھنس گئی انہوں نے جھک کر اندھیرے میں ہاتھ بڑھا کر ٹٹولا وہ کوئی برتن تھا۔

انہوں نے دونوں ہاتھوں پکڑ کر برتن کو باہر نکالا وہ تانبے کی ایک کلسی تھی جس کے منہ پر سفید کپڑا بندھا ہوا تھا اور جو جاڑے کی وجہ سے برف کی طرح سرد تھی۔

OO

چادر والا آدمی اور میں

سمندری ہواؤں سے مرطوب بمبئی کا حبس، کمپارٹمنٹ میں موجود ہر شخص کے چہرے پر پچ پچ پسینے کی شکل میں جھلک رہا تھا۔ تھوڑی تھوڑی دیر سے پسینہ پونچھنے کے لیے رومال نکالنا پڑ رہا تھا۔ پسینے اور فضا میں تیرتے پٹرول اور ڈیزل کے کاربن نے رومال کو مٹ میلا اور گیلا کر دیا تھا۔ میں نے رومال کو گردن کے پیچھے شرٹ کی کالر کے نیچے پھیلا دیا تھا اور دائیں ہاتھ کی آستین سے منہ پونچھنے لگا تھا جس سے میں نے سہارے کے لیے لوہے کی راڈ پکڑ رکھی تھی...

لوکل ٹرین کے تمام ڈبوں میں جگہ نہ ملنے کی وجہ سے کھڑے رہنے والے مسافروں کے سہارے کے لیے راڈ لگائی گئی تھی۔ آج دو پہر ہی سے میرا دائمی قبض ابھر آیا تھا اور رہ رہ کر گیس میرے معدے سے نکل کر سینے تک ایسے رینگ جاتی جیسے کوئی سوئی انتڑیوں میں حرکت کر رہی ہو۔ گیس کا یہ چھپتا درد جب بھی اٹھتا میں سامنے کی بینچ پر اطمینان سے سو رہے اس شخص کو غصے سے ضرور دیکھ لیتا تھا جس نے سر سے پیر تک چادر تان رکھی تھی۔ اس طرح سے اس نے خود کو اطراف کے ماحول سے قطعی لا تعلق کر لیا تھا گویا وہ چادر نہ ہو بلکہ بے شرمی کا خول ہو۔ میں ریاحی درد کا برسوں سے مریض ہوں بڑے شہر کی ہنگامہ خیز زندگی کا یہ ایک ایسا تحفہ ہے جو روزگار کے ساتھ ایسے ہی ملتا ہے جیسے شیمپو کے ساتھ مفت پلاسٹک کا کوئی چمچہ...! جب درد کی سوئی دل کی طرف رینگتی ہے تو ایسا لگتا ہے جیسے دل کا درد پڑنے والا ہو۔ ایسے میں بیٹھ یا لیٹ کر پیر پھیلانے کی خواہش ہوتی ہے۔

بمبئی کی سڑی گرمی میں کسی شخص کا لوکل ٹرین کے فرسٹ کلاس کمپارٹمنٹ میں اس قدر اطمینان سے سونا ایک حیرت ناک واقعہ تھا۔اس واقعے کا تحیر ہر اس مسافر کے چہرے پر عیاں تھا جو سیٹ کی خواہش میں پہلو بدلتے ہوئے لوہے کی راڈ سے کسی چمگادڑ کی طرح لٹکا ہوا تھا۔لیکن کسی نے بھی اس حیرت کو انجام تک پہنچانے کے لیے اس سونے والے شخص کو جھنجوڑ کر اٹھانے کی کوشش نہیں کی تھی۔اوّل درجے کے مسافروں کی نفسیات دوسرے درجے کے مسافروں سے کتنی مختلف ہوتی ہے اس کا اندازہ مجھے چار تین مہینے قبل اس وقت ہوا تھا جب تین برسوں تک دوسرے درجے میں سفر کرتے رہنے کے بعد حالات نے مجھے پہلے درجے کا مسافر بننے پر مجبور کر دیا تھا۔

دوسرے درجے میں تین لوگوں کی سیٹ پر چوتھے آدمی کو تو چوتڑ ٹیکنے کی جگہ مل جاتی تھی لیکن اوّل درجے میں یہ جگہ کشادہ سیٹ کے باوجود نہیں ملتی۔فرسٹ کلاس کے مسافر سیٹ پر بیٹھتے ہی پشت سے سر لگا کر آنکھیں بند کر لیتے ہیں اس طرح وہ سو جاتے ہیں یا سونے کی اداکاری کر کے کسی سے بھی سیٹ بانٹنے کے اخلاقی فرض سے بچ جاتے ہیں۔فرسٹ کلاس میں بڑا شور شرابا اور ہنگامہ رہتا۔روز کے مسافر ایک دوسرے کے سکھ دکھ کی خبر ضرور رکھتے سالگرہ اور پرموشن کی خوشیاں ڈبے کے تمام مسافروں میں مٹھائی کی صورت تقسیم ہوتیں۔میں جس ڈبے میں سفر کرتا تھا اس میں ایک بھجن منڈلی بھی ہوتی۔سرکاری اور غیر سرکاری دفاتر میں کلاس فور کے ملازموں کا یہ گروپ تھا جو دن بھر کی تھکن اور زندگی کی کلفتوں کو چیخ چیخ کر بھجن گا کر بھلانے کی کوشش کرتا تھا۔بھجن کے دوران ہی پرساد بھی تقسیم ہوتا۔پرساد کے لیے ہر روز چندہ ہوتا۔چندے میں میں بھی شریک تھا۔پہلے روز تو میرے اندر کے مذہبی مسلمان نے بڑی مزاحمت کی تھی لیکن پھر خیال ہوا تھا کہ میں سنی مسلمان نہ ہوتے ہوئے بھی جس طرح نذر و نیاز میں شرکت کرتا ہوں اسی طرح اپنے ہندو مسافر ساتھیوں سے خوشگوار رفاقت کے لیے پرساد کا چندہ دینے میں کون سا گناہ ہے۔ابتدائی تین چار ہفتوں تک کسی کو پتہ ہی نہیں تھا کہ میں کون ہوں۔کمپارٹمنٹ میں بے شمار ایسے لوگ بھی تھے جو تین چار برسوں سے ایک ساتھ سفر کر رہے تھے

فرسٹ کلاس کمپارٹمنٹ میں تو برسوں ایک دوسرے کے سامنے بیٹھنے والے مسافر آپس میں
گفتگو کی ضرورت ہی نہیں محسوس کرتے تھے ۔کوئی سونے لگتا تو کوئی اخبار پڑھنے لگتا ،چند گروپ
ایسے تھے جن کی دوستی تاش میں پھینٹے جانے والے بادشاہ بیگم اور غلام کی ہار جیت سے وابستہ
تھی ۔ادھر اسٹیشن آیا ادھر کھیل ختم اور دوستی بھی آئندہ تیرہ چودہ گھنٹوں تک کے لیے ملتوی!
کمپارٹمنٹ کے مسافروں کو جب پتہ چلا تھا کہ میں مسلمان ہوں تو بھجن منڈلی کے ساتھیوں
نے بڑے اشتیاق سے پوچھا ''تمہاری عید کب ہے؟''
''شاید چھ سات مہینے بعد...''
''ہم تمہارے تہوار پر پرساد بانٹیں گے ۔''
منڈلی کے بھجن گا ئیک رگھونند نے بڑی اپنائیت سے کہا تھا۔
''نہیں ۔ہم مسلمان عید میں اپنے دوستوں اور رشتے داروں کو میٹھا کھلاتے ہیں ۔اس لیے
آپ نہیں میں آپ کو میٹھا کھلاؤں گا''
''اچھا''رگھونند نے اپنے ساتھیوں کی طرف دیکھتے ہوئے ہنس کر کہا ۔''بالکل اپنی دیوالی
کے جیسا ہے ان کا بھی ''۔
''ہاں... اور ہم لوگ اپنے سے چھوٹوں کو عیدی دیتے ہیں یعنی گفٹ...''
''اچھا''رگھونند ہنسا ''بالکل ہماری دیوالی کی رسم کے جیسا''۔
دو تین مہینوں کے درمیان میری وہ مذہبی سخت گیری جسے بھجن کیرتن سماعت پر شور معلوم
ہوتا تھا سے...'جے جگدیش ہرے سوامی جے جگدیش ہرے ،بھگت جنوں کے سنکٹ پل میں
دور کرے'دل کے تاروں کو چھیڑنے والا ایک دل گداز گیت معلوم ہونے لگا تھا۔
چند ہی روز میں ہم سب ایک دوسرے سے اتنے مانوس ہو گئے تھے جیسے برسوں کی
یاری ہو ۔لوکل ٹرین کے دوسرے درجے کے مسافروں کی یہ تہذیب ہے کہ وہ اپنے اپنے
گروپ کے ایسے ساتھی کو جو دیر سے آتا آدھے سفر کے بعد سیٹ دے دیتے ہیں اس طرح
سب کو بیٹھنے کا موقع مل جاتا ہے ۔میں اکثر دیر سے پہنچتا اور رگھونند مجھے دیکھ کر''آ گیا میاں

بھائی‘‘ کہہ کرسیٹ چھوڑ دیتا۔اس کے میاں بھائی کہنے میں مجھے حقارت نہیں مجھے اپنائیت محسوس ہوتی لیکن بابری مسجد کے سانحے کے تقریباً دو ہفتوں کے بعد جب میں ڈبے میں سوار ہوا تھا تو مجھے ایسا محسوس ہوا تھا جیسے میرے داخل ہوتے ہی ڈبے میں سناٹا چھا گیا ہو۔رگھوند جو ہمیشہ مجھے دیکھ کرسیٹ چھوڑ دیا کرتا تھا وہ اپنی جگہ پر بیٹھا رہا اور کھڑکی سے باہر دیکھنے لگا۔رگھوند کے بھجن کے بعد ایک روز جب پرساد کے لیے چندہ مانگا گیا تو مجھے نظر انداز کر دیا گیا۔میں نے صاف محسوس کیا کہ یہ اتفاق نہیں تھا کیوں کہ مجھے پرساد بھی نہیں دیا گیا تھا۔ایک دوسرے سے لاتعلق ہو جانے کی کوشش کا نتیجہ تھا میرا فرسٹ کلاس کا سیزن ٹکٹ۔۔۔!

گاڑی کی رفتار کم ہونے لگی تھی۔میں نے دروازے سے باہر دیکھا۔اندھیرے میں پیچھے چھوٹتے بجلی کے قمقموں اور نیون سائن بورڈوں سے میں نے اندازہ لگا لیا تھا کہ دادر اسٹیشن قریب آ رہا ہے۔درد کی چھبن بدستور تھی اگر چہ یہ درد قابل برداشت تو تھا لیکن جوتے میں رہ جانے والے کسی کنکر کی طرح پریشان کن ضرور تھا۔اسٹیشن پر اترنے کے لیے چار پانچ لوگ اٹھے تو فوراً ہی کھڑے ہوئے لوگوں میں سے سات آٹھ لوگ جگہ کے لیے لپکے میں پھر اس سوئے ہوئے شخص کی طرف دیکھنے لگا ۔ جی میں آ یا کہ باپ کا گھر سمجھ کرسونے والے کی چادر کھینچ کر پھینک دوں اور اس کا گریبان پکڑ کر پوری قوت سے اسے اٹھالوں جیسے خرگوش کو کان سے پکڑ کر اٹھاتے ہیں ۔۔۔پھر مجھے اخبار کی وہ خبر یاد آ گئی کہ ویسٹرن لائن کی لوکل ٹرین میں ایک غنڈہ شراب کے نشے میں دھت، سیٹ پر لیٹا گالیاں بک رہا تھا، ایک نوجوان جو اپنی بیوی بچوں کے ساتھ ان کے سامنے والی سیٹ پر بیٹھا تھا ضبط نہ کرسکا اور اس نے اسے ڈانٹ دیا شرابی نے اٹھ کر جیب میں سے چاقو نکالا اور اس نوجوان کے پیٹ میں گھونپ دیا، عورت اور بچوں کی چیخیں نکل گئیں ۔ دوسرے مسافر حیرت سے پھٹی آنکھوں سے یہ منظر دیکھتے رہ گئے نشے سے جھولتے اس آدمی کو کسی نے پکڑا اور نہ ہی کسی نے گاڑی کی زنجیر کھینچی چاقو کے وار سے اپنی بیوی کی گود میں لڑھک جانے والے نوجوان کے شانے پر شرابی نے چاقو کا پھل پونچھا اور چاقو پتلون کی جیب میں ڈال کر ڈیڑھ دو منٹ کے بعد آنے والے اسٹیشن پر وہ گاڑی کے رکنے

سے قبل ہی چھلانگ مار کر بھیڑ میں غائب ہوگیا۔۔۔

دادرا اسٹیشن پر گاڑی رکتے ہی جتنے لوگ اترے اس سے بھی زیادہ لوگ ڈبے میں گھس آئے۔ آج سپنچر کا دن تھا۔ شہر کے تمام سرکاری دفاتر میں آدھے دن کی چھٹی ہوتی ہے۔ عام طور پر رات کے دس بجے تک لوکل ٹرینیں ایسے بھری رہتی ہیں جیسے آبادی کا انخلاء ہو رہا ہو۔ سپنچر اور چھٹی کے دنوں میں لوکل ٹرینوں میں اطمینان سے کھڑے رہنے کی جگہ مل جاتی ہے اور رات میں بیٹھنے کے لیے بھی کوئی جد و جہد نہیں کرنی پڑتی۔

ٹرین اسٹیشن سے نکل کر کچھ دور چل کر ہانپتے ہوئے رک گئی۔ پٹریوں کی دوسری طرف اونچی عمارتوں کے جنگل میں بجلی کے جگنو ٹمٹما رہے تھے۔ ٹرین کے رک جانے کی وجہ سے حبس بڑھ گیا تھا۔ دو سیٹوں کے درمیان کے گینگ وے میں میرے علاوہ چار پانچ لوگ ہی راڈ کا سہارا لیے کھڑے تھے اور دادرا اسٹیشن پر ڈبے میں سوار ہونے والا پولیس کانسٹیبل دروازے پر کھڑا ہوا کھار ہا تھا۔ اگر آج سپنچر نہ ہوتا اور رات ساڑھے نو کا وقت نہ ہوتا تو دم گھونٹ دینے والے حبس میں ڈبے میں کھڑے رہنا دشوار ہو جاتا۔ دفتر کے دو کلرک متعدی بخار کی وجہ سے چھٹی پر تھے اور پیر کے روز پھلوں کا ایک کنسائنمنٹ صبح کی فلائٹ سے جدہ بھیجنا تھا۔ درمیان میں اتوار کی چھٹی کی وجہ سے اسپیس بکنگ سے لے کر پھلوں کے آرڈر کی چیکنگ تک میرے ہی ذمے آ گئی تھی، دن بھر دوڑتے بیتا تھا۔ پورے دن کی مصروفیت کے خیال ہی سے پنڈلیوں کے عضلات میں اسٹھن محسوس ہونے لگی۔ پنڈلیوں کا درد میٹھی ٹیس بن گیا۔ ازم بستر پر گرتے ہی میٹھی نیند کی گاڑھی دھند میں کھو جانے کی خواہش نے بڑی تیکھی نظروں سے چادر تان کر سونے والے کو دیکھا۔ اس نے ایک بار بھی کروٹ نہیں بدلی تھی میرا غصہ رشک میں بدل گیا۔ کتنی پرسکون نیند سو رہا ہے۔ پیر بھی کتنے آرام سے لمبے کر رکھے تھے۔ لیکن یہ چادر کیوں اوڑھے ہوئے ہے؟ اتنی گرمی میں چادر اوڑھنے کا کیا جواز ہو سکتا ہے؟ ہو سکتا ہے یہ اس کی عادت ہو جیسے میرے بڑے بھائی کو بچپن سے عادت ہے کہ کسی بھی موسم میں سینے تک چادر اوڑھے بغیر سو ہی نہیں سکتے۔ ہم بھائی بہن ان کی چادر کھینچ لیتے تھے تو وہ خوب بناتے تھے۔ ایک بار گھر پر جب

کوئی نہیں تھا منجھلی باجی نے ان کی چادر چھپا دی تھی تو انہوں نے چادر کے لیے ہم سب سے خوب
منت سماجت کی تھی لیکن باجی نے چادر نہیں دی تھی اور صبح ہم نے دیکھا کہ وہ تولیہ اوڑھے سو
رہے ہیں ۔ شاید یہ شخص بھی ایسی ہی عادت کا شکار ہے لیکن یہ بھی تو سکتا ہے کہ وہ زندہ ہی نہ ہوا ایک
مردہ جسم پر سردی گرمی اور بارش کا کیا اثر! اپنے اس خیال کی تصدیق کے لیے میں نے غور
سے اس کے پیٹ اور سینے پر نظر ڈالی جو ہولے ہولے اوپر نیچے ہو رہا تھا۔

گاڑی چل پڑی تھی ۔ میرا دایاں ہاتھ راڈ پکڑے پکڑے درد کرنے لگا تھا میں نے بائیں
ہاتھ سے راڈ پکڑ لی اور بیگ کو دائیں کندھے پر منتقل کر لیا ۔ پنڈلیوں کی ٹیس، کندھوں کا درد اور
سوئیوں کی چبھن اب بہت تکلیف دہ ہو گئی تھی ۔ یہ سارے لوگ جو تقریباً بیس پچیس منٹ سے
کھڑے ہیں کیا وہ تھکن سے نڈھال نہیں ہیں؟ کیا انہیں بیٹھنے کی حاجت محسوس نہیں ہو رہی ہے؟ یا
میں ہی اتنا کمزور ہو گیا ہوں کہ زیادہ تھکے ہوئے جسم کو نہیں ڈھو سکتا؟ تین آدمیوں کی جگہ پر
پھیل کر سونے والے پر کیا صرف مجھ ہی کو غصہ آ رہا ہے؟ کیا انہیں نہیں لگتا کہ اگر یہ شخص سیٹ
پر نہ سو رہا ہوتا تو مزید دو لوگوں کو اطمینان سے بیٹھنے کی جگہ مل جاتی اور ان میں سے ایک تو میں ہی
ہوتا کیونکہ جس وقت میں وی ٹی سے ٹرین میں سوار ہوا تھا ڈبے میں تنہا میں ہی تھا جسے بیٹھنے کی
جگہ نہیں ملی تھی باقی لوگ تو مسجد بندر اسٹیشن اور بائی کلہ اسٹیشن پر سوار ہوئے تھے ۔ ڈبے میں
کھڑے دوسرے لوگوں کو میں نے غور سے دیکھا تو مجھے یہ محسوس کر کے سچ مچ بڑا سکون ملا کہ
ایک پستہ قد آدمی جو اپنے سے چہرے سے کسی سرکاری دفتر کا ہیڈ کلرک دکھائی دیتا تھا
،کھڑا شام کا اخبار پڑھ رہا تھا اس کے علاوہ تمام کی نظریں رہ رہ کر سونے والے پر اٹھ رہی تھیں شاید
وہ تمام بھی میری طرح خود کو اس جگہ کا مستحق تصور کر کے پیچ و تاب کھا رہے تھے ۔ موٹے شیشوں
کے چشمے والے سے میری نظریں ٹکرائیں ۔ اس نے میری طرف استفہامیہ نظروں سے دیکھا
جیسے پوچھ رہا ہو''کیا تم کو اس آدمی کی ناشائستگی پر غصہ نہیں آ رہا ہے؟''میں سوچنے لگا یہ چشمے والا
ٹرین میں کب سوار ہوا تھا؟ سامنے والی سیٹ کے لیے اس کا کون سا نمبر ہو سکتا تھا؟ مجھے ٹھیک
سے یاد نہیں آ رہا تھا کہ چشمے والا   کب سوار ہوا تھا ۔ میں نے سر کو جھٹک کر اس خیال کو بھی

جھٹک دیا کیوں کہ میرا نمبر بہر حال اس سے پہلے ہی آتا۔۔۔نہ چاہتے ہوئے بھی میری نظر چادر تان کر سونے والے پر پڑ گئی کیونکہ وہ چادر کے نیچے تھوڑا سا کسمسایا تھا۔ مجھے لگا تھا کہ گرمی کی وجہ سے اس کی نیند میں خلل پڑا ہے اس لیے وہ چادر ضرور ہٹائے گا نا پتہ نہیں کیوں مجھے اس کا چہرہ دیکھنے کی خواہش ہو رہی تھی۔

چشمے والے نے مجھے پھر سونے والے کو دیکھا یا شاید اس کی سیٹ کو دیکھا جس پر وہ اپنا حق سمجھ رہا تھا اور پھر اس پولیس والے کو دیکھا جو دروازے سے لٹک کر آنکھوں میں بھرنے والی ہوا سے بچنے کے لیے آنکھیں مچ مچا کر اندھیرے کو چیر کر دیکھنے کی کوشش کر رہا تھا۔ چشمے والا پنجوں کو جما جما کر چلتا ہوا دروازے تک جا پہنچا۔ وہ پولیس والے کے سامنے جا کر چند لمحوں تک تو خاموش کھڑا رہا پھر وہ پولس والے کی طرف جھک کر اس سے کچھ کہنے لگا۔ پولیس والا اس کی بات سنتے ہوئے سونے والے کی طرف بھی دیکھ لیتا تھا لیکن چشمے والے کی نظریں بدستور سونے والے پر ہی مرکوز تھیں۔ پولیس والے نے باہر دیکھتے ہوئے سر کو جھٹک کر کچھ کہا اور چشمے والے نے منہ سکوڑ کر کندھوں کو اچکایا اور دوسری طرف کے دروازے کے قریب جا کر کھڑا ہو گیا۔ میں بھی دروازے سے نظر آنے والے سیاہ آسمان پر ٹرین کے ساتھ دوڑتے نصف چاند کو دیکھتے ہوئے اپنی توجہ سونے والے کی طرف سے ہٹانے کی کوشش کرنے لگا۔ چادر میں سے اب خراٹے کی ہلکی ہلکی آواز بھی ابھرنے لگی تھی اگر چہ میں چاند اور ٹرین کی دوڑ میں اپنی بصارت کو بھی ملوث کر لینا چاہتا تھا لیکن خراٹے کی آواز صرف مجھ ہی کو نہیں ڈبے کے تمام مسافروں کو اپنی طرف متوجہ کر رہی تھی۔ میں نے باری باری کھڑے ہوئے مسافروں پر نگاہ ڈالی سب کے چہرے کے تاثرات بتا رہے تھے کہ ان کا بس چلے تو وہ اس حرامزادے کو اٹھا کر ٹرین سے باہر پھینک دیں۔ شاید وہ اس سے بھی سخت اقدام کی بابت سوچ رہے تھے، ٹرین سے باہر پھینکنے کا خیال تو میرا تھا کیوں کہ میں تشدد کا قائل نہیں تھا اس لیے میں اس سے زیادہ سخت سوچ بھی نہیں سکتا تھا۔

گوبر، سڑتے کچرے اور فضلے کی بو سے پتہ چل گیا تھا کہ سائن اسٹیشن گذر چکا ہے یعنی پچیس

منٹ کا سفر اب بھی باقی تھا ۔پچیس منٹ اور مزید سات آٹھ اسٹیشنوں پر گاڑی کے رکنے اور مسافروں کے چڑھنے کے تصور ہی سے میرے پیٹ میں مروڑ اٹھنے لگی ۔اب کرلا اسٹیشن آنے والا تھا ۔ریلوے لائن کے کنارے کنارے بسی جھونپڑ ابستیاں تیزی سے الٹے پاؤں پیچھے لوٹ رہی تھیں ۔میں دونوں ہاتھ سے راڈ کو پکڑ کر اپنے سارے جسم کا بوجھ اپنی کلائیوں پر ڈال کر راڈ سے جھول گیا ۔کرلا اسٹیشن پر گاڑی رینگ کر رک گئی ۔کچھ مسافر اترے اور بہت سے چڑھے ۔گاڑی پلیٹ فارم پر رینگنے لگی ۔تین چار مسافر گاڑی کے رفتار پکڑنے سے پہلے ہی دروازے کے ہینڈل کو پکڑ کر ڈبے میں کود کر چڑھے ۔۔۔ڈبے میں دھم سے سوار ہونے والے وہ تین لوگ تھے''سالا پیچھے چھوٹ گیا''خار پشت جیسے سخت گھنے بالوں اور چوڑے جسم والے نووارد نے پیشانی سے پسینے پونچھتے ہوئے ہنس کر نعرہ لگانے والے انداز میں ایک بار پھر''سالا''کہا اور پھر وہ اپنی آستین چڑھانے لگا ۔اس کی مضبوط کلائیوں اور کہنی سے اوپر تڑپتی بجلیوں والے صحت مند بازوں میں آستین پھنس گئی ۔

''کمزور آدمی ہے نا ہر بار پیچھے چھوٹ جاتا ہے ''لمبے قد کے دبلے پتلے نوجوان نے مسکرا کر کندھے پر لٹکے بیگ کو لگیج ریک کا نشانہ لے کر باسکٹ بال کی طرح اچھال دیا ۔تیسرا جو پستہ قد تھا اور جس کے چہرے پر جھائیوں کے ہلکے ہلکے داغ تھے پتلون کی ہپ پاکٹ میں سے کنگا نکال کر ماتھے پر گرنے والے بالوں کو سنوارتے ہوئے کچھ گنگنانے لگا ۔

وہ تینوں ڈبے میں جس انداز میں سوار ہوئے تھے اور جس لب و لہجے میں زور زور سے باتیں کر رہے تھے وہ فرسٹ کلاس کی تہذیب کے خلاف تھا ۔دن بھر کی تھکن سے بوجھل مسافروں کی انسانی خاموشی کو ان تینوں کے شور نے درہم برہم کر دیا تھا ۔رو د راکش والے نے چیچک کے داغ والے اپنے ساتھی کی قمیص کی جیب سے کٹکھے کی پڑیا کو نکال کر دانتوں میں دبا کر چیرا اور گردن اٹھا کر کٹکھے کو منہ میں بھر لیا ۔انگریزی کا شام نامہ پڑھنے والے نے اخبار پر سے نظریں اٹھا کر دروازے کے قریب کھڑے زور زور سے باتیں کرنے والے نووارد کو دیکھا ۔اس کی آنکھوں میں ناگواری کو میں نے صاف محسوس کر لیا تھا ۔یہ تینوں آدمی جوتیں

پینتیس کے پیٹے میں نظر آتے تھے اور اپنے لباس اور لب و لہجے سے کلاس تھری کے ایسے سرکاری ملازم معلوم ہوتے تھے جنہیں شاید فرسٹ کلاس کا سیزن ٹکٹ مفت میں حاصل تھا۔ میری توجہ کا مرکز اب وہ خراٹے بھرنے والا آدمی نہیں بلکہ یہ تینوں تھے بالخصوص وہ سخت بالوں اور مضبوط جسم والا تھا جس کے گلے میں پتلی سی سونے کی چین اور رودراکش کی موٹی مالا لٹک رہی تھی اور دائیں ہاتھ کی کلائی میں اسٹیل کا موٹا سا کڑا تھا جسے سکھ پہنتے ہیں۔''یہ سالا چیکو چلتی گاڑی پر کیوں نہیں چڑھتا'' پستے قد والے نے بنگھی جیب میں رکھ کر سنجیدہ چہرہ بنا کر پوچھا۔

''اس چو میسے کو چڑھنا آتا تو عورت چھوڑ کے کیوں جاتی!'' رودراکش والے نے معنی خیز انداز میں کہا اور تینوں ٹھٹھا مار کر ہنس پڑے۔ ان کے قہقہے کی ناشائستگی اور فحش مذاق کو صرف میں نے ہی نہیں سبھی نے محسوس کیا تھا۔ ایک عجیب سی بُو سارے میں پھیل رہی تھی شاید انہوں نے ٹھرا پی رکھا تھا جس میں شامل نوسادر کی تیزابی بوتھنوں میں سوزش پیدا کرنے لگی تھی۔ اخبار پڑھنے والے نے اخبار میں اپنا چہرہ ایسے چھپا لیا جیسے وہ اب کسی سے نظریں ملانا نہ چاہتا ہو۔ دروازے پر کھڑا پولیس والا بھی ان کے مذاق پر دانت نکال کر اندھیرے کو چباتے ہوئے ہنسنے لگا، دروازے کی دوسری طرف کھڑے چشمے والے نے مجھے دیکھا میں نے اسے دیکھا، اس نے اور میں نے اپنے اپنے کندھے ناخوشگواری سے اچکائے۔ رودراکش والے نے گٹکھا چباتے ہوئے زور سے کھنکھار کر دروازے کی طرف جھک کر پیک اچھالی اور جیب سے سگریٹ نکال کر سلگا کر پورے ڈبے میں ایک اُچٹتی نظر دوڑائی۔ میری نظروں نے اس کی نظروں کو چونکتے ہوئے دیکھا۔ اس کی آنکھیں چادر اوڑھ کر ہلکے ہلکے خراٹے بھرنے والے پر جم گئی تھیں۔ اس نے جلدی جلدی سگریٹ کے دو چار کش لے کر دھویں کا گڑھا غبار چھوڑا جس نے ریلوے کانسٹبل کے چہرے اور ''تمباکو نوشی ممنوع ہے'' کی انگریزی تنبیہ کو دھندلا دیا۔ رودراکش والے نے اپنا سگریٹ لمبے قد والے کی طرف بڑھا دیا۔

رودراکش والے کی گالیوں کے علاوہ یہ بات مجھے ہی نہیں شاید سبھی کو اچھی لگی تھی اس لیے سب کی توجہ اس کی طرف مبذول ہوگئی تھی۔

"اے اٹھ کیا باپ کا گھر سمجھ لیا ہے؟" رو دراکش والا سونے والے کی سیٹ پر جھک کر چیخا، پھر دو تین بار اسی طرح چیخا لیکن چادر کے نیچے ذرا سی بھی حرکت نہیں ہوئی۔

"ارے بھوسڑی کا، بہت ڈھیٹ معلوم پڑتا ہے۔" وہ اب جھنجلانے لگا۔

"چھوڑ نامرے نے دے سالے کو...چل ادھر دروازے پے ہوا کھائیں گے" پستہ قد والے نے کہا۔

"ارے ایسا کیسے سالا پبلک پراپرٹی پے اکیلے کا قبضہ! کیسے چلے گا۔"

"صحیح بات ہے میں نے ان سے یہی بولا تھا لیکن یہ..." چشمے والے نے کانسٹبل کی طرف دیکھ کر رو دراکش والے کو تائید کی۔

اخبار پڑھنے والے نے اپنا اخبار تہہ کر کے پتلون کی جیب میں کسی لفافے کی طرح ٹھونس لیا اور ستائشی نظروں سے انھیں دیکھنے لگا۔

سب کی توجہ اب رو دراکش والے پر تھی جیسے اس ناجائز قبضے کے خلاف وہ تمام مسافروں کی امیدوں کا مرکز ہو۔ رو دراکش والے نے سونے والے کی سیٹ پر بایاں ہاتھ رکھا اور دائیں ہاتھ کے پنجے کو اپنے گھٹنوں پر رکھ کر جھک گیا۔ اس نے چمکتی آنکھوں سے سر گھما کر ڈبے میں موجود لوگوں کو دیکھا پھر "بہن چو..." کا نعرہ بلند کر کے سونے والے کی چادر ایسے کھینچی جیسے مردہ جانور کی کھال اتار رہا ہو۔ سونے والا شاید گالی کی آواز سے یا چادر کھینچے جانے سے جاگ گیا تھا۔ سرکتی چادر کے نیچے سے ناگواری میں بھنچے ہوئے ہونٹوں والا ایک چہرہ ٹھوڑی تک دکھائی دینے لگا تھا، جس کی سلوٹوں والی پیشانی کی نیچے بڑی بڑی میلی آنکھیں حیرت سے رو دراکش والے کو گھور رہی تھیں۔ پتلی پتلی انگلیوں والی دو مٹھیوں نے چادر کے کھسکتے کناروں کو مضبوطی سے پکڑ رکھا تھا۔ چادر کا دوسرا کنارہ رو دراکش والے کی مضبوط مٹھی میں تھا۔ وہ کمر کی طرف سے جھک کر چادر کو ایسے کھینچ رہا تھا جیسے رسہ کشی کے مقابلے میں اپنی طاقت کا مظاہرہ کر رہا ہو۔ رو دراکش والے کے چہرے پر اچانک خفت بھری مسکراہٹ ابھر آئی جیسے اسے اپنی شکست محسوس ہو رہی ہو۔ اس کی موٹی موٹی مونچھوں کے نیچے دو دانت مسکرا تو رہے تھے لیکن ان میں مجروح انا کا

خونخوار پن بھی جھلک رہا تھا۔ ہمارے لیے یہ ایک دلچسپ کھیل تھا لیکن میری خواہش تو یہی تھی کہ رود راکش والا چادر سمیت سونے والے کو بھی کھینچ کر سیٹ کے نیچے پھینک دے ۔ جھائیوں کے داغ والا اس منظر کو دیکھنے کے لیے اور قریب کھسک آیا تھا اور کھی کھی کی آواز کے ساتھ زور زور سے ہنس رہا تھا۔ مجھے ہنسی بھی آ رہی تھی اور سونے والے کی ڈھٹائی پر غصہ بھی ۔ اب چادر سونے والے کے سینے تک آ گئی تھی وہ پھٹی پھٹی آنکھوں سے رود راکش والے کو دیکھتے ہوئے چادر کو مضبوطی سے پکڑ کر اپنی طرف کھینچ رہا تھا اس کوشش میں وہ اپنے پورے بدن سے کانپ رہا تھا اس کی اس ضد پر میرا جی چاہا کہ بڑھ کر رود راکش والے کی مدد کو پہنچ جاؤں ۔ جھائیوں کے داغ والا بدستور کھی کھی کرکے ہنس رہا تھا۔ اس کی یہ ہنسی غصہ دلانے والی تھی ۔ میں نے جلتی نظروں سے اسے دیکھا وہ ہنسے جا رہا تھا جیسے مداری کے کھیل سے محظوظ ہو رہا ہو ۔ رود راکش والے کا چہرہ سرخ ہو گیا اور اس نے نتھنوں کو سکوڑ کر دانتوں کو بھینچ کچا کر پوری قوت سے چادر کو کھینچا ۔ اس بار مجھے اس کا چہرہ کتوں کی لڑائی میں ہارنے والے اُس کھسیانے کتے کی طرح لگا جو دانتوں کو نکوس کر حاوی ہو جانے والے کتے پر آخری وار کرنے والا ہو ۔ چادر کے پیچھے سے نظر آنے والی آنکھیں خوف سے پھٹ پڑیں اور برگدی کی جٹاؤں جیسی پتلی خشک انگلیوں کی گرفت ڈھیلی پڑ گئی رود راکش والے کے بھینچے ہوئے دانتوں کے درمیان سے گھسرتا ہوا "بہن چو..." کا نعرہ نکلا اور چادر کو سونے والے کی گرفت سے چھڑا کر وہ پیچھے کی طرف جھول گیا تھا لیکن اس نے شاید اپنے پنجوں پر ہل جانے والے اپنے جسم کے بوجھ کو سنبھال لیا تھا ...رود راکش والے نے فاتحانہ مسکراہٹ کے ساتھ ڈبے میں چاروں طرف نظریں دوڑائیں ۔ مجھے بھی ایسا لگا جیسے وہ کوئی بڑی اہم لڑائی ہارتے ہارتے جیت گیا ہو اگر وہ ہار جاتا تو ہماری بھی ہار ہو جاتی ۔ میں نے محسوس کیا کہ میرے ہونٹ بھی پھیل کر مسکرا رہے ہیں ۔ میرے ہونٹ کیوں مسکرا رہے ہیں؟ میں نے خود سے سوال کیا ۔ میں نے ڈبے میں موجود لوگوں کے تاثرات کو پڑھنے کی کوشش کی جو کھڑے تھے ان کے بھی ہونٹ مسکرا رہے تھے جو بیٹھے تھے ان کے چہرے پر کوئی رد عمل نہیں تھا ۔ مسکرانے والوں کو شاید اپنی حلق تلفی کرنے والے کی درگت پر خوشی محسوس ہو

رہی تھی ۔ چادر کے نیچے سے ایک مدقوق چہرے والا چالیس پینتالیس سال کا آدمی ہم
کے سامنے تھا وہ خود کو سمیٹ کر اٹھنے کی کوشش کر رہا تھا جیسے اس کے جسم سے چادر نہیں
سارے کپڑے اتار لیے گئے ہوں ۔ اس کا شیو بڑھا ہوا تھا اور سیاہ حلقوں کے بیچ اس کی بڑی
بڑی آنکھیں سوکھے چہرے پر تناسب سے زیادہ بڑی معلوم ہو رہی تھیں ۔ اس نے میلی کرتا نما
بنڈی اور بوسیدہ پاجامہ پہن رکھا تھا ۔ جو عام طور پر سرکاری اسپتالوں کے مریضوں کو پہنایا جاتا
ہے ۔ بٹن نہ ہونے کی وجہ سے گریبان کھلا ہوا تھا جس سے اس کے سینے کے پنجر کی ہڈیاں
جھانک رہی تھیں ۔ اس کا جسم کانپ رہا تھا جیسے اسے جاڑا لگ رہا ہو ۔ اس نے اپنے دونوں
ہاتھوں کے پنجے پر جسم کا بوجھ رکھ کر دونوں پیروں کو گھٹنوں کی طرف سے کھینچ کر سینے سے لگا لیا
۔ پاجامے کے چوڑے پائنچوں میں سے اس کی پتلی پتلی پنڈلیاں دکھائی دے رہی تھیں جن پر
خشکی کی وجہ سے کھر نڈسی جمی ہوئی تھی اور پیروں کی انگلیوں کے درمیان ہلدی جیسی پیلاہٹ تھی
۔ وہ شکار ہو جانے والے بے بس اور کمزور جانور کی طرح رود راکش والے کو بڑی بے چارگی سے
دیکھ رہا تھا ۔

گاڑی کی رفتار سست ہو چکی تھی ۔ رود راکش والے نے گردن گھما کر دروازے کی طرف
دیکھا مجھے لگا تھا کہ رود راکش والا اور اس کے ساتھی مولنڈ (Mulund) اسٹیشن پر اتر جائیں
گے ۔

گاڑی مولنڈ اسٹیشن کے پلیٹ فارم پر رینگ رہی تھی ڈبے کے دروازے کے قریب
کھڑے تین چار لوگ اسٹیشن پر اتر گئے ۔ اسٹیشن پر بھیڑ بالکل نہیں تھی ۔ میں دروازے کی طرف
اس خیال سے دیکھ رہا تھا کہ شاید رود راکش والا اور اس کے ساتھی اس پلیٹ فارم پر اتر جائیں
۔ ان کا مذاق اور اندازِ گفتگو سبھی شاید ناگوار گذر رہا تھا ۔ اس لیے اب وہ لوگوں کی توجہ کا مرکز نہیں
تھے ۔ ٹرین کے چلتے ہی دروازے کے ٹھیک درمیان میں لگی لوہے کی راڈ کو پکڑ کر ایک اندھا
فقیر اور ایک پچھے سات سال کی بچی ڈبے میں چڑھے تھے ۔ اندھے فقیر کے چہرے پر چیچک
کے گہرے داغ تھے ۔ اس نے اپنی بے نور آنکھوں کو چھپانے کے لیے سیاہ چشمہ پہن رکھا تھا

وہ دروازے کے قریب ہی جگہ بنا کر چپ چاپ کھڑا ہو گیا تھا۔ شاید وہ بھیک مانگ کر اپنے گھر لوٹ رہا تھا۔ بچی کا چہرہ اندھے فقیر سے کافی مشابہ تھا۔ اس نے ایک میلی سی فراک پہن رکھی تھی جو سائز میں کافی بڑی ہونے کی وجہ سے بچی کے گھٹنوں کے نیچے تک آرہی تھی۔ بچی کے ہاتھ میں کانچ کے دو چھوٹے چھوٹے مستطیل ٹکڑے تھے جنہیں بجا کر دونوں بھیک مانگتے ہوں گے۔ لڑکی نے ایک ہاتھ سے اندھے کا ہاتھ پکڑ رکھا تھا اور رہ رہ کر کانچ کے ٹکڑوں کو بجا دیا کرتی تھی۔ شاید یہ اس کی عادت بن گئی تھی۔

''یہ فرسٹ کلاس ہے او اندھے'' پولیس والے نے رعب جمانے والی آواز میں اندھے فقیر کو مراٹھی میں آگاہ کیا۔

''بابا یہ فرسٹ کلاس ہے'' بچی نے اندھے فقیر کا ہاتھ ہلاتے ہوئے پولیس والے کو دیکھتے ہوئے کہا۔

''ارے بھول ہو گئی'' اس نے بھی منہ اٹھا کر اندھے شیشوں سے خلا میں دیکھتے ہوئے مسکرا کر مراٹھی میں ایسے کہا جیسے سامنے کھڑے مخاطب کو جواب دے رہا ہو۔'' دو اسٹیشن بعد اترنا ہے ...'' کہہ کر پھر خلا میں دیکھ کر مسکرایا۔

یہ بھکاری تو نہیں ہو سکتا کیونکہ بھیک مانگنے والے بھی پہلے اور دوسرے درجے اور ان دونوں درجوں کے مسافروں کے رویوں کے فرق کو خوب سمجھتے ہیں۔ بارش کے دنوں میں اکثر ریلوے پولیس کی نظروں سے بچ کر یا پھر ان کی ہتھیلی کی کھجلی مٹا کر لوکل ٹرین کے دوسرے درجے میں سو جاتے تھے لیکن صبح پانچ بجے جاگ پڑنا ان کے لیے ناگزیر تھا کیونکہ مسافروں کی ریل پیل صبح پانچ ساڑھے پانچ بجے ہی شروع ہو جاتی ہے۔

اس کا مطلب یہ ہوا کہ یہ بھکاری نہیں ہے؟ تو پھر یہ کون ہے؟ گھٹنوں میں منہ دے کر کانپتے ہوئے اس آدمی کو دیکھ کر میں نے سوچا۔ میں نے محسوس کیا کہ اس کا جسم خوف سے نہیں بلکہ شدید کمزوری محسوس ہونے والی ٹھنڈی سے کانپ رہا ہے۔

رودراکش والے کو شاید اچانک محسوس ہوا تھا کہ اس کے ہاتھوں میں جو چادر ہے وہ میلی

اورگندی ہے۔اس نے کراہیت سے منہ بگاڑ کر چادرکوسیٹ پر پھینک کر دونوں ہاتھوں کو ایسے جھاڑا جیسے گندگی جھاڑ رہا ہو۔ چشمے والا جواب تک پولیس والے کے قریب کھڑا بڑی دلچسپی سے یہ سب دیکھ رہا تھا کھسک کر رو دراکش والے کے قریب آ کر کھڑا ہو گیا تھا اور اس کے کسرتی بازوؤں کی مچھلیوں کو وہ ستائشی نظروں سے ایسے دیکھ رہا تھا جیسے کوئی فاحشہ کسی خوبصورت اور صحت مند لڑکے کو نہار رہی ہے۔

وہ بڑی حسرت سے اپنی چادرکو دیکھ رہا تھا جو اس سے صرف ہاتھ بھر کے فاصلے پر پڑی ہوئی تھی۔اس نے ایک سہمی ہوئی چڑیا کی طرح رو دراکش والے کو دیکھا جو اپنے دونوں ہاتھ کمر پر رکھ کر اسے گھور رہا تھا۔ اس نے لرزتا ہوا خشک ہاتھ چادر کی طرف بڑھایا تھا کہ رو دراکش والے نے ''ہاتھ مت لگانا''اتنی زور سے کہا کہ چادر والا ہی نہیں میں بھی چونک پڑا تھا۔

''کیا بات ہے کون چلا رہا ہے۔''اندھے فقیر نے اسی طرح منہ اٹھا کر خلا میں دیکھ کر پوچھا۔ بچی رو دراکش والے کی آواز سے سہم گئی تھی اور اندھے فقیر سے لگ کر کھڑی ہو گئی تھی۔ وہ سہمی سہمی سی رو دراکش والے کو دیکھ رہی تھی جو آنکھیں نکال کر چادر والے کو گھور رہا تھا۔ چادر والے نے اپنا ہاتھ کھینچ کر پھر اپنے گھٹنوں کے گرد باندھ لیا تھا۔اس کی بکبکی میں اضافہ ہو گیا تھا ۔عجیب ضدی آدمی ہے سیٹ سے اٹھتا ہی نہیں ہے ۔اس کی بے حسی پر مجھے غصہ تو تھا ہی لیکن چشمے والے کی کہنی کا دباؤ چادر والے سے زیادہ اس پر غصہ دلا رہا تھا۔ میں نے ناگواری سے اسے گھورا۔ وہ بڑے انہماک سے چادر والے کو دیکھ رہا تھا۔ میں نے محسوس کیا کہ اس کا یہ انہماک دراصل دکھاوا تھا، وہ قطار توڑ کر آگے گھسنے والوں کی طرح برتاؤ کر رہا تھا۔اس کے اس مکر کو دیکھ کر جی میں آیا کہ پہلے اسی کو اٹھا کر ٹرین سے باہر پھینک دوں۔ میں نے اطراف میں دیکھنے کے لیے سر گھمایا تو مجھے یہ دیکھ کر حیرت ہوئی کہ ڈبے میں کھڑے ہوؤں میں سے بیشتر لوگ چادر والے کی سیٹ کے قریب آ کر کھڑے ہو گئے تھے ۔ان تمام کی آنکھوں میں ایسی چمک تھی جو لومڑی کی آنکھوں میں اس وقت ہوتی ہے جب شیر اپنے شکار سے شکم سیر ہو کر اس کی بچی کھچی ہڈیاں مردہ خور جانوروں کے لیے چھوڑ دیتا ہے۔

"ابے سالے تیرا باپ بھی کبھی فرسٹ کلاس میں بیٹھا تھا؟" رو دراکش والے نے خشمگیں نظروں سے اسے گھور کر پوچھا۔

"ارے پہلے اس کو پوچھ کہ کبھی اس کا باپ ٹرین میں بھی بیٹھا تھا کیا؟ کبھی کبھی!"

"کیوں گالی بکتا ہے ساب؟ اندھا ہوں نا معلوم نہیں تھا کہ یہ فرسٹ کلاس ہے..." اندھے فقیر نے لاٹھی سمیت اپنا ہاتھ جوڑ کر عاجزی سے کہا۔

"وہ ہمیں نہیں کہہ رہے ہیں۔" بچی نے اندھے سے کہا لیکن اس کی نظریں رو دراکش والی پر تھیں۔

"پھر وہ کس کو گالیاں بک رہا ہے؟ کیا ڈبے میں کوئی دوسرا فقیر بھی آ گیا ہے؟" اندھے فقیر نے پوچھا۔

بچی آہستہ آہستہ اندھے سے کچھ کہنے لگی اور اندھا جھک کر بڑی توجہ سے اس کی باتیں سن رہا تھا۔ بچی بار بار مدقوق آدمی کو دیکھ رہی تھی۔

چادر والا مدقوق آدمی سہما ہوا سارو دراکش والے کو دیکھ رہا تھا۔ اس کے ہڈیالے رخسار کا پتلا گوشت پھڑکنے لگا تھا۔ رو دراکش والے نے اچانک اسے گریبان سے پکڑ کر کھینچ لیا۔ "سالا جواب نہیں دیتا میں کیا چوتیا ہوں؟" رو دراکش والے کی گرفت میں اس کی گردن کے اوپر سوکھے ہوئے چہرے پر بڑی بے چارگی تھی، التجا تھی، رحم طلبی تھی...... مجھے اپنا دم گھٹتا ہوا محسوس ہو نے لگا جیسے کوئی میرا گلا گھونٹ رہا ہو...

"کبھی کبھی، بندر سالا کبھی کبھی" بھائیوں کے داغ والے کانوں میں گرم تیل کی طرح چھن چھن چھنانے لگی۔ رو دراکش والے نے اسے یکلخت ایسے چھوڑ دیا جیسے وہ کوئی بے جان اور بے کار شئے ہو۔ وہ دھپ سے فرش پر گرا۔ چوٹ شاید اس کے کولہے میں لگی تھی اس کے منہ سے زور سے کراہ نکلی تھی۔ وہ کراہتے ہوئے اٹھنے کی کوشش کرنے لگا۔ میں نے بے اختیار پولیس والے کی طرف مدد مانگنے والے انداز میں دیکھا جیسے میں گونگا ہوں اور صرف نظروں ہی سے اپنی بات کہہ سکتا ہوں۔ پولیس والا دونوں ہاتھوں سے راڈ پکڑے مسکرا رہا تھا۔ بچی دھیمی

آواز میں اندھے سے کچھ کہہ رہی تھی اور اندھے کی بھنویں کمان کی طرح تن گئی تھیں۔

’’بھوسڑی کا۔۔۔مادر چو۔۔۔باپ کی پراپرٹی سمجھ رہا تھا۔۔۔روداکش والا گالیاں بک رہا تھا اور اس کا ساتھ کھی کھی۔۔۔! کوئی انجانی گرفت میری گردن پر بڑھی جا رہی تھی میرا جی کر رہا تھا کہ فوراً ہی اسٹیشن آجائے اور میں ڈبے میں سے اتر کر اس ماحول سے نجات حاصل کرلوں۔

دھپ دھڑاپ دھپ کی بے ہنگم آواز پر میں اپنے خیالات سے چونکا۔روداکش والا مدقوق آدمی کو دروازے کی طرف دھکیل رہا تھا۔شاید اسٹیشن آنے والا تھا۔

’’ارے بابا کا ہے کو مارتا ہے؟‘‘اچانک ایک بلند آواز نے پورے ڈبے کو چونکا دیا۔ یہ اندھے فقیر کی آواز تھی۔’’کیوں مارتا ہے بابا!‘‘وہ زور زور سے دائمی اندھیرے میں گھوتا ہوا بول رہا تھا۔مدقوق آدمی کو دھکیلتے ڈھکیلتے روداکش والا رک گیا اس نے پلٹ کر خونخوار نظروں سے اندھے کو دیکھا۔

’’او اندھے ۔‘‘پولیس والا پھر اپنی جگہ سے چیخا‘‘ایک تو بھکاری لوگ بنا ٹکٹ کے ٹرین میں گھستا ہے اور اوپر اتنا رواب دکھاتا ہے۔‘‘

پولیس والے کا چہرہ ہو بہو روداکش والے جیسا تھا جیسے روداکش والے نے ہی وردی پہن لی ہو۔مدقوق آدمی کی آنکھوں میں بے بسی کے ساتھ آنسو بھی شامل ہو گئے تھے۔ میں گینگ وے سے نکل کر دروازے کے قریب جا کر کھڑا ہو گیا۔میں نے ارادہ کرلیا تھا کہ اب روداکش والے نے زیادتی کی تو میں اسے ضرور منع کروں گا۔لیکن تم اسے روکو گے کیسے؟ وہ تو غنڈہ نظر آتا ہے۔ممکن ہے وہ نشے میں ہو اور تمہاری بے عزتی کر دے! یہ بڑے اہم سوالات تھے جن کا جواب مجھے نہیں سوجھ رہا تھا۔۔۔‘‘چاہے جو ہو میں اسے سمجھانے کی کوشش ضرور کروں گا‘‘میں نے خود کو سمجھایا۔

گاڑی کی رفتار پھر کم ہونے لگی تھی اسٹیشن قریب تھا۔روداکش والا کمر پر دونوں ہاتھ رکھے مدقوق آدمی کو ایسے گھور رہا تھا جیسے باکسر اپنے مقابل کو چاروں شانے چت کرنے کے بعد اسے حقارت سے دیکھتا ہے۔مدقوق آدمی گھٹنوں میں منہ دیئے بیٹھا تھا اس کا جسم ہل رہا تھا۔

پتہ نہیں ہانپ رہا تھا، کانپ رہا تھا یا رو رہا تھا؟

گاڑی پلیٹ فارم میں داخل ہو رہی تھی۔ رود راکش والے نے گاڑی کے رکتے ہی جھپٹ کر مدقوق آدمی کو گریبان سے پکڑ کر پوری قوت سے اٹھالیا جیسے وہ کوئی انسان نہیں کیچوا ہو۔ ایک بلبلجا کیڑا جس کے جینے اور مرنے کا کوئی مصرف نہ ہو۔ وہ اس کی گرفت میں ایسے جھولنے لگا جیسے وہ کوئی جسم ہی نہ ہو۔ حلق سے نکلتی خرخری آواز کے ساتھ اس کی پھٹی پھٹی آنکھیں مجھے... نہیں نہیں مجھے نہیں... اس اندھے کو رحم طلب نظروں سے دیکھ رہی تھیں جو اب ''کون ہے؟ ارے کاہے کو مارتا ہے بابا...'' کہتے ہوئے ہوا میں لاٹھی چلانے لگا تھا۔ میں پھرتی سے پیچھے ہٹ نہ گیا ہوتا تو لاٹھی کی ضرب مجھے ضرور لگتی۔ بچی اندھے کا دامن مضبوطی سے پکڑ کر رود راکش والے کی گرفت میں چھٹ پٹاتے مدقوق آدمی کو ایسے دیکھ رہی تھی جیسے ابھی رو پڑے گی۔

''ابے بہت مستی چڑھ گئی ہے۔ سیدھا کھڑے رہ او اندھے...'' پولیس والے نے اندھے کو ڈانٹا ''ہاں ہاں میں تو اندھا ہوں، تمہاری ہے نا بڑی بڑی آنکھ تم میرے کو بتاؤ نا کون ہے یہ مارنے والا اور کون ہے مار کھانے والا؟... بولو... بولو کاہے کو مارتا ہے یہ... کاہے کو مارتا ہے آخر؟'' اندھا فقیر غصہ میں ایک ہی سانس میں بول گیا-

گاڑی کے رکتے ہی رود راکش والے نے ایک جھونکا دے کر مدقوق آدمی کو ڈبے سے باہر ڈھکیل دیا وہ کاغذ کے ٹکڑے کی طرح لہرا کر پلیٹ فارم پر گرا۔ اس کے گرتے ہی میرا دل حلق میں آ گیا۔ خوف زدہ بچی اپنے پتلے پتلے ہاتھوں سے اندھے کو پلیٹ فارم کی طرف کھینچنے لگی۔ اندھا مرا ٹھی میں زور زور سے بھرائی آواز میں بڑبڑاتے ہوئے بچی کے ساتھ پلیٹ فارم پر اتر گیا۔ گاڑی جھٹکا لے کر چل پڑی۔ میں نے لپک کر دروازے میں سے پیچھے چھوٹتے ہوئے پلیٹ فارم پر دیکھا۔ مٹ میلے اندھیرے میں پلیٹ فارم پر دو سائے کسی گٹھری جیسی شئے پر جھکے ہوئے تھے۔ ٹرین کی رفتار کے ساتھ پلیٹ فارم اور وہ سائے اندھیرے میں ڈوبتے چلے گئے۔

خالی سیٹ پر وہ میلی چادر پڑی ہوئی تھی جس سے عجیب طرح کی بو آ رہی تھی لیکن ناک میں سوزش پیدا کرنے والی ٹھرے کی بو جیسی نہیں تھی۔ سامنے کی سیٹ خالی تھی۔ جہاں کچھ دیر پہلے

تک مدقوق آدمی سویا ہوا تھا! چشمے والا اور کلرک نما آدمی اپنی اپنی جگہوں پر کھڑے ٹرین کے ہچکولوں کے ساتھ ہل رہے تھے ۔ مجھے ایسا لگ رہا تھا جیسے میں ما قبل تاریخ کے ایک ایسے عظیم الجثہ اور مہیب جانور کے تاریک پیٹ میں پڑا ہوا ہوں جو گاڑھے اندھیرے میں بے تحاشہ دوڑا چلا جا رہا ہے!

OOO

اندھیری گلی

”اے *بیوڑا ماسٹر۔“

یہ جملہ اعجاز کی سماعت پر کسی غلیظ بلغم کی طرح گرا تھا۔ تاریک زینے پر قطار میں بنے کمروں کے روشندانوں سے ہو کر آنے والی ملگجی روشنی پیشاب کی پیلاہٹ والے پوتڑوں کی طرح سیڑھیوں پر بکھری ہوئی تھی اور ان میں اعجاز کا سایہ کسی ریچھ کی طرح جھومتا ہوا چل رہا تھا۔

”اے بیوڑا ماسٹر۔“

پھر کسی نے اس کے منہ پر تھوک دیا۔ اس نے سوچا اگر وہ اس وقت نشے میں نہ ہوتا تو یقیناً جھگڑا کر بیٹھتا لیکن ڈیڑھ پاؤٹھرے کے نشے نے اس کی اُن حسوں کو بیدار کر دیا تھا جو عام حالات میں خوابیدہ رہتی ہیں، لیکن نشہ ہوتے ہی بار بار دماغ کو پیغام پہنچانے لگتی ہیں کہ خبردار کسی بھی ناز یبا حرکت کے لیے نشے کو مورد الزام ٹھہرایا جائے گا۔ یعنی انا، عزت نفس اور وقار کے تحفظ کے جذبے کے تحت اگر کسی سے بدمزگی ہو جائے تو زندہ آدمی کے زندہ جذبات کے ردِعمل کو محض شراب کا نتیجہ نہ قرار دیا جائے اور جرأت مردی کو کہیں جرائت رندانہ نہ کہہ دیا جائے۔

دوسری منزل پر اپنے فلیٹ کے دروازے پر اس نے حسب عادت ہلکے سے دستک دی اور خلاف معمول دروازہ فوراً ہی ایسے کھل گیا جیسے کوئی دروازے سے لگا بیٹھا اس کا منتظر ہو۔ سامنے اعجاز کی بیٹی شیرین کھڑی تھی۔ اس نے چہرے پر دوپٹہ ایسے لپیٹ رکھا تھا جیسے نماز

پڑھنے یا تلاوت کرنے جا رہی ہو ۔ اعجاز نے کمرے میں داخل ہو کر خود دروازہ بند کیا ۔ شیریں کچن میں چلی گئی اور اعجاز منہ ہاتھ دھو کر کپڑے تبدیل کرنے کے لیے باتھ روم میں جا گھسا ۔ کمرے میں ایک عجیب سا سناٹا بھرا ہوا تھا اور رہ رہ کر بھن بھناہٹ جیسی آواز ابھرتی جو کبھی بلند ہوتی تو کبھی ڈوب جاتی ۔ اعجاز کپڑے تبدیل کر کے جب چھوٹے سے ڈرائنگ روم میں آیا تو اپنی بیوی کو مصلّے پر تسبیح پڑھتی ہوئی پایا ۔ ''بھئی انیس بس بھی کرو، کھانا لگاؤ بہت بھوک لگی ہے ۔'' اعجاز نے بیوی کو مخاطب کیا ۔ انیسہ نے تسبیح کو چوم کر الماری پر رکھے قرآن پر رکھ دیا اور کچھ پڑھتی ہوئی شوہر کے قریب آئی ۔ اعجاز نے کسی معمول کی طرح سر جھکا دیا ۔۔۔ انیسہ نے اس پر پھونکا اور پھر کچھ پڑھتی ہوئی کچن کی طرف بڑھی درمیان ہی میں اسے شیریں مل گئی، اس نے شیریں پر بھی اسی طرح پھونکا اور چہرے کے اطراف لپٹا ہوا آنچل ڈھیلا کرتے ہوئے اعجاز کے سامنے آ کر کھڑی ہو گئی ۔

''کیا بات ہے؟'' اعجاز نے پوچھا ۔

''کچھ نہیں ۔۔۔ کھانا کھا لیجیے، آج بہت دیر ہو گئی ہے ۔'' انیسہ نے کچھ توقف سے کہا جیسے وہ کچھ کہنا چاہتی ہو لیکن اچانک ارادہ بدل دیا ہو ۔

ماں بیٹی نے کھانا پروسا اور سب ساتھ بیٹھ کر خاموشی سے کھانے لگے ۔ انیسہ نے بمشکل تین چار لقمے ہی کھائے اور اپنے مخصوص گلاس سے پانی پی کر اٹھ گئی ۔ دین دار انیسہ شوہر کو شراب نوشی سے تو نہ روک سکی تھی البتہ اس نے اپنے برتن ضرور الگ کر لیے تھے کہ وہ اعجاز کی وجہ سے جھوٹے نہ ہو جائیں ۔ اعجاز نے انیسہ کے اس رویے کا کبھی بُرا نہ مانا البتہ وہ تنہائی میں اکثر کہتا ۔ ''اپنے برتن کو نجس ہو جانے سے بچا لیتی ہو لیکن خود کو نہیں بچا سکتی ہو ۔''

کھانے کے بعد اعجاز نے سگریٹ سلگائی تب انیسہ نے اس کے قریب بیٹھ کر لرزتی ہوئی آواز میں کہا ۔

''میں آج بہت پریشان ہوں ۔'' انیسہ کی آواز پر اعجاز نے اس کے چہرے کی طرف دیکھا جو یکبارگی پیلا پڑ گیا تھا ۔

"کیا بات ہے؟"

"وہ غنڈہ شیریں کو کالج جاتے ہوئے برابر چھیڑ رہا ہے۔" انیسہ نے کنکھیوں سے شیریں کی طرف دیکھا جو دسترخوان سمیٹنے کے بعد فرش صاف کر رہی تھی۔

"چھیڑنے سے تمہارا مطلب کیا ہے؟" اعجاز نے ایک لمبا کش لے کر پوچھا۔ "عام طور پر فلرٹ قسم کے لڑکے اس قسم کی حرکتیں کرتے ہیں۔ میں تمہیں پہلے بھی کہہ چکا ہوں کہ اسے سیریس لینے کی ضرورت نہیں ہے۔"

"بس آپ تو ہر بات کو ایسے ہی لاپرواہی سے نظر انداز کر دیتے ہیں۔" انیسہ جھلا گئی۔ "میں ایک ہفتے سے آپ سے کہہ رہی ہوں کہ وہ بدمعاش غنڈہ شیریں کا پیچھا کر کے اسے چھیڑتا رہتا ہے اور آپ....آپ کہتے ہیں کہ سیریس نہ لوں۔"

"وہ غنڈہ یا بدمعاش ہے۔ یہ تمہیں کیسے پتہ...؟" اعجاز نے سگریٹ کو ایش ٹرے میں بجھاتے ہوئے پوچھا۔

"اس نے آج کالج کے باہر شیریں کا ہاتھ پکڑا کر اسے فلم چلنے کی دعوت دی...کیا یہ بھی فلرٹ لڑکوں کا کام ہے۔ کل وہ گھر تک چلا آئے گا تب...؟"

"اچھا اچھا ٹھیک ہے میں کوئی راستہ نکالتا ہوں۔" اعجاز نے انیسہ کے چہرے پر تفکر کی گہری زردی کو پڑھ کر جلدی سے کہا۔

وہ ہائپر ٹینشن کی مریض تھی چھوٹی چھوٹی باتوں کو سوچ کر کڑھنا اور جاگنا، اس کی بیماری کا حصہ تھا۔ اعجاز کو شیریں کے ساتھ پیش آنے والے واقعے پر اتنی تشویش نہیں تھی جتنا اس خیال سے تھی کہ انیسہ اس نئے ٹینشن کی وجہ سے رات بھر نہیں سوئے گی۔

"کیا سوچا ہے آپ نے مجھے بھی بتائیے۔" انیسہ رو ہانسی ہو رہی تھی۔

"تم فکر مت کرو، ایسے سڑک چھاپ مجنوؤں سے نمٹنا پولیس خوب جانتی ہے۔ میں کل ہی پولیس اسٹیشن جا کر رپٹ لکھا دوں گا۔" کہہ کر اعجاز ایسے مسکرا دیا جیسے وہ مسئلہ اس کے لیے کوئی اہمیت ہی نہ رکھتا ہو۔

56

"لیکن ... پولیس والے اتنے کرپٹ ہیں کہ وہ ایسے ہی بدمعاش لوگوں سے ملے رہتے ہیں اور پھر پولیس پیسہ لیے بغیر کوئی کام کرتی ہے بھلا؟" انیسہ نے کہتے ہوئے سر جھکا لیا اور اپنی انگلیاں چٹخانے لگی جو اس بات کی علامت تھی کہ اس کا بلڈ پریشر بڑھنے لگا ہے۔ "می پلیے، دوا لے کر سو جائیے۔" شیرین جو بظاہر گھر کے کاموں میں لگی ہوئی تھی وہ ماں کی کیفیت پر برابر نظر رکھے ہوئے تھی۔

باپ بیٹی نے مل کر انیسہ کو دماغی تناؤ کو کم کرنے والی دوا کھلا کر بستر پر لیٹ جانے پر مجبور کر دیا۔ شیرین اس کے سر پر آنولے کا تیل رکھ کر ہلکے ہاتھوں سے مالش کرنے لگی۔

"تم زیادہ مت سوچو انیسہ، پولیس کرپٹ ضرور ہے لیکن وہ ہم جیسے تعلیم یافتہ لوگوں کے معاملے میں کبھی گڑ بڑ نہیں کرتی، اسے پتہ ہے کہ ہم او پر تک جا سکتے ہیں۔"

ایسے ہی دو چار جملوں سے اعجاز نے بیوی کو مطمئن کرنے کی کوشش کی تھی اور پھر وہ بتی بجھا کر کھڑکی میں سگریٹ سلگا کر کھڑا ہو گیا تھا۔ شیرین ماں کے پہلو ہی میں سو گئی تھی۔ اعجاز نے پولیس اسٹیشن میں جا کر رپٹ لکھنے کا فیصلہ کر لیا تھا لیکن اسے رہ رہ کر اپنے ساتھ پیش آنے والا واقعہ یاد آ رہا تھا جس نے اُسے گزشتہ تین دنوں سے عجیب مخمصے میں ڈال رکھا تھا۔

اعجاز کو ڈونگری میں اپنی صوم صلوٰۃ کی پابند بیوی اور کم گو بیٹی شیرین کے ساتھ منتقل ہوئے بمشکل تین یا چار مہینے ہی ہوئے تھے۔ اس سے پہلے وہ ماہم میں ہاؤسنگ بورڈ کی عمارت میں رہتے تھے جو کافی خستہ ہو چکی تھی۔ ہاؤسنگ بورڈ نے اسے ازسرِ نو تعمیر کرنے کے لیے مکینوں سے خالی کروا لیا تھا۔ اعجاز نے عمارت کی تعمیر تک ہاؤسنگ بورڈ ہی کے کسی دور افتادہ ٹرانزٹ کیمپ میں سزا کی طرح دن کاٹنے کے بجائے ڈونگری پر ایک سنگل روم فلیٹ کرائے پر لے لیا تھا۔ چند ہی ہفتوں میں آس پاس کے آوارہ منش لڑکوں کو اس کی روزانہ شام کی شراب نوشی کا علم ہو گیا تھا۔ وہ رات میں جب کسی شراب خانے سے پی کر جھومتا ہوا محلے میں آتا تو دوکان کے چھجوں کے نیچے بیٹھ کر چرس اور براؤن شوگر پی کر اپنی بے روزگاری کے لیے خود کو مسلمان ہونے کا قصوروار قرار دے کر حکومت کی فرقہ پرستی کی ایسی تیسی کرنے والے چھوکرے اکثر

ایسے ''بیوڑا ماسٹر'' کہہ کر چھیڑتے لیکن وہ شراب اور غصے سے تمتماتے چہرے کو جھکائے سیدھے اپنی راہ چلتا اور مڑ کر بھی نہ دیکھتا۔

اعجاز انگریزی ادب سے پی ایچ ڈی ہونے کے باوجود ایک ایجوکیشن ٹرسٹ کے اسکول میں گزشتہ سترہ اٹھارہ برسوں سے ٹیچر تھا۔ کالج میں لیکچرار ہونے کے کئی مواقع آئے لیکن اپنی کھال میں مست رہنے والا اعجاز کالج کی داخلی سیاست کی چوہا دوڑ میں شامل نہیں ہونا چاہتا تھا، لیکن باوجود کوشش کے اپنے اسکول میں وہ اسی سیاست کا شکار ہوتا ہی تھا۔ راست گوئی نے اسے اگر ٹرسٹیوں اور پرنسپل کے نزدیک ناپسند بنا دیا تھا تو اپنے شاگردوں میں وہ بے حد مقبول تھا۔ وہ امتحان کی تیاری کے ٹیوشن، بغیر کسی فیس کے کرتا اور کند ذہن طلباء کو امتحان کے لیے پکّا کرنے میں وہ کبھی بھی جھنجلاہٹ یا غصے کا شکار نہیں ہوتا تھا۔ بلکہ وہ ایسے طلباء پر خاص توجہ دیتا تھا۔ درس و تدریس کے مقدس پیشے کو دھندہ سمجھنے والے اساتذہ کی اس سے نفرت اور ناپسندیدگی کا ایک سبب یہ بھی تھا۔ اسکول کے بہترین معیار اور عمدہ نتائج کے لیے بے پناہ محنت کرنے کے باوجود جب اسے مختلف قسم کے بہتان کے تحت معطل کر دیا گیا تھا تب تین برسوں تک ٹرسٹیان سے مقدمہ لڑتے ہوئے آدھی تنخواہ میں سفید پوشی کو برقرار رکھنے کی جدو جہد میں کبھی کبھی کبھار بیئر سے شوق کرنے والے اعجاز کے لیے شراب رفتہ رفتہ شام کا بہترین رفیق بن گئی تھی۔

ٹرسٹیوں سے مقدمہ جیتنے کے بعد اعجاز ان کے لیے جیسے وقار کا مسئلہ بن گیا تھا۔ آٹھ برسوں میں تین مرتبہ اس کا ٹرانسفر کیا گیا اور وہ اب شہر سے تیس کلومیٹر کے فاصلے پر واقع ایک ایسے اسکول میں تعینات تھا جسے دیکھ کر یہ فیصلہ کرنا مشکل تھا کہ آیا یہ اسکول ہے یا قیدیوں کا کوئی بیرک!

شیریں نے ایک ہفتے قبل ہی کالج کے باہر ایک لفنگے کے ذریعے پریشان کئے جانے کی شکایت کی تھی۔ آج کی شکایت نے اعجاز کو پریشان ضرور کیا تھا لیکن وہ اپنے ساتھ پیش آنے والے اس واقعے سے کہیں زیادہ پریشان تھا جو اس کے لیے اسرار بن گیا تھا۔ اعجاز کا یہ روزانہ کا معمول تھا کہ وہ شام کو اسکول سے لوٹتے ہوئے اپنے محلے کے ایک ہوٹل میں بیٹھ کر ایک پیالی چائے پیتا، شام کا اخبار پڑھتا اور ہوٹل سے لگے سگریٹ کے اسٹال سے اپنی برانڈ کی سگریٹ کا

پیکٹ خرید کر ٹہلتا ہوا گھر آجاتا اور پھر گھر میں ڈیڑھ دو گھنٹے آرام کرنے کے بعد ایک مخصوص شراب کے بار میں پینے چلا جاتا۔

ایک روز اعجاز کو بڑے عجیب قسم کے تحیّر سے دو چار ہونا پڑا تھا۔ جب وہ شام کو ہوٹل میں چائے پینے کے بعد کاؤنٹر پر بل ادا کرنے پہنچا تو کاؤنٹر پر بیٹھے آدمی نے اسے بتایا کہ اس کا بل ادا ہو چکا ہے۔

''کس نے دیا؟'' اس نے حیرت سے پوچھا۔

''پتہ نہیں لیکن آپ کا بل ادا ہو چکا ہے۔''

''آپ ویٹر سے پوچھ لیجیے کوئی غلط فہمی تو...''

''نہیں ایسی بات نہیں ہے۔ آپ اعجاز ماسٹر ہیں نا؟'' کاؤنٹر والے نے مسکرا کر پوچھا۔

اعجاز نے اثبات میں سر ہلا دیا۔

''آپ کا بل ادا ہو چکا ہے۔'' یہ کہہ کر کاؤنٹر والا ریز گاری سے کھیلنے لگا تھا۔

اعجاز کے لیے یہ واقعہ ایک اتفاق ہی رہ جاتا اگر متواتر دوسرے روز بھی ہوٹل کے کاؤنٹر پر اس سے بل نہ لیا جاتا۔ یہی نہیں اب تو ہوٹل کے باہر جو سگریٹ کا اسٹال تھا وہاں بھی کوئی اس کے سگریٹ کے پیشگی پیسے دے دیا کرتا تھا۔ آج شام میں جب اعجاز چائے پینے کے بعد پیسے ادا کرنے کے لیے کاؤنٹر پر پہنچا تو کاؤنٹر والے نے مسکرا کر کہا ''بل ادا ہو چکا ہے۔''

''ارے بھائی مجھے بتاؤ تو سہی کون شریف آدمی ہے جو مجھ پر اتنا مہربان ہے۔''

''آپ معلوم کر کے کیا کریں گے ماسٹر صاحب۔'' کاؤنٹر والا ریز گاری سے کھیلنے لگا۔

''دیکھو اگر تم مجھے نہیں بتاؤ گے تو میں یہاں پر چائے پینا ہی چھوڑ دوں گا۔'' اعجاز کی اس دھمکی پر کاؤنٹر والا کچھ متذبذب ہوا اور اعجاز کی طرف جھک کر سرگوشی میں بولا۔

''ایوب بھائی... آپ کا بل ایوب بھائی دیتے ہیں۔''

''کون ایوب بھائی؟'' اعجاز نے ذہن پر زور دیتے ہوئے پوچھا۔

''ایوب گھوڑا!'' کاؤنٹر والے کی سرگوشی اور مدھم ہو گئی تھی...

☆

کسے ہوئے سخت جبڑوں اور چوڑے ہاڑ کا دبلا بلا کا پھرتیلا ایوب، اس وقت سچ مچ گھوڑا نظر آتا جب وہ اپنے ڈھلکے ہوئے چوڑے کندھوں کو جھکا کر گردن کو قدرے آگے نکال کر تیز تیز قدموں سے چلتا۔ وہ چورا ہے کی ہوٹل کے کاؤنٹر پر کھڑا پپیسی پی رہا تھا کہ اس کی نظروں کو کھچڑی بالوں والے اس آدمی نے باندھ لیا جس کے سامنے میز پر چائے کی خالی پیالی رکھی تھی اور ہونٹوں میں دبا سگریٹ سلگ رہا تھا۔ اس کی نظروں نے کھچڑی بالوں والے آدمی کی عینک پونچھ دی، بالوں میں سیاہی پھیر کر آنکھوں کے نیچے کے حلقوں میں پھیلتے جھریوں کے تاروں کو جلد پر تان دیا۔ اس کے بعد نظروں نے دماغ تک جو تصویر پہنچائی وہ اُس کے اسکول کے ایک ٹیچر کی تھی۔ ذہن نے پندرہ سال پرانی اس تصویر کو شناخت کر کے جیسے ہی اس کا نام یاد دلایا 'اعجاز احمد انصاری' ایوب گھوڑا کے مسامات میں ایک عجیب سی مسرت آمیز کپکپی دوڑ گئی۔ اس کا جی چاہا ہلپک کر اپنے اسکول کے سب سے مقبول ٹیچر کے سامنے کان پکڑ کر کھڑا ہو جائے اور کہے کہ "سر آپ نے جو کچھ بھی پڑھایا تھا سب بھول گیا ہوں آخری بار جب آپ نے غلط گرامر کے لیے کلاس سے باہر کیا تھا تب سے باہر ہی ہوں اور آج تک لوٹ کر گھر نہیں جا سکا ہوں، آپ کی اور گھر والوں کی سزا کے خوف سے اسکول کی دیوار پھاند کر جس اندھیری گلی میں داخل ہوا تھا آج بھی اُسی میں بھٹک رہا ہوں....."

"کیا سوچ رہے ہو بھائی؟"

ایوب گھوڑا کے معتمد راج نے اسے کھویا ہوا دیکھ کر پوچھا۔

"راج تُو اس آدمی کو جانتا ہے؟" ایوب نے اعجاز کی طرف اشارہ کیا۔

راج نے بڑی احتیاط سے مڑ کر اعجاز کو ایسے دیکھا جیسے وہ شکار کو گیتی مارنے سے قبل تاڑنے والی نظروں سے دیکھتا تھا۔

"ہاں یہ چشمے والا نا، یہ سلیمان بلڈنگ کا ماسٹر ہے اس کی عورت اور ایک چھوکری بھی ساتھ میں رہتی ہے۔ چھوکری اچھا آئٹم ہے۔"

اس جملے پر ایوب نے اُسے وحشی گھوڑے کی آنکھوں سے گھور کر دیکھا راج سہم گیا۔ ایوب گھوڑا کی شعلہ بار آنکھوں کا مطلب راج کو اس وقت سمجھ میں آیا جب ایوب نے کاؤنٹر والے کو سختی سے ہدایت کی کہ وہ اعجاز ماسٹر سے کبھی بھی بل نہیں لے گا۔

☆

صبح پولیس اسٹیشن جانے سے قبل ناشتے کے دوران اعجاز نے مضطرب دکھائی دینے والی انیسہ کو جب ایوب گھوڑا کا ذکر کیا تو انیسہ نے فوراً ہی بتا دیا تھا کہ ایوب گھوڑا ڈونگری علاقے کا ایک ایسا غنڈہ ہے جس پر قتل کے دو مقدمات چل رہے ہیں اور علاقے کے تمام دیسی اور انگریزی شراب خانوں، جوا خانوں اور ناچ گھروں سے اسے ہفتہ ملتا ہے۔ اس کی اپنی ایک متوازی عدالت قائم ہے جہاں چھوٹے بڑے لوگوں کے معاملات اور جھگڑوں کا نپٹارا ہوتا ہے۔

''تمہیں یہ سب کیسے معلوم؟'' اعجاز سچ مچ حیرت زدہ تھا۔

''پچھلے ہفتے اپنی ہی گلی میں کچھ لڑکے ایک موٹے سے آدمی کو لا کر بری طرح پیٹ رہے تھے اور لوگ باگ اپنی اپنی جگہوں پر بت بنے یہ ظلم دیکھ رہے تھے۔ پڑوس کے ڈاکٹر صاحب کی بیوی نے اس وقت مجھے بتایا کہ مارنے والے ایوب گھوڑا کے لوگ ہیں اور پٹنے والا کوئی ایسی موٹی آسامی ہوگی جس نے ایوب گھوڑا کے کسی فیصلے کی خلاف ورزی کی ہوگی۔'' انیسہ نے کپکپاتی ہوئی آواز میں اسے بتایا اور پھر پھٹی پھٹی آنکھوں سے شوہر کو گھوتے ہوئے پوچھا۔ ''لیکن یہ ایوب گھوڑا آپ پر اتنی مہربانی کیوں کر رہا ہے۔''

انیسہ کے چہرے پر خوف اور الجھن کو پڑھ کر اعجاز کو خود پر غصہ آنے لگا تھا کہ اس نے انیسہ کو خواہ مخواہ ایوب گھوڑا کا واقعہ بتا دیا۔

''ایسا لگتا ہے مجھ سے ملتا جلتا کوئی شخص ہوگا جس کے دھوکے میں وہ مجھ پر مہربان ہے۔'' یہ کہہ کر اعجاز نے قہقہہ لگایا اور پھر اپنے قہقہے کے کھلے کھلے پن پر وہ خود ہی جھینپ گیا۔ ''چھوڑو اس ایوب گھوڑے کو، میں ابھی پولیس اسٹیشن جا رہا ہوں۔'' شیرین کی طرف مڑ کر اس

61

نے بڑے اعتماد سے کہا جو صوفے پر بیٹھی صبح کا اخبار دیکھ رہی تھی ۔"اب کل دیکھنا وہ کمینہ تمہارے پیچھے کیسے آتا ہے"۔

اعجاز بیوی کے کندھے کو تھپک کر گھر سے نکل گیا۔ وہ پولیس اسٹیشن جانے سے قبل ہوٹل کے کاؤنٹر والے سے ملنا چاہتا تھا جو اتفاق سے کاؤنٹر پر ہی بیٹھا ہوا مل گیا۔

"ایوب گھوڑا میری چائے کا پیسہ کیوں دے رہا ہے؟" اعجاز نے پوچھا۔

کاؤنٹر والے کی آنکھوں میں تذبذب دیکھ کر اعجاز مسکرایا اور بولا ۔"دیکھو میں تمہاری ہوٹل میں بیٹھ کر ایوب گھوڑا ہی کی چائے پیوں گا لیکن تم مجھے صرف یہ بتا دو کہ وہ میرا بل کیوں ادا کر رہا ہے؟"

کاؤنٹر والے نے دائیں بائیں ایسے دیکھا جیسے نادیدہ لوگوں کو آس پاس تلاش کر رہا ہو پھر وہ اپنے مخصوص انداز میں اعجاز کی طرف جھک کر سرگوشی میں بولا ۔

"اس نے خود مجھے بتایا ہے کہ آپ بوری بند روالی اردو اسکول میں اس کے ٹیچر تھے"۔

"ایوب میرا شاگرد ہے؟" اعجاز بڑبڑایا اور اسی اثناء میں دماغ برق رفتاری سے ماضی کے اوراق کو الٹنے لگا ۔"آپ ایوب بھائی کو بہت چاہتے تھے لیکن ایک دن آپ نے کسی غلطی پر اُن کو کلاس سے نکال دیا تھا اور پھر وہ اس کے بعد لوٹ کے اسکول نہیں گئے تھے"۔

"یہ تمہیں کس نے بتایا؟" اعجاز نے چونک کر پوچھا۔

"یہ بات ایوب بھائی کے خاص آدمی راج بھائی نے مجھے بتائی ہے"۔

اعجاز جب ہوٹل سے باہر نکلا تب اس کا دماغ ماضی کے اس صفحے کو یاد داشت میں کھول چکا تھا جس پر، محمد ایوب محمد سلطان، کا نام درج تھا۔ وہ ایک ذہین لیکن غریب طالب علم تھا۔ جسے اس نے غلط گرامر لکھنے پر سزا کے طور پر کلاس سے باہر نکال دیا تھا اور وہ ....

☆

پولیس اسٹیشن میں ایک گھنٹے کے انتظار کے بعد اعجاز کی شکایت ایک سب انسپکٹر نے پان چباتے ہوئے بڑی بے دلی سے لکھی تھی اور کاروائی کرنے کا وعدہ کیا ایسے جیسے اسے ڈانٹ رہا

ہو۔اعجاز کو سب انسپکٹر کا رویہ سخت ناگوار لگ رہا تھا لیکن اُس نے خود کو اس طرح سمجھایا تھا کہ روزانہ سینکڑوں شکایتیں پولیس والے سنتے اور لکھتے ہیں اس لیے ان کے نزدیک ہمارا کوئی پیچیدہ اور پریشان کن مسئلہ اُسی طرح عام سی بات ہو جاتی ہے جس طرح روزانہ لاشوں کا پوسٹ مارٹم کرنے والے کسی ڈاکٹر کے لیے مسخ شدہ لاش حیرت یا صدمے کا باعث نہیں ہوتی ہے۔اعجاز کو اس کے باوجود یہ اطمینان تھا کہ اس کی شکایت پر ضرور کاروائی ہوگی بالآخر سب انسپکٹر نے این سی بک میں اس کی شکایت درج کی ہے۔ان کے بڑے افسر روزانہ این سی بک تو ضرور دیکھتے ہوں گے اور پھر جب وہ دیکھیں گے کہ ایک پچاس سالہ اسکول ماسٹر کی جوان بیٹی کو کوئی غنڈہ چھیڑتا ہے تو وہ اپنے ماتحت کو فوراً ایکشن لینے کی ہدایت کریں گے اور پھر بچّو کو رومیو بننے کا مزہ حوالات میں پہنچ کر ملے گا۔ یہ سب باتیں سوچ کر اعجاز اندر ہی اندر خوشی محسوس کر رہا تھا۔

تقریباً ایک ہفتہ گزر گیا اور وہ ایک پر امید شہری کی طرح پولیس کی کاروائی کا انتظار ہی کرتا رہا۔

ادھر النیسہ کا ذہنی تناؤ بڑھتا جا رہا تھا جس کی وجہ سے اس کی طبیعت میں چڑچڑا پن پیدا ہو گیا تھا۔ایک روز اعجاز معمول کے مطابق پی کر گھر پہنچا۔ دروازہ کھولے جانے پر اس نے اندر جو منظر دیکھا وہ اسے غصہ دلانے کے لیے کافی تھا۔

کمرے میں لوبان کا دھواں گاڑھے دھند کی طرح بھرا ہوا تھا۔ بلڈنگ کی آٹھ دس عورتیں حلقہ بنا کر بیٹھی ہوئی تھیں اور کچھ بڑبڑاتے ہوئے مٹر کے سوکھے دانوں کو ایک طشت میں رکھتی جاتی تھیں۔اعجاز کو عورتوں نے کنکھیوں سے دیکھا اور پھر وہ ایسے بے نیاز ہو کر پڑھنے اور مٹر کے دانوں کو گننے میں محو ہو گئیں جیسے وہاں پر اعجاز کا وجود ہی نہ ہو۔

''یہ کیا ہو رہا ہے؟'' اس نے شیرین سے دبی آواز میں پوچھا۔

''آیت کریمہ کا ورد ہو رہا ہے۔''

''کس لیے؟''

''مولوی صاحب نے امی کو بتایا ہے کہ اس طرح سے کسی بھی آفت سے نجات مل جائے

گی۔''اعجاز کو یہ سمجھنے میں دیر نہیں لگی تھی کہ انیسہ اس غنڈے سے اپنی بیٹی کو نجات دلانے کے لیے آیت کریمہ کا ورد کروا رہی ہے۔ چند ثانیے وہ بیٹی کے چہرے کو نشے سے سرخ آنکھوں سے دیکھتا رہا اور شیرین سر نیچا کر کے پیر کے انگوٹھے سے زمین کھرچنے لگی تھی۔ اعجاز نے جھنجلاہٹ سے سر کو جھٹکا اور مڑ کر بڑبڑاتے ہوئے سیڑھیاں اترنے لگا۔ ...''صرف دعاؤں سے ہی دکھوں اور مصیبتوں سے نجات مل جاتی تو نبیوں اور پیغمبروں کو جہاد کرنے کی کیا ضرورت تھی۔ ...''شیرین نے اسے واپس لوٹنے پر روکا بھی نہیں وہ خود نہیں چاہتی تھی کہ اعجاز نشے کی حالت میں گھر میں داخل ہو۔

پولیس اسٹیشن پہنچ کر اعجاز سید ھے سینئر انسپکٹر واگھ کے دفتر میں کرسی کھینچ کر ایسے بیٹھ گیا جیسے وہ متعدد بار وہاں آ چکا ہو۔ انسپکٹر واگھ کی دائیں طرف درمیانہ قد کا ایک تنومند نوجوان بیٹھا لمکا پی رہا تھا جو اعجاز کو دیکھ کر ایک لمحے کے لیے چونک گیا تھا۔ خشک چہرے اور اُبلی آنکھوں والے انسپکٹر نے اعجاز کو بڑے غور سے دیکھتے ہوئے پوچھا۔''کیا بات ہے۔''اعجاز نے اپنا تعارف کرانے کے بعد غصے پر قابو پانے کی کوشش کرتے ہوئے انگریزی میں کہا۔

''میری بیٹی کو ایک بدمعاش پچھلے دو ہفتوں سے پریشان کر رہا ہے جس کی شکایت میں پچھلے ہفتے یہاں کر چکا ہوں۔''یہ کہتے ہوئے اس نے جیب میں سے ایک کاغذ کا ایک ٹکرا نکال کر انسپکٹر کی طرف بڑھاتے ہوئے کہا۔''یہ دیکھیے میری کمپلینٹ نمبر،اس کے بعد بھی پولیس نے کوئی کاروائی نہیں کی۔ آخر شریف لوگوں کی پولیس تھانے میں کوئی سنوائی ہے بھی یا نہیں؟''انسپکٹر نے گھنٹی بجا کر اردلی کو طلب کیا اور ایف آئی سی رجسٹر منگوا کر اعجاز کی شکایت کو پڑھنے کے بعد وہ بڑے اطمینان سے انگریزی میں بولا۔

''دیکھیے آپ نے اپنی بیٹی کے چھیڑنے کا جو علاقہ لکھوایا ہے وہ ہمارے پولیس اسٹیشن کا سرحدی علاقہ ہے جس کی فٹ پاتھ دوسرے پولیس اسٹیشن کے اختیار میں آتی ہے اس لیے آپ کو اس پولیس اسٹیشن میں بھی شکایت درج کروانا چاہیے۔ انسپکٹر نے رجسٹر بند کرتے ہوئے کہا۔ ''میں اپنی جانب سے آپ کی شکایت دور کرنے کی کوشش کروں گا لیکن مجھے امید ہے کہ آپ

ہماری قانونی پیچیدگی کو سمجھ گئے ہوں گے۔" یہ کہہ کر انسپکٹر نے خود ہی ہاتھ بڑھا کر اعجاز سے مصافحہ کیا جیسے وہ کہہ رہا ہو کہ "آپ جاسکتے ہیں"۔

پولیس اسٹیشن سے باہر آ کر اعجاز نے کڑوا سامنہ بنایا اور سُست قدموں سے گھر کی طرف چل پڑا۔

اعجاز نے کھانا کھا کر سگریٹ سلگایا، لوبان کی مہک اب بھی سارے میں بسی ہوئی تھی۔ انیسہ صوفے پر خاموش لیٹی ہوئی تھی اس کا چہرہ خلاف معمول پرسکون تھا۔ شیریں کچن میں صفائی کر رہی تھی۔ دفعتاً دروازے پر دستک ہوئی۔ اعجاز نے اٹھ کر دروازہ کھولا۔ باہر نیم اندھیرے میں دو آدمی کھڑے تھے۔ "کیا ہم اندر آ سکتے ہیں" ایک نے کہا۔

"کون ہیں آپ لوگ اور مجھ سے کیا کام ہے؟" اعجاز نے دونوں کو غور سے دیکھتے ہوئے پوچھا۔

"کون ہے؟" یہ کہتی ہوئی انیسہ اٹھ کر دروازے تک چلی آئی اور دروازے کے عقب میں لگے سوئچ کو دبا کر باہر لگے بلب کو روشن کر دیا۔ بلب کی روشنی جیسے ہی ان دونوں نوواروں پر پھیلی۔ دونوں میں سے ایک کو دیکھ کر اعجاز ایک دم سے چونک پڑا۔ لمبے قد والے نوجوان کے ساتھ درمیانہ قد کا جو نوجوان کھڑا تھا اسے اعجاز نے ابھی اسپکٹر واگھ کے کیبن میں لمکا پیتے ہوئے دیکھا تھا۔

"آپ نے مجھے پہچانا نہیں سر؟" لمبے قد والے نوجوان نے اعجاز کی آنکھوں میں اپنی چمک دار آنکھوں سے دیکھتے ہوئے کسی کھوئے ہوئے اشتیاق سے پوچھا۔

اعجاز نے ایک بار پھر چند ہی سیکنڈ میں سامنے کھڑے ہوئے نوجوانوں کے چہرے کی پیمائش اپنی تیز نظروں سے کر ڈالی اور پھر انکار میں سر ہلا دیا۔ انیسہ نے اپنا لکپتا ہوا ہاتھ اعجاز کے کندھے پر رکھ دیا۔ "میں آپ کا اسٹوڈنٹ تھا سر، میرا نام ایوب ہے سر... محمد ایوب محمد سلطان" نوجوان نے جیسے ہی اپنا تعارف کرایا اعجاز کو لگا جیسے کسی نے اسے گہری نیند سے جھنجوڑ دیا ہو۔

”اوہ تو تم ہی ہو ایوب گھوڑا“ اعجاز کے لہجے میں تلخی آ گئی۔

ایوب گھوڑا نے اپنا سر ایسے جھکا لیا جیسے اسے کلاس روم میں ہوم ورک نہ کرنے پر بینچ پر کھڑا کر دیا گیا ہو۔ بڑا نام روشن کیا ہے تم نے ۔“ اعجاز کے لہجے میں تلخی بدستور تھی ۔ ”بتاؤ مجھ سے کیا کام ہے؟“

”سر مجھے پتہ چلا ہے کہ...“ کچھ توقف سے اعجاز نے کہا اور پھر ایسے رک گیا جیسے اپنی بات کہنے کے لیے معقول لفظوں کو تلاش کر رہا ہو۔ ”سر مجھے بتایا گیا ہے کہ کوئی غنڈہ آپ کی بیٹی کو چھیڑتا رہتا ہے اور...“

”تو اس سے تمہیں کیا“ گو کہ اعجاز کی آواز بلند نہیں تھی لیکن اس میں جھنجلاہٹ ضرور تھی۔

”آپ مجھے بتائیں سر کہ وہ کون ہے میں اسے ٹھیک کر دوں گا“ یہ جملہ ایوب گھوڑا نے اعجاز کے بجائے انیسہ کی طرف دیکھ کر کہا۔

”دیکھو ایوب میاں“ یہ میرا ذاتی معاملہ ہے اور...تم سن لو کہ میں ایک غنڈے کو سزا دینے کے لیے دوسرے غنڈے سے ہرگز مدد نہیں لوں گا۔“

”لیکن سر آپ مجھ پر اعتبار...“ ایوب نے کہنا چاہا۔

”...مجھے تمہارے جیسے لوگوں کی ضرورت نہیں ہے۔“ اعجاز کے نتھنے پھڑکنے لگے۔ میں قانون کی مدد لینے کے طریقوں سے خوب واقف ہوں اور ہاں، تم میری چائے اور سگریٹ کا پیسہ ادا کر کے اپنے احساسِ جرم کو جو تھکی دیا کرتے تھے نا تو سن لو میں نے اس محلے کے کسی بھی ہوٹل میں چائے پینا ہی چھوڑ دیا ہے۔“

”آپ میرے استاد...“ ایوب نے تھوڑا سا جھک کر انکساری سے کہنا چاہا۔

”کن خوبیوں کا استاد ہوں تمہارا؟ ہفتے وصولی کا؟ مار پیٹ کا؟ یا ڈرگس کے کاروبار کا؟“ اعجاز کی آواز غصے پر قابو پانے کی کوشش میں کانپنے لگی۔

”آپ ایوب بھائی کی بات سمجھنے کی کوشش تو کیجیے ۔“ ایوب کے ساتھ والے نوجوان راج نے عاجزی سے کہا۔

”دیکھو میاں تم بیچ میں مت بولو یہ میرا اور میرے ایکس اسٹوڈنٹ کا معاملہ ہے۔“

اعجاز نے حقارت سے دونوں کو باری باری گھورا اور دروازہ بند کر دیا۔

سیڑھیاں اترتے ہوئے ایوب کو ایسا محسوس ہو رہا تھا جیسے آج اس کا سارا رعب اور دبدبہ موم کی طرح پگھل کر بہہ گیا ہے۔ لوگ بھلے ہی اُس کے نام سے ڈرتے ہوں لیکن اس شہر میں کمزور جسم والا ایک شخص ایسا بھی ہے جو اس سے ذرہ برابر بھی خوف زدہ نہیں ہے بلکہ وہ خود اس شخص سے آج بھی ڈرتا ہے... لیکن کیوں؟ اس کا جواب اسے اپنے اڈے پر جسے وہ آفس کہتا تھا پہنچ کر آدھی بوتل رم پی جانے کے بعد بھی نہ مل سکا۔ ”بھائی تم بولو تو میں دو دن میں معلوم کر لوں گا کہ تمہارے سر کی چھوکری کو کون چھیڑتا ہے، اس کی گانڈ پے دو تین وار مار دیں گے۔“ راج نے بیئر کی بوتل سے بڑا سا گھونٹ لینے کے بعد آستین سے منہ پوچھتے ہوئے اپنے دائیں ہاتھ کو ایسے لہرایا جیسے پیتی چلا رہا ہو۔

”نہیں راج۔“ ایوب نے نشے سے سرخ آنکھوں سے نوجوان کو گھور کر دیکھا اور ہاتھ اٹھا کر کہا۔ ”اعجاز سر اس کو برداشت نہیں کریں گے وہ تو نہیں جانتا بچے وہ بہت ضدی آدمی ہے اور ایماندار آدمی ہی ضدی ہوتا ہے۔ وہ ہمارے وقت کا بہت گریٹ ٹیچر تھا۔ تو نہیں سمجھ یہ سکتا باتیں۔

”پھر تم ان کی مدد کیسے کرو گے ایوب بھائی؟“

”یہ میں تیرے کو کل بتاؤں گا۔“ یہ کہہ کر اعجاز نے اطمینان سے پیر پھیلا دیے۔

☆

دیر رات تک اعجاز اور انیسہ میں تکرار ہوتی رہی تھی۔ تکرار کا پہلا سبب وہ سیاہ دھاگہ تھا جسے شیرین کے گلے میں اعجاز نے دیکھ لیا تھا۔ اعجاز کے استفسار پر انیسہ نے بتایا تھا کہ شیرین کی نانی نے کسی پہنچے ہوئے بزرگ سے یہ گنڈا بنوا کر بھجوایا ہے جو دافع بلا ہے۔ تکرار کا دوسرا سبب انیسہ کا اس بات پر اصرار تھا کہ ایوب گھوڑا سے مدد لے کر شیرین کو پریشان کرنے والے غنڈے کو ٹھیک کیا جائے۔ انیسہ اس بات پر بھی خفا تھی کہ اعجاز نے دروازے پر آئے ہوئے

67

لوگوں سے تلخ رویہ کیوں اپنایا؟...

اعجاز نے انسپکٹر واگھ کے مشورے کے مطابق ایک تحریری شکایت اس پولیس اسٹیشن میں بھی جا کر دے دی تھی جس کی حدود میں شیریں کا کالج آتا تھا۔ وہاں کے سینئر انسپکٹر نے بھی ''کاروائی کرنے'' کا یقین دلایا تھا۔ اعجاز نے اس شکایت کی ایک ڈپٹی کمشنر اور پولس کمشنر کے دفتر میں داخل کر کے اپنے پاس تصدیقی مہر والی کاپی رکھ لی تھی۔ اعجاز نے ایک روز کی چھٹی لے کر یہ ساری کاروائی کر ڈالی تھی اور وہ شام میں جب گھر لوٹ کر آیا تھا تو خود کو کافی ہلکا پھلکا محسوس کر رہا تھا۔ اسے پورا یقین تھا کہ اس کی شکایت پر کمشنر صاحب کے دفتر سے کاروائی کا ''آدیش'' ضرور جاری ہوگا اور مجنوں بن کر گھومنے والے غنڈے کو پولیس ڈنڈا ڈولی کر کے اٹھا لے جائے گی اور پھر خوب جم کر ایسی دھنائی کرے گی کہ زندگی میں کسی لڑکی کی طرف نظر اٹھا کر دیکھنے کی وہ جرأت نہ کر سکے گا۔

انیسہ کل رات سے خود کو بڑا پرسکون محسوس کر رہی تھی۔ اسے نہ تو ہتھیلیوں میں پسینہ ہو رہا تھا اور نہ ہی سر بھاری محسوس ہو رہا تھا۔ اسے ایسا لگ رہا تھا جیسے سینے پر رکھا کوئی بھاری بوجھ اتر گیا ہو۔ اسے پورا یقین تھا کہ آیت کریمہ کے ورد اور بزرگ کے دم کئے ہوئے گنڈے کے طفیل شیریں اب ہر بلا سے محفوظ ہوگئی ہے۔ اس نے منت مانی تھی کہ شیریں اگر اس غنڈے سے محفوظ رہی تو وہ اسے ساتھ لے کر پیر صاحب کے آستانے پر حاضری دے گی۔

☆

''نمسکار ایوب بھائی۔''

''کیسے ہو ایوب بھائی؟''

''بہت دنوں کے بعد آئے ایوب بھائی۔''

ایوب گھوڑا بہت دنوں بعد پولیس اسٹیشن میں خود کسی کام سے آیا تھا۔ پولیس کے سپاہی اور انسپکٹر بڑے تپاک سے اس سے مل رہے تھے۔ راج، ایوب کے پیچھے پیچھے باڈی گارڈ کی طرح چل رہا تھا۔

"کیوں ایوب بھائی، ٹھنڈا یا گرم کچھ ملے گا کہ نہیں ۔''ایک سب انسپکٹر نے اپنی کرسی سے اٹھ کر اس سے مصافحہ کرتے ہوئے مسکرا کر پوچھا۔

"کیوں نہیں ۔''ایوب گھوڑا نے اپنی دائیں آنکھ کو دبا کر کہا اور مٹرک راج سے کہا''صاحب کی پسند کی بوتل شام کو بھیج دینا۔''

ایوب گھوڑا سینئر انسپکٹر کے کیبن میں بیٹھ کر تنہا ٹھنڈی بوتل نہیں پی رہا تھا بلکہ اس وقت پورا پولیس اسٹیشن ٹھنڈی بوتلیں پی رہا تھا۔ ایوب گھوڑا کا یہ بھی ایک انداز تھا کہ وہ جب بھی کسی پولیس اسٹیشن میں جاتا وہاں موجود ہر شخص کو وہ چاہے ملزم ہو یا شکایت کنندہ سب کو اس کی طرف سے ٹھنڈی بوتل پلائی جاتی تھی۔

"صاحب ایک ماسٹر ہیں اعجاز نام ہے، انہوں نے آپ کے پاس کوئی کمپلینٹ درج کروائی ہے کہ ان کی بیٹی کو کوئی چھیڑتا ہے ۔''اعجاز نے ٹرپل فائی کا پیکٹ سینئر انسپکٹر کی طرف بڑھاتے ہوئے پوچھا۔

"ہاں ایک سنگی ٹائپ کا ماسٹر آیا تھا میرے پاس ۔''انسپکٹر نے پیکٹ میں سے سگریٹ کو نکال کر سلگانے کے بعد کچھ یاد کرتے ہوئے کہا۔''بے فکر ہو ایوب ۔ وہ یہاں چکر لگا تا ہے گا اور ہم تمہارے آدمی کو ٹچ بھی نہیں کریں گے ۔''

"نہیں... نہیں ۔''ایوب نے جلدی سے کہا۔''میں یہ کہنے کے لیے نہیں آیا ہوں کہ آپ اس لڑکے کو کچھ نہ کریں، میں تو اس لیے آیا ہوں کہ ماسٹر صاحب کی کمپلینٹ پر جتنی سخت کاروائی ہوسکتی ہے کی جائے ۔ انسپکٹر کے لیے ایوب کا یہ جواب غیر متوقع تھا۔ ایوب گھوڑا نے انسپکٹر کو مختصراً اپنے استاد سے اپنی عقیدت اور استاد کی اصول پسندی اور ضدی طبیعت کے بارے میں سمجھا یا تھا۔''اگر میں خود اس لڑکے کو سبق سکھا بھی دوں تو ماسٹر صاحب اسے پسند نہیں کریں گے اور... میرا مطلب ہے آپ...''

"اوہ میں سمجھ گیا ۔''انسپکٹر نے ایوب کی بات کو کاٹ کر کہا۔''کوئی بات نہیں کالج کے اس پاس میں سادہ لباس میں پولیس والوں کو لگا دوں گا کل ہی یہ کام ہو جائے گا ۔ وہ مادر... ہیرو کی

اولاد کی گانڈ میں مرچی بھر کر اس کا علاج کر دیں گے۔"

ایوب گھوڑا راج کے ساتھ پولس والوں کا سلام لیتا ہوا جب پولس اسٹیشن سے باہر آیا تو اسے ایسا لگا جیسے اس نے کوئی کھوئی ہوئی شے پالی ہو۔

☆

شیریں کالج جا چکی تھی اور انیسہ صوفے پر آنکھیں بند کیے تسبیح پڑھ رہی تھی۔ اعجاز کے آج دو پریڈ خالی تھے اس لیے وہ اب تک گھر پر ہی تھا اور اب بیٹھا جوتوں کو پالش کر رہا تھا۔ کمرے میں گھٹن پیدا کرنے والا سناٹا چھایا ہوا تھا۔

دروازے پر بے ہنگم دستک پر انیسہ اور اعجاز دونوں ہی چونکے تھے۔ اعجاز نے بڑھ کر دروازہ کھولا۔ شیریں تیر کی طرح کمرے میں داخل ہوئی اور ماں سے جا کر لپٹ گئی۔ وہ اس سہمی ہوئی چڑیا کی طرح ہانپ رہی تھی جو بلی کے پنجے سے بچ کے نکلی ہو۔ اسے اس حال میں دیکھ کر انیسہ کا دل کسی خوفناک اندیشے سے بری طرح دھڑکنے لگا اور وہ جلدی جلدی سورہ یاسین کا ورد کرنے لگی۔ شیریں کو کالج گئے ہوئے مشکل ڈیڑھ گھنٹہ ہی گزرا تھا، اس کا قبل از وقت گھر واپس لوٹ آنا ہی انیسہ کے لیے تشویش کا باعث تھا۔

"...ممی وہ غنڈہ..." کہہ کر شیریں منہ پر ہاتھ رکھ کر رونے لگی۔

یکبارگی انیسہ کو ایسا لگا جیسے اس کا دل پھٹ جائے گا اس کی کنپٹی پر خون ٹھوکریں مارنے لگا تھا۔ وہ پھٹی پھٹی آنکھوں سے بیٹی کے چہرے پر اپنے اندیشے کو شکل لیتا ہوا دیکھ رہی تھی اور اعجاز کا برش کرتا ہوا ہاتھ ایک دم سے رک گیا تھا۔ ایک انجانا خوف اس کی ریڑھ کی ہڈی میں سرد لہر کی طرح اترنے لگا تھا۔

"ممی اس غنڈے کو ابھی میرے سامنے پولس نے پکڑ لیا..." وہ پھر ہانپنے لگی "ممی وہ کالج کے گیٹ پر جیسے ہی مجھ سے کچھ کہنے کے لیے قریب آیا پولس والوں نے اسے پکڑ لیا۔ انہوں نے مجھ سے پوچھا کہ کیا یہی تم کو چھیڑتا ہے؟ اور پھر ممی وہ اُسے بری طرح پیٹتے ہوئے جیپ میں ڈال کر لے گئے۔" یہ کہہ کر شیریں انیسہ سے لپٹ کر سسکنے لگی۔ پوری بات سننے کے بعد انیسہ کے

70

چہرے کی ساری رگیں ڈھیلی پڑ گئیں۔ اسے ایسا لگ رہا تھا جیسے وہ کسی بند کمرے میں سے اچانک کھلی فضا میں نکل آئی ہو۔

''واقعی ایسا ہی ہوا ہے بیٹی!'' اعجاز کے چہرے سے خوشی پھوٹ رہی تھی۔

''اللہ تعالیٰ کا شکر ادا کرو بیٹی'' انیسہ نے شیریں کے سر پر ہاتھ پھیر کر پراعتماد لہجے میں کہا اور شوہر کی طرف دیکھ کر فاتحانہ انداز میں دیکھ کر مسکرائی ''ہماری عبادتوں اور پیر صاحب کے گنڈے کی برکتوں کے طفیل ہی وہ بدمعاش اس انجام کو پہنچا ہے۔ میری دعائیں اور منتیں کام آئیں۔ چلو بیٹی ہم ابھی اسی وقت پیر صاحب کے آستانے پر چل کر پھولوں کی چادر چڑھائیں گے۔''

انیسہ کی خوشی اور گرمجوشی کو دیکھ کر اعجاز کچھ کہہ نہ سکا تھا اور نہ ہی اسے پیر صاحب کے آستانے پر جانے سے روک سکا تھا۔ انیسہ کے اصرار پر وہ بھی ماں بیٹی کے ساتھ ہو لیا تھا۔ بیوی کی بیماری کا خیال کر کے وہ خوشی کے ایسے لمحات میں اسے کسی ذہنی کوفت میں مبتلا نہیں ہونے دینا چاہتا تھا۔

پیر صاحب کے آستانے تک جانے کے لیے تینوں جب ٹیکسی لینے کے لیے محلے کے نکڑ پر آئے تو ہوٹل کے باہر پانچ چھے نوجوان کے درمیان سر تا پا سفید لباس میں ایوب گھوڑا کھڑا سگریٹ پی رہا تھا۔ اعجاز کو دیکھتے ہی اس نے سگریٹ والا ہاتھ کمر کے پیچھے چھپا کر بڑی سعادت مندی سے سر ہلا کر سلام کیا۔ اعجاز نے ایوب گھوڑ کو خفیف سی طنز بھری مسکراہٹ کے ساتھ دیکھا اور فوراً ہی اپنا چہرہ ناگواری سے دوسری طرف گھما لیا۔

ooo

زندہ درگور

یکبار ٹیلی فون کی گھنٹی اتنی زور سے بجی کہ کمرے میں موجود سبھی نفوس ایسے سہم گئے جیسے ٹیلی فون کے بزر میں سے موت چیخ رہی ہو۔ پپو کا طوطا بھی پلکوں کو جھپکا کر اور پیروں کو سمیٹ کر پنجرے کی ان تیلیوں سے لگ کر دبک گیا جنہیں اکثر وہ اپنی چونچ سے ایسے کھینچنے کی کوشش کرتا تھا جیسے اُنہیں نوچ کر وہ نیلے آسمان میں پرواز کر جائے گا۔

نورین نے گود کی بچی کو سینے سے لگا لیا وہ پھٹی پھٹی آنکھوں سے بجھی گھن گھناتے ٹیلی فون کو تو کبھی اپنے شوہر مجید کو دیکھنے لگتی جیسے کہہ رہی ہو کہ "چھو نامت" پپو جو مجید کے ساتھ سانپ سیڑھی کھیل رہا تھا یہ سوچ سوچ کر پریشان ہو رہا تھا کہ جب بھی دروازے پر دستک ہوتی ہے یا ٹیلی فون کی گھنٹی بجتی ہے تو امّی اتنی خوفزدہ کیوں ہو جاتی ہیں؟

نورین کو ٹیلی فون ہی سے چڑھتی تھی ایک سرکاری دفتر کے کلرک کی چھوٹی سی تنخواہ اور چھوٹے سے گھر میں ٹیلی فون کسی سفید ہاتھی سے کم نہیں تھا نورین کو عام عورتوں کی طرح ٹیلی فون پر اپنے رشتے داروں یا سہیلیوں سے لمبی گفتگوں کرنے کی عادت نہیں تھی اس لیے اسے فون فضول خرچی معلوم ہوتا تھا۔

مجید نے نورین کو دلاسہ دینے والی نظروں سے دیکھتے ہوئے ریسیور اٹھا لیا۔

"ہیلو"

"ہیلو۔۔۔ مجید" دوسری طرف سے آواز آئی۔

مجید نے ریسیور پر ہاتھ رکھ کر نورین کو اطمینان دلاتے ہوئے کہا ''ہیمنت ہے۔''

مجید کے دفتر کے ڈسپیچ کلرک ہیمنت نے مجید کی خیریت معلوم کرنے کے لیے فون کیا تھا۔

''مجید بہت خراب سمئے ہے۔لوگوں پر تو دھرم اور ذات پات کا بھوت سوار ہے کوئی کسی کی سنتا ہی نہیں ہے۔''

ہیمنت کی آواز میں بے بسی تھی۔''سنا ہے ہماری طرف کے لوگ تمہاری طرف حملہ کرنے والے ہیں۔کل کے حملے کا بدلہ لیں گے۔''

''اچھا''مجید کے خشک گلے سے بمشکل نکلا ہیمنت کے ایک ایک لفظ پر مجید کے چہرے کا رنگ بدل رہا تھا اور نورین اس کے چہرے کو پڑھ کر پیلی پڑتی جا رہی تھی۔

''تم کسی سرکھشت جگہ پر چلے جاؤ۔دیکھوں مجھے غلط مت سمجھنا اگر میرے محلے کے حالات ٹھیک ٹھاک ہوتے تو میں تمہاری فیملی کو اپنے گھر میں رکھ لیتا۔۔۔ لیکن۔۔۔ کل رات کے حملے کے بعد سے تو یہاں زبردست ٹینشن ہے۔''

''تھینک یو ہیمنت۔۔۔ میں تمہاری فیلینگس کو سمجھ سکتا ہوں۔''

''آج کی رات بڑا خطرہ ہے۔تم کہیں چلے جاؤ مجید''ہیمنت کی آواز میں خوف اور عاجزی شامل تھی۔

فون رکھ کر مجید نورین سے ایسے نظریں چرانے لگا جیسے اسے نورین کے سامنے اعتراف جرم کرنے کے لیے کھڑا کیا گیا ہو۔

ہیمنت کی باتوں کو دوبارہ دوہرا کر وہ اسے مزید خوفزدہ نہیں کرنا چاہتا تھا۔

''کیا بات ہے تم اتنے پریشان کیوں ہو؟ نورین کے لفظوں اور نظروں کے نشتر نے اسے بے بس کر دیا۔

اس نے ہینگر پر ٹنگی شرٹ کی جیب سے سگریٹ نکال کر سلگائی جیسے نورین کے سوال سے لمحاتی رہائی چاہتا ہو۔

"تم بولتے کیوں نہیں۔" نورین جھنجھلا گئی۔

"تم خود بھی پریشان رہتی ہو اور دوسروں کو بھی پریشان کرتی ہو۔" مجید کی آواز اونچی ہو گئی اور بچے سہم گئے۔

"نورین اضطراری انداز میں انگلیاں چٹخانے لگی۔ مجید نے چور ہاتھوں سے ایک کھڑکی کا پٹ تھوڑا سا کھول کر باہر جھانکا۔

اس کے سامنے سہ پہر کی دھوپ میں ساری بستی ننگی پڑی ہوئی تھی۔ ہاؤسنگ بورڈ کی دو منزلہ عمارتوں کے کھلے صحنوں پر پترے کی غیر قانونی کھولیاں بن گئی تھیں بجلی اور پانی کا کنکشن دے کر جنہیں اب قانونی حیثیت دے دی گئی تھی انہیں پترے کی کھولیوں کے بچے دو پہر بعد اسکول سے لوٹ کر چھوٹی چھوٹی گلیوں میں اندھیرا اترنے تک شور مچاتے ہوئے کھیلتے رہتے۔ شام ہوتے ہی سگریٹ پان کی گمٹیوں اور چھوٹے چھوٹے چائے خانوں میں رونق ہو جاتی جو رات گئے تک رہتی۔ پان کی گمٹیوں پر ٹیپ ریکارڈ پر قوالی اور ذو معنی لوگ گیت بجتے اور چائے خانے سیاسی بحثوں سے گونجتے رہتے۔

مجید نے دور دور تک نظر دوڑائی گلیاں ویران تھیں غل غپاڑہ مچانے والے بچے بھی کہیں نظر نہیں آ رہے تھے۔ ہمیشہ بے کل رہنے والے بچوں کو پتہ نہیں کیسے چین آ گیا تھا۔ پترے کی کھولیوں کے آخری سرے سے پرائیویٹ ہاؤسنگ سوسائٹیوں کی تعمیر کردہ چار منزلہ عمارتوں کا سلسلہ شروع ہو جاتا تھا۔ آج کی رات حملے کا اندیشہ وہیں سے تھا۔ چار منزلہ عمارتوں کے درمیان کہیں ہمت بھی رہتا تھا۔ ان عمارتوں کی شمالی طرف نیشنل ہائی وے تھا جس کے ایک سرے پر مسجد والا محلہ تھا اور سڑک کے دوسری جانب ایک بہت قدیم قبرستان تھا۔ جس میں سینکڑوں برس پرانے برگد اور پیپل کے گھنے پیڑوں کی وجہ سے دن میں بھی اندھیرا سا رہتا تھا۔ شاید اسی لیے اس قبرستان سے جلالی جناتوں اور آوارہ روحوں کی کئی کہانیاں وابستہ تھیں۔ مجید کو دو تین بار مٹی دینے کی غرض سے قبرستان میں جانے کا اتفاق ہوا تھا اور ہر بار قبرستان کی ویرانی اس کے دل میں ایسے بھر گئی تھی کہ اس کی طبیعت مکدر ہو جاتی تھی۔

اچانک ہی دروازے پر زور زور سے دستک ہونے لگی ۔ مجید نے ہٹ بڑا کر کھڑکی بندکی اور دروازے کی طرف متوجہ ہونے سے پہلے اس نے نورین کی طرف دیکھا جس نے اب کی بار پپو کو بھی اپنی باہنوں میں ایسے سمیٹ رکھا تھا ۔ جیسے مُرغی کسی خطرے کو بھانپ کر اپنے چوزوں کو پروں میں بھر لیتی ہے مجید نے ہمت کرکے دروازہ کھولا سامنے سلاخوں اور تلواروں سے مسلح سات آٹھ نوجوان کھڑے تھے ۔ انہیں دیکھتے ہی نورین پر کپکپی طاری ہوگئی ۔ پپو اپنی معصوم آنکھوں سے ان کے ہاتھوں کی تلواروں اور سلاخوں کو بڑے اشتیاق سے گھورنے لگا ۔ وہ ان ہتھیاروں کو ٹی وی پر دکھائی جانے والی فلموں میں دیکھتا رہا تھا جو اب اس کی آنکھوں کے بالکل سامنے تھے ۔

''آج لفڑے کا چانس ہے ۔'' ایک دبلے پتلے نوجوان نے آگے بڑھ کر سرگوشی کے انداز میں کہا ''ہوشیار رہنا پانی اُبال کر رکھو اگر بہن چو د حملہ کریں تو او پر سے پانی ڈالنا ویسے ہم لوگ ان کی میت سلانے کے لیے کافی ہیں ۔'' کہہ کر وہ سب چلے گئے مجید نے دروازہ بندکیا تو اس کے بھی ہاتھ کانپ رہے تھے ۔ اس نوجوان کے لفظوں کی سفاکی نے نورین کے خوف میں اضافہ کر دیا ۔ مارکاٹ کے تصور ہی سے اس کے پیڑو کے نیچے درد ہونے لگا ۔

اب کی بار جیسے ہی فون کی گھنٹی نے شور مچایا تو نورین کے پیڑو کے نیچے دباؤ اتنا بڑھ گیا کہ وہ سیدھی باتھ روم میں جا گھسی ۔ مجید نے ریسیور اٹھا کر مری ہوئی آواز میں ہیلو میں کہا ۔

''مجید میں ہیمنت بول رہا ہوں ۔'' دوسری طرف سے ہیمنت کی ہانپتی ہوئی آواز آئی ۔

''بولو ہیمنت'' ۔ مجید نے فوراً ہی کہا ۔

''میری بات مانو اور فیملی کو لے کر کسی سرکشت مقام پر چلے جاؤ ۔'' ہیمنت کی آواز میں کپکپاہٹ بہت نمایاں تھی ۔ ''دیکھو یہ لوگ آج رات میں ضرور حملہ کریں گے ۔ پلیز مجید ابھی اجالا ہے تم نکل جاؤ اگر اندھیرا ہوگیا تو پھر بڑی مشکل ہو جائے گی ۔''

''میں ۔۔۔۔ کہاں جاؤں ہیمنت ۔'' مجید رو ہانسا ہوگیا ۔

''کہیں بھی یار کہیں بھی کسی رشتے دار کسی ۔۔۔۔ دوست ۔۔۔۔''

”یہاں آس پاس میں میرا کوئی بھی رشتے دار نہیں ہے اور دوست ۔۔۔۔۔تم ہی میرے بھروسے مند دوست ہو۔ بتاؤ میں کیا کروں۔“

اپنے باپ کو اس طرح اُداس دیکھ کر پپو کی بھی آنکھوں میں آنسو بھر آئے۔ وہ صرف اتنا ہی سمجھ سکا تھا کہ کوئی بہت بڑا جھگڑا ہوگیا ہے اور لوگ ایک دوسرے کو مار ڈالنا چاہتے ہیں ۔لیکن کیوں؟ یہ بات اس کی فہم سے بالا تر تھی۔ وہ سوچ رہا تھا لڑتے تو ہم بھی ہیں لیکن کسی کو جان سے مارتے تو نہیں ہیں پھر یہ بڑے لوگ جب لڑتے ہیں تو ایک دوسرے کو مار ڈالنا کیوں چاہتے ہیں؟

ہمت کے اصرار کرنے پر مجید نے وعدہ تو کر لیا تھا کہ وہ کسی محفوظ مقام پر منتقل ہونے کی کوشش کرے گا لیکن کہاں؟ کس کے گھر جائے؟ کوئی بھی چھت محفوظ پناہ گاہ نہیں تھی۔ کسی تنہا یا نہتے کو فسادی اب نام اور مذہب کی شناخت کر کے قتل نہیں کرتے تھے بلکہ وہ تو آباد بستیوں میں گھس کر نیم پلیٹ پڑھ کر لوٹتے اور جلاتے تھے اب تو کسی بھی فرقے کے اکثریتی آبادی والے محلے بھی محفوظ نہیں رہے تھے۔

کھڑکی کے درازوں سے رنگ کر آنے والی دھوپ کی پیلی لکیر سامنے والی دیوار پر لمبی ہو چلی تھی۔ مجید نے دیوار پر لگی گھڑی میں وقت دیکھا۔ ساڑھے پانچ بج رہے تھے۔ ڈیڑھ گھنٹے بعد اندھیرا ہو جائے گا یہ سوچ کر اس کا دل بیٹھنے لگا ۔۔۔۔ اندھیرا ہوتے ہی سب ہتھیاروں سے لیس ہو کر سڑکوں پر نکل آتے تھے اور پھر رات بھر گھر جلتے۔ لباس اترتے اور جسم کٹتے ۔۔۔۔۔۔! صبح سورج کی پہلی کرن جب دھرتی پر اترتی تو سڑکوں پر کٹے پھٹے جسم گلیوں میں داغدار زیر جاموں اور راکھ کے ڈھیر سے اٹھتے دھوئیں کے درمیان انسانی قہر پر آسمانی قہر کو شرما تا دیکھ کر سوگوار ہو جاتی۔ تب رات کے وہ تیغ زن تھک کر دوسری رات کے انتظار میں کہیں سو رہے ہوتے۔

”کیا سوچ رہے ہو۔“ نورین پپی کو گود میں لیے اس کے قریب آ کر بولی ۔”مجھے اب یہاں ڈر لگ رہا ہے ۔۔۔۔۔۔۔“

"کیوں؟ ہم لوگ تو اپنے ہی لوگوں کے درمیان ہیں پھر ڈر کس بات کا" مجید نے نورین سے زیادہ خود کو دلاسہ دیتے ہوئے کہا۔

"آج حملہ ہوگا۔ یہ لڑکے بھی تو کم نہیں ہیں ۔ بڑا خون خرابہ ہوگا۔ اس پر سے پولس ۔۔۔۔۔" نورین کی آواز کپکپائی۔

"پولس!" مجید بڑبڑا کر رہ گیا۔ کس سے پناہ مانگیں؟ وہ پھر سوچنے لگا حملہ آور جتنے ظالم ہیں مدافعت کرنے والے بھی کم سفاک نہیں ہیں اور قانون کی پاسبانی کرنے والے ان دونوں سے کہیں زیادہ وحشی! کس سے تحفظ مانگیں ۔۔۔۔۔ مجید کی آنکھیں بے بسی سے بھر آئیں اور وہ نورین کی طرف پیٹھ کر کے اپنے خوف کو چھپانے کی کوشش کرنے لگا۔

اس بار وہ سبھی ٹیلی فون کی گھنٹی یا دروازے کی دستک پر نہیں بلکہ دور سے اٹھنے والے بے ہنگم انسانی چیخ و پکار کے شور سے سہم کر ایک دوسرے کے قریب آ گئے تھے۔ بچی نورین کے کندھے سے لگی سو رہی تھی اور پپو مجید کے پیروں سے پیٹھ چپکا کر ہر اساں نظروں سے کبھی ماں کو تو کبھی باپ کے چہرے کے خوف کو پڑھنے لگتا۔

"لگتا ہے حملہ ہو گیا" نورین کی آواز ایسی تھی جیسے وہ رو پڑے گی۔

شور بہت واضح تھا۔ عورتوں کی چیخ بچوں کے رونے کے شور میں مردوں کے للکارنے کی آوازیں بڑھتی جا رہی تھیں اچانک ہی کہیں قریب سے نعرے لگنے لگے اور وہی بے ہنگم شور یہاں بھی بڑھتا چلا گیا۔ مجید نے لپک کر کھڑکی کی جھری سے جھانکا۔ شام کے سرمئی اندھیرے میں نوجوانوں کے درمیان کوئی عورت گود میں بچہ لیے مخالف سمت میں بھاگ رہی تھی اس کی بغل میں ایک بڑی سی گٹھری تھی۔ عورت کے پیچھے چند اور لوگ سر پر گٹھری اور بکسے لیے بھاگ رہے تھے۔

"چلو ۔۔۔۔۔ بھاگ چلیں حملہ ہو چکا ہے اور ان لوگوں نے دوسری بستی پر جوابی حملہ کر دیا ہے۔"

مجید ایسے ہانپ رہا تھا جیسے میلوں دوڑ تا رہا ہو۔ "اب ۔۔۔ اب یہاں خیریت نہیں ہے۔

بلوائیوں سے بچیں گے پولیس نہیں چھوڑے گی۔''۔۔۔مجید کے جملہ ختم کرتے ہی نورین نے لپک کر ایک گھڑی اٹھائی جو اس نے پہلے ہی بنا رکھی تھی جس میں اس کے تھوڑے سے زیور اور کچھ روپے تھے۔ مجید نے نئے کپڑوں کا سوٹ کیس اٹھالیا۔ دونوں تیر کی طرح گھر سے نکلے ہی تھے کہ طوطا بڑی طرح شور مچانے لگا۔ پپو نے دوڑ کر طوطے کے پنجرے کو اٹھالیا اور ماں باپ کی طرف اجازت طلب نظروں سے دیکھنے لگا۔ مجید نے اثبات میں سر ہلایا اور پپو کے کمرے سے باہر نکلتے ہی دروازے کو قفل لگا دیا۔

نیچے اترتے ہی وہ سب ڈوبتے دن کے دھند لائے اجالے اور پھیلتی رات کے میلے اندھیرے میں اتر گئے۔ مغربی سمت میں جہاں پترے کی کھولیوں کا سلسلہ ختم ہوتا تھا آگ کے شعلے اٹھتے دکھائی دیے۔ انہیں اپنے آس پاس لوگ بدحواس سے بھاگتے نظر آئے۔ وہ ایک دوسرے سے ٹکراتے ایک دوسرے سے بچ کر آگے نکل جانے کی کوشش کر رہے تھے لیکن آواز کسی کے بھی منہ سے نہیں نکل رہی تھی جیسے حلق سے نکلنے والی کوئی بھی آواز ان کے فرقے کی نشاندہی کر دے گی۔

مجید پپو کا ہاتھ پکڑ کر سوٹ کیس کے بوجھ سے ایک طرف جھکا ہوا بھاگ رہا تھا۔ نورین اس کے پیچھے سائے کی طرح لگی ہوئی تھی۔ وہ لوگ اب اس کھلی جگہ میں نکل آئے تھے جہاں زیر تعمیر عمارتوں کے ڈھانچے کھڑے تھے جو نیم اندھیرے میں کوئی ایسا جود نظر آ رہے تھے جس کے کئی ہاتھ پھیلے ہوئے ہوں۔

''وہیں کہیں ۔۔۔۔کسی عمارت کے اندر چھپ جاتے ہیں ۔'' نورین نے رک کر پھنستی سانسوں کے درمیان کہا۔۔۔۔۔

''نہیں یہ جگہ محفوظ نہیں ہے ۔۔۔۔۔ یہاں میں نے اکثر کچھ لوگوں کو چلم پیتے اور تاش کھیلتے ہوئے دیکھا ہے ۔'' مجید کی سانس بھی بری طرح پھول رہی تھی۔ نورین کی گود میں بچی جاگ گئی تھی لیکن اطراف کی مخدوش فضا کو شاید اس کی ننھی جان نے بھی محسوس کر لیا تھا اس لیے وہ بس ٹکر ٹکر اپنی ماں کا چہرہ دیکھ رہی تھی۔

وہ پھر دوڑنے لگے۔اوبڑ کھابڑ راستوں پر چلنا دشوار تھا لیکن انہیں تو جان کی پڑی تھی اس لیے جیسے تیسے بھاگ رہے تھے دوڑتے ہوئے نورین اس سمت دیکھنے لگی ،جہاں ان کا گھر تھا اور اس کے منہ سے چینخ نکلتے نکلتے رہ گئی۔۔۔''وہ دیکھو وہاں بھی حملہ ہو رہا ہے شاید''نورین نے چینخ کو دباتے ہوئے مجید کو مخاطب کیا۔

مجید نے رک کر دیکھا۔دور آسمان پر روشنی کا بڑا سا ہالہ پھیلا ہوا تھا جیسے کہیں آگ دھک رہی ہو۔مجید کو ایک لمحے کو سکتہ ہو گیا۔پھر وہ چونک کر بولا۔''چلو جلدی نکلو یہاں سے''اس نے سوٹ کیس کا وزن دوسرے ہاتھ پر بدلا اور پپو کو کھینچتے ہوئے پھر دوڑ پڑا۔ان میں سے کسی کو بھی پتہ نہیں تھا کہ وہ کہاں جا رہے ہیں لیکن جان بچانے کی دھن ایسی سوار تھی کہ دوڑتے رہنے کے علاوہ وہ کچھ سجھائی نہیں دے رہا تھا۔مجید کی رفتار سست سامنے پڑ گئی سامنے سے تین چار ہیولے بڑھے چلے آ رہے تھے۔نورین کا دل سینے پر زور زور سے ٹھوکریں مارنے لگا۔دونوں ایک ہی طرح کے خوف کا شکار تھے۔اجنبی ہیولوں کو بالکل سامنے دیکھ کر ان کی آواز بیٹھ گئی۔ان ہیولوں کی رفتار بھی سست پڑ گئی۔مجید کو لگا جیسے وہ حملہ کرنے کے لیے پر تول رہے ہوں۔مجید کے قدم زمین میں گڑ گئے اور وہ اندھیرے کے ان سایوں کو ایسے گھورنے لگا جیسے بلیاں لڑتے وقت ایک دوسرے پر سے نظریں نہیں ہٹاتی ہیں۔

''ک ک کون ہو تم؟''سامنے والوں میں سے ایک نسوانی آواز آئی۔

جان بچانے۔۔۔۔نکلے۔۔۔۔ہیں۔''مجید کے بجائے نورین نے جواب دیا۔

''ہم بھی''۔اتنا کہہ کر وہ تیزی سے بائیں ہاتھ کی گلی کے اندھیرے میں داخل ہو گئے۔مجید اور نورین ابھی اپنی سانسیں درست بھی نہیں کر پائے تھے کہ جس گلی میں انہوں نے سایوں کو جاتا ہوا دیکھا تھا وہیں سے ایک شور اٹھا اور کوئی دوڑتا ہوا آیا اور لہرا کر نورین سے ٹکرا کر زمین پر گر پڑا۔گرتے ہوئے اس کے منہ سے ایک دردناک آہ نکلی تھی۔گرنے والے کا ہاتھ نورین کے کندھے پر پڑا تھا جیسے وہ اسے تھامنا چاہتا ہو نورین نے اپنے کندھے کو چھوا تو اس کی چینخ نکل پڑی اس کی ہتھیلی چپ چپا رہی تھی اس نے اپنی گیلی ہتھیلی کو سونگھا زندہ خون کی بو

تھی ۔وہ بھرّائی آواز میں بولی ''اسے کسی نے مار دیا۔۔'' مجید ڈانٹ کر بولا ''چپ رہو اور تیز تیز چلو۔'' مجید کی ڈانٹ پر نورین چل تو دی مگر مڑ مڑ کر وہ اس جانب دیکھتی رہی جہاں وہ شخص گرا تھا۔

وہ اب اپنی محلے سے کافی دور نکل آئے تھے انہیں سامنے ویران نیشنل ہائی وے نظر آ رہا تھا۔مجید نے سوچا کہ اگر کوئی سواری مل گئی تو اس میں بیٹھ کر کہیں دور نکل جائیں گے۔۔لیکن کہاں؟ اس سوال پر وہ خود ہی کانپ گیا پورا شہر جنون کی زد میں ہے کہاں جائیں؟ دور کسی گاڑی کی ہیڈ لائٹس روشن ہوئی اور رقریب آنے لگی مجید نے نورین کو سرگوشی میں زمین پر لیٹ جانے کو کہا۔گاڑی اُن سے کوئی پچاس ساٹھ گز کے فاصلے پر رک گئی انجن کی گھر گھراہٹ سے پتہ چلتا تھا کہ وہ کوئی جیپ ہے۔جیپ میں سے تین لوگ اترے ان میں سے ایک کی نشیب میں پیشاب کے لیے کھڑا ہو گیا۔جیپ کے قریب کھڑے دونوں آدمیوں نے سگریٹ جلانے کے لیے ماچس جلائی تو تیلی کے ننھے سے شعلے میں ان کے چہرے روشن ہو گئے۔وہ دونوں پولیس کی ٹوپی پہنے ہوئے تھے۔

''ہجوم کو سنبھالنا ناممکن کام ہے۔'' دونوں میں سے ایک نے مراٹھی میں بولا۔

''اس لیے ہجوم کے سامنے بہادری دکھانا حماقت ہے ہاں جب دو چار سامنے ہوں تو بے دریغ گولی مار دینی چاہیے'' دوسرے نے کہا۔

نورین نے مجید کے کندھے پر اپنا سر د ہاتھ رکھ دیا جو کانپ رہا تھا۔مجید پھٹی پھٹی آنکھوں سے انہیں دیکھ رہا تھا۔نشیب سے جب تیسرا جیپ کے قریب آ یا تو وہ پھر گاڑی میں بیٹھ گئے اور جیپ گھر گھرا کر چل پڑی ۔جیپ کے گذرتے ہی بچی رو پڑی۔۔۔ نورین نے جلدی سے اس کے منہ میں اپنی چھاتی دے دی۔بچی دودھ پاتے ہی خاموش ہو گئی۔

''ہمارے محلے میں ضرور حملہ ہوا ہے ۔'' نورین جیپ کے گزر جانے کے بعد بولی ''خدا جانے ہمارے گھر کا کیا حال ہو گا''

''ہوں ۔'' مجید کے منہ سے بس اتنا ہی نکلا اور وہ اپنے اس گھر کے بارے میں سوچنے لگا

جسے اس نے پانچ برسوں کی مشقت کے بعد آباد کیا تھا۔ ضرورت کی تمام چیزوں کے علاوہ ایک بلیک اینڈ وائٹ ٹی وی سیٹ ایک اسٹیریو ٹیپ ریکارڈر اور ایک فرج اس نے مختلف وقتوں میں قسطوں پر خریدا تھا۔

بچی دودھ پیتے پیتے سو گئی تو نورین اسے کندھے سے لگا کر اٹھ کھڑی ہوئی وہ سب پھر نا معلوم منزل کی طرف چل پڑے۔ کچھ ہی دور چلے ہوں گے کہ انہیں ایک پٹرول پمپ نظر آیا جو بالکل ویران تھا۔ مجید سٹرک پار کر کے پٹرول پمپ سے ملحقہ پبلک ٹیلی فون بوتھ پر پہنچا خلاف توقع ٹیلی فون صحیح سلامت تھا۔ مجید نے ریسیور اٹھا کر کان سے لگایا لائن بھی چل رہی تھی۔ مجید نمبر ڈائل کرنے لگا تو نورین نے پوچھا کسے فون کر رہے ہو؟‘‘

’’اپنے گھر لگا رہا ہوں۔‘‘ مجید نے کہا اور دوسری طرف سے گھنٹی بجنے پر اس کے تناؤ بھرے چہرے پر مسکراہٹ دوڑ گئی۔

’’سب ٹھیک ٹھاک ہے۔‘‘

’’کیا مطلب‘‘ نورین حیرت سے اس کے چہرے کی مسکراہٹ کو دیکھ رہی تھی مجید نے ریسیور نورین کے کان سے لگا دیا۔ گھنٹی کی آواز سن کر نورین کے چہرے کی نسیں ڈھیلی پڑ گئیں۔ ’’ہاں ۔۔۔ ہاں گھنٹی بج رہی ہے۔‘‘ وہ بھی مسکرا دی۔

مجید ریسیور کان میں لگائے دیر تک گھنٹی بجنے کی آواز سنتا رہا۔

’’کیا اب چلنا نہیں ہے؟‘‘ نورین نے اسے یاد دلایا۔ مجید نے ریسیور کریڈل پر رکھ دیا۔

’’ہمارے گھر کو کس سے خطرہ ہے پاپا‘‘ پپو جو اپنے باپ کی یہ اضطراری کیفیت دیکھ رہا تھا پوچھ بیٹھا۔

’’ہیں کچھ لوگ۔‘‘ مجید نے پپو کی طرف دیکھے بغیر سوٹ کیس اٹھاتے ہوئے جواب دیا۔
کیوں پاپا کیا ان کا آپ سے جھگڑا ہوا ہے۔‘‘ پپو جو طوطے کا پنجرہ لیے ہوئے تھا باپ کے پیچھے چلتے ہوئے پوچھا۔

’’نہیں بیٹا ہمارا کسی سے کوئی جھگڑا نہیں ہے۔‘‘ نورین نے پپو کے کندھے پر ہاتھ رکھ کر کہا

۔

''پھر وہ ہمارا گھر کیوں جلانا چاہتے ہیں پاپا؟ ہمیں اس طرح ہمارے گھر سے کیوں بھاگا رہے ہیں؟'' پپو کی آواز رندھ گئی ۔پپو کو اپنی سانپ سیڑھی کا بورڈ اپنے کرکٹ کا بلا اور ہی مین سیریز کے بہت سارے کھلونے یاد آ گئے تھے جو گھر ہی میں رہ گئے تھے ۔دونوں نے پپو کے اس سوال کا جواب نہیں دیا کیونکہ ان کے پاس اس سوال کا کوئی جواب ہی نہیں تھا۔

وہ ہائی وے پر پتہ نہیں کتنی دیر چلتے رہے کہ انہیں اس سناٹے سے اب خوف آنے لگا تھا سامنے سے چار پانچ لوگ تیزی سے آتے ہوئے نظر آئے تو ان کے دل کی دھڑکنیں پھر بڑھ گئیں لیکن آنے والے بھی بہت جلدی میں تھے شاید وہ انہیں نظر انداز کرتے ہوئے خاموشی سے گزر گئے ۔سڑک کے کنارے بنی دکانیں بند تھیں درمیان میں کچھ دکانیں نیم جلی ہوئی تھیں ۔ایسی ہی ایک دکان پر ٹیلی فون بوتھ دیکھ کر مجید پھر رک گیا اور نورین کو پیچھے آنے کا اشارہ کر کے وہ فون کی طرف بڑھا ۔ریسیور اٹھا کر اس نے گھر کا نمبر ڈائل کیا۔ چند ثانیوں بعد دوسری طرف ٹیلی فون کی گھنٹی بجنے لگی ۔وہ ریسیور کان میں لگائے یوں ہی سنتا رہا نورین کے پوچھنے پر اس نے ریسیور اس کے کان سے لگا دیا ۔نورین کا چہرہ پھر کھل اٹھا اس نے آسمان کی طرف دیکھ کر اللہ کا شکرادا کیا۔

''پاپا مجھے بھی سنائیے نا''

پپو کے اصرار پر مجید نے ریسیور اس کے کان سے بھی لگا دیا گھنٹی کی ٹرن ٹرن پر پپو کے چہرے پر مسکراہٹ دوڑ گئی۔

''بج رہی ہے ۔۔۔ گھنٹی بج رہی ہے'' وہ خوشی سے تقریباً چیخ پڑا ۔مجید نے جلدی سے ریسیور رکھ کر پپو کو ڈانٹا اور پھر وہ چل پڑے ۔ابھی وہ سڑک تک پہنچنے بھی نہیں پائے تھے کہ ایک شور اٹھا دس پندرہ لوگ دو آدمیوں کے پیچھے دوڑ رہے تھے تقریباً سبھی کے ہاتھوں میں ہتھیار چمک رہے تھے ۔وہ دونوں آدمی بے تحاشہ بھاگتے ہوئے سامنے کی طرف نشیب میں اتر گئے ۔تعاقب کرنے والے بھی ان کے پیچھے پیچھے نشیب میں غائب ہو گئے ۔یہ سب کچھ اتنے کم وقفے

ہوا کہ مجید اور نورین کے کچھ سمجھ ہی میں نہ آیا کہ کیا گذر گیا لیکن نعرے اور جان بچانے کے لیے بھاگنے والے دونوں آدمیوں کی چیخیں اب تک ان کے کانوں میں گونج رہی تھیں۔

''اب میں نہیں چل سکتی۔'' نورین بری طرح لرز رہی تھی۔ ''ہمیں کہیں بھی چھپ کر صبح کا انتظار کرنا چاہیے۔'' ''ہاں میں بھی یہی سوچ رہا ہوں۔'' مجید نے کہہ کر سڑک کے دائیں طرف کی اس آبادی کی طرف دیکھا جہاں کہیں روشنی نظر آ رہی تھی یہ محلہ پرسکون نظر آ رہا تھا۔ عمارتوں کے درمیان مسجد کے دو بلند مینار بھی نظر آ رہے تھے۔ مسجد کے مینار اُسے مانوس سے لگے اس نے جب اطراف و اکناف پر نظر دوڑائی تو وہ خود ہی چونک گیا۔ یہ تو وہی قبرستان والا علاقہ تھا یعنی دو ڈھائی گھنٹے سے وہ کولہو کے بیل کی طرح اپنے ہی علاقہ میں گھومتے رہے تھے۔ مسجد والا یہ محلہ بھی بڑا مخدوش سمجھا جاتا تھا لیکن یہ ان کے اپنوں کا ہی محلہ تھا۔ اپنوں کے درمیان پہنچ جانے کے تصور نے انہیں کسی حد تک مطمئن کر دیا تھا۔ وہ تینوں اس حد تک تھک چکے تھے کہ اب کہیں کسی کونے میں دبک کر رات گذار نا چاہتے تھے۔ نورین کی نظر محلے کے داخلے پر واقع ایک موٹر ورکشاپ کے باہر بنے ہوئے ٹیلی فون بوتھ پر پڑی اور وہ رک گئی۔ ''ایک بار پھر گھر فون کر لیتے ہیں۔'' اس نے مجید کو روکتے ہوئے کہا۔

مجید نے اثبات میں سر ہلا یا اور بوتھ پر پہنچ کر نمبر ڈائل کرنے لگا۔ مجید بار بار نمبر ڈائل کرتا اور ہر بار اسے فون ڈیڈ ملتا۔

''کیا بات ہے کیا نمبر نہیں لگ رہا ہے۔'' نورین نے مجید کے چہرے پر بدلتے رنگ کو دیکھ کر پوچھا۔

مجید نے یہ اطمینان کرنے کے لیے کہیں یہی فون نہ خراب ہو ہمت کے گھر کا نمبر ڈائل کیا جہاں گھنٹی بجنے لگی۔

یہ فون تو ٹھیک ہے پھر ہمارا نمبر۔۔۔'' مجید کی آواز بیٹھنے لگی تھی۔ اس نے دوبارہ گھر کا نمبر ڈائل کیا اور ریسیور کو اپنے کانوں سے لگائے رہنے کے بعد نورین کے کان سے لگا دیا۔ دوسری طرف مکمل سناٹا تھا نہ ڈائل ٹون تھا اور نہ ہی کسی طرح کی آواز نورین کی آنکھوں

سے آنسو کسی روکے ہوئے پانی کی طرح اچانک بہہ نکلے۔اس کا سینہ درد کی شدت سے پھٹنے لگا
۔اس کا جی کر رہا تھا کہ پھوٹ پھوٹ کرخوب روئے اپنے ہی منہ میں پلو ٹھونس کروہ پچکیاں
لینے لگی۔مجید نے کانپتے ہوئے ہاتھوں سے ریسیور کریڈل پررکھ کر اپنا چہرہ دوسری طرف گھمالیا
آنسو چھپانے کا اس کے پاس یہی طریقہ رہ گیا تھا۔

آس پاس سے اٹھنے والی بے ہنگم آوازوں نے انہیں آنسوؤں کے بھنور سے نکال لیا
۔وہ تیز قدموں سے مسجد والے محلے کی طرف بڑھے۔ابھی تھوڑی ہی دور چلے تھے کہ مسجد کے
ٹھیک پیچھے روشنی کا ایک جھما کا ہوا اور پھر ایک زور دار دھماکے سے سارا علاقہ گونج گیا۔نورین کی
گود میں سوئی بچی چیخ چیخ کر رونے لگی پپو کے ہاتھوں میں جھولتے پنجرے میں طوطا بھی بری
طرف چیخنے لگا۔مسجد والے محلے سے طرح طرح کا شور اٹھنے لگا جیسے کوئی کسی کو مار رہا ہو۔ذبح کر رہا
ہو زندہ جلا رہا ہو اور کوئی مدد کے لیے تڑپ تڑپ کے چلا رہا ہو۔

مجید اور نورین پپو کو کھینچتے ہوئے الٹے پاؤں لوٹے اور سڑک کے کنارے کھڑے ایک
ٹرک کے نیچے جا کر بیٹھ گئے تھے کہ اچانک خاکستری اندھیرے میں سے ایک نوجوان نمودار ہوا
۔وہ انہیں کی طرف بے تحاشہ دوڑا چلا آ رہا تھا۔نصف چاند کے اجالے میں مجید نے دیکھا کہ اس
کا منہ کسی تھکے ہوئے گھوڑے کی طرح کھلا ہوا ہے لیکن اس کی اُبلی پڑ رہی آنکھوں میں چاندنی
کی نہیں موت کو مد مقابل دیکھ لینے کی وحشتناک چمک ہے۔وہ ہانپتا ہوا ان کے قریب سے تیر
کی طرح گذر کر مسجد والی گلی میں گھس گیا۔نورین مڑ کر سکتے کے عالم میں یہ سب دیکھتی رہ گئی۔بد
حواس نوجوان جس سمت سے آیا تھا ویں سے دس پندرہ لوگوں کا ایک غول ہنڈاسے،تلواریں اور
گنڈتیاں لہراتا ہوا اس کے تعاقب میں شکاری کتوں جیسی وحشیانہ رفتار سے ایسے گذرا کہ ان کے
دوڑتے قدموں کی آواز کے علاوہ دوسری کوئی آواز ہی سنائی نہیں دے رہی تھی ۔مسلح
نوجوانوں کا غول جب دوڑتا ہوا مسجد والی گلی میں غائب ہو گیا تب وہ تینوں زندگی کی سانسیں
بچانے کے لیے ٹرک کے نیچے سے نکلے اور دوڑتے ہوئے سڑک پار کر کے قبرستان کی چہار
دیواری سے لگ کر کھڑے ہو گئے ان سبھوں کا سینہ دھونکنی کی طرح چل رہا تھا۔مسجد والی گلی میں

شور بڑھتا ہی جا رہا تھا اور پھر اچانک مسجد والے محلے میں جیسے کہرام مچ گیا۔

مجید نے جلدی سے جھک کر نورین کو دونوں ہاتھوں سے اُٹھا کر قبرستان کی دیوار کی دوسری طرف اتار دیا۔ پپو نے پنجرے کو دیوار پر رکھا اور بڑی پھرتی سے دوسری طرف کو دگیا۔ مجید نے سوٹ کیس دیوار کے دوسری طرف پھینکا اور پھر خود بھی کو دگیا۔ دوسری طرف پہنچ کر وہ تینوں کچھ دیر تک بیٹھ کر ہانپتے رہے۔ جب سانسیں درست ہوئیں تو انہوں نے آس پاس دیکھا، دور دور تک کچی پکی شکستہ قبریں تھیں۔ برگد اور پیپل کے قدیم پیڑ تھے جنہیں دیکھ کر لوگ دن میں بھی خوف کھاتے تھے۔ انہوں نے اطمینان کی سانس لی کہ وہ اب بستی سے ایسی جگہ پہنچ گئے تھے جہاں نہ کوئی آدم تھا نہ آدم زاد۔ تینوں نئی پرانی قبروں کے درمیان بنا کسی خوف کے گھنے پیڑوں اور خود درد جھاڑوں کے گہرے اندھیروں میں بڑھتے چلے گئے۔

OO

راکھ

مہلک بیماری اور سفاک موت مل کر بھی شمع کے چہرے کی کشش کو ختم نہیں کر سکے... جمال نے فرش پر رکھی بیوی کی لاش کو دیکھتے ہوئے سوچا۔ شمع کا مردہ جسم سفید چادر سے ڈھکا ہوا تھا، صرف چہرہ کھلا تھا۔

شمع کی گھنی سیاہ پلکیں جھکی ہوئی تھیں اور وہ یک ٹک اس کے سرخ و سفید چہرے کو دیکھ رہا تھا۔ شمع نے پیالی اٹھا کر کوفی کا ایک گھونٹ لیا لیکن اس کی پلکیں بدستور جھکی رہیں۔
"تم نے میری بات کا جواب نہیں دیا" وہ میز پر تھوڑا جھک گیا "میں بہت سیریسلی کہہ رہا ہوں میں تم سے شادی کرنا چاہتا ہوں۔"
جمال نے شمع سے کل بھی یہی بات کہی تھی، لیکن شمع نے کوئی جواب نہیں دیا تھا صرف جھر جھری لے کر رہ گئی تھی۔ جمال کی اس خواہش کو سن کر وہ خوفزدہ ہوگئی تھی۔ اُسے شادی کے اُس تصور ہی سے بخار سا ہو جاتا تھا جسے ساری دنیا کی عورتیں تحفظ سمجھتی ہیں۔ بابا کو اگر پتہ چل گیا کہ میں ایک مسلمان لڑکے سے شادی کرنا چاہتی ہوں تو... سوچ کر ہی وہ کانپ جاتی تھی۔
جمال سے اس کی ملاقات دو برس قبل فوٹو گرافی کے ایک ایگزی بیشن میں ہوئی تھی، جسے تین امیچر فوٹو گرافرز نے مل کر ترتیب دیا تھا۔ شمع کو ایک تصویر بے حد پسند آئی تھی جس کا عنوان تھا "زندگی" جس میں ایک سی گل کو سمندر کی بھری موجوں سے کچھ اوپر پرواز کرتے

دکھایا گیا تھا۔

شمع نے جب ایکزی بیشن کے ناظم سے اس فوٹو گرافر کے بارے میں پوچھا تو اس نے باریک فریم کا چشمہ لگائے ایک سانولے سے نوجوان کی طرف اشارہ کیا تھا''جمال احمد''۔۔۔اُس نے ایک ڈھیلی ڈھالی شرٹ اور جینز پہن رکھی تھی۔وہ ایک عورت سے ہنس ہنس کر باتیں کر رہا تھا ۔جمال کو ایک عمدہ تصویر پر مبارکباد دینے کا خیال ترک کرکے وہ جب گیلری کی سیڑھیاں اترنے لگی تب اُس نے سوچا کہ یہ فنکاری کی ناقدری ہوگی ۔وہ لوٹ کر ایکزی بیشن ہال میں آ گئی تھی اور اس عورت کے جانے کا انتظار کرنے لگی تھی جو اپنی سوتی ساری سیلویلیس بلاوز اور ہینڈلوم کے جھولے کی وجہ سے کوئی آرٹ کرٹیک معلوم ہو رہی تھی ۔اس عورت کے چلے جانے کے بعد شمع نے جمال کے قریب جا کر اپنا تعارف کراتے ہوئے تصویر کی تعریف کی اور دوران گفتگو اُس نے بتا دیا تھا کہ وہ جے جے اسکول آف آرٹس میں انسٹرکٹر ہے اور ملازمت کا یہ اس کا پہلا سال ہے ۔ دوسرے روز جمال نے جے جے اسکول میں جا کر شمع کو وہی تصویر تحفے میں پیش کر دی تھی ۔ دونوں کی رسمی ملاقاتیں دوستی میں اور دوستی جلدی ہی محبت میں بدل گئی تھی ۔

''جمال اگر بتیاں کہاں ہیں؟''جمال نے گردن گھما کر دیکھا اس کا فوٹو گرافر دوست منوج اُس سے مخاطب تھا ۔جمال نے دیوال کیبنٹ کھول کر اگر بتی کا پیکٹ نکال کر منوج کو دیا۔منوج نے اگر بتیاں شیشے کے ایک گلاس میں ڈال کر شمع کے سرہانے سلگا کر رکھ دیں ۔ دھواں دھیرے دھیرے بل کھاتا ہوا فضا میں ایسے تخلیل ہونے لگا جیسے کمرے کے بوجھل ماحول سے وہ بھی افسردہ ہو ۔منوج نے جمال کے قریب آ کر اس کے کندھے پر ہاتھ رکھتے ہوئے پوچھا ۔
''کیا تم نے اپنے ڈیڈی کو خبر کر دی ہے؟''
جمال نے اثبات میں سر ہلایا ''اور شمع کے بابا کو؟''
جمال نے سر جھکا دیا ۔شمع کے بابا کو اس نے دادر ہندو کالونی میں خود جا کر خبر دی تھی انہوں نے شمع کی موت کی خبر ایک سنگین خاموشی کے ساتھ سنی تھی اور اس کے گھر سے باہر نکلتے ہی

دروازہ بند کر دیا تھا۔

’’شمع اور میں شادی کرنا چاہتے ہیں‘‘ جمال کے اس جملے پر شمع کے بابا کا چہرہ ایک دم سے سُرخ ہو گیا تھا۔ اُنھوں نے اپنے جبنیو میں انگوٹھا ڈال کر اسے دو بار اوپر نیچے کیا اور پھر موٹے چشمے کے پیچھے سے اسے گھورتے ہوئے بولے تھے ’’تم جانتے ہو ہم لوگ پونیری برہمن ہیں میرے پتا جی پونے میں اس عمر میں بھی جنم لگن اور مرتیو کی رسمیں کرتے ہیں۔ اور تم ایک مانسا ہاری مسلمان!‘‘ جمال اس سوال کے لیے پہلے ہی سے تیار تھا اس نے فوراً کہا ’’میں دھرم بدل لوں گا‘‘ جمال کے اس جواب نے کچن میں ماں کے ساتھ چھپ کر دونوں کی باتیں سن رہی شمع کے دل کے بوجھ کو کم کر دیا تھا۔

’’کوئی بھی غیر ہندو، ہندو نہیں بن سکتا‘‘ بابا اٹھ کھڑے ہوئے اور اُن کی انگلیاں جینیو میں تیزی سے اوپر نیچے ہونے لگیں۔

’’اور اگر میں آریہ سماجی طریقے سے ہندو بن جاؤں کیا تب بھی آپ مجھے سویکار نہیں کریں گے؟‘‘

’’نہیں۔ کبھی نہیں‘‘ بابا نے سخت لہجے میں جواب دیا۔ ’’کون کس دھرم میں پیدا ہو گا یہ ایشوری کی اِچھا سے ہوتا ہے انسان کی مرضی سے نہیں سمجھے۔‘‘

’’تب تو میرے مسلمان ہونے میں بھی میری مرضی کا نہیں بھگوان کی اِچھا کا دخل ہے تو اس میں میرا کیا قصور ہے‘‘ جمال نے ٹھہر ٹھہر کر اپنی دلیل رکھی۔

’’میں تم سے بحث نہیں کرنا چاہتا‘‘ اُن کا لہجہ دُرشت ہو گیا تھا۔

دوران گفتگو شمع کی ماں نے جمال کے لیے اپنی چھوٹی بیٹی کے ہاتھ سے جب اسٹیل کے گلاس میں پانی بھجوایا تو بابا نے بڑی ملامت سے لڑکی سے کہا۔ ’’شیشے کے گلاس میں پانی لاؤ‘‘۔ جمال پانی پیے بغیر ہی اٹھ کر اس کے چلے جانے کے بعد اسے پہلی بار پتہ چلا کہ بابا مسلمانوں کو سخت ناپسند کرتے ہیں۔ وہ کہہ رہے تھے

میری بیٹی اگر کسی مہار (چمار) کے ساتھ بھی بھاگ جائے تو مجھے اتنا دکھ نہیں ہوگا جتنا ایک ملیچھ کے ساتھ شادی کرنے سے ہوگا۔" کہتے ہوئے شمع رو پڑی تھی۔ "میں تمہیں کھونا نہیں چاہتی تھی جمی"۔ ہچکیوں سے اس کے کندھے ہلنے لگے تھے۔

اسی روز جمال نے اپنی والدہ کو شمع کے بارے میں بتا دیا تھا۔ وہ کچھ دیر تک تو خاموشی سے اپنے جوان بیٹے کے اتنے بڑے ارادے پر غور کرتی رہیں۔ پھر کہا۔ "اگر وہ مسلمان ہو جاتی ہے تو میرے خیال میں تمہارے ابو کو کوئی اعتراض نہیں ہوگا۔" جمال دس بارہ دنوں تک شمع سے روز ہی ملتا رہا لیکن مذہب تبدیل کرنے کی تجویز اس کے سامنے رکھنے کی ہمت وہ اپنے میں مجتمع نہیں کر پا رہا تھا۔ ایک روز جہانگیر آرٹ گیلری کے سماور ریسٹورنٹ میں جمال نے شمع سے اسنیکس کے لیے پوچھا تو اس نے یاد دلایا کہ آج اس کا منگل وار کا برت ہے وہ صرف لیمو پانی لے گی۔ ... جمال نے کوفی ختم کر لی لیکن وہ اپنا منشا بیان نہ کر سکا۔ شمع نے ٹھنڈے لیمو پانی کے گلاس پر ابھر آنے والے بخارات کی بوندوں کو انگلی سے پھیلاتے ہوئے کہا۔ "میرے بابا تمہارے ہندو ہو جانے کے بعد بھی تمہیں سویکار کرنے کے لیے تیار نہیں ہیں تو میں نے بھی فیصلہ کر لیا ہے ۔" کہہ کر اس نے کچھ توقف کیا اور پھر فیصلہ کن انداز میں کہا۔ "میں ہی مسلمان ہو جاتی ہوں ۔"

وہ سوچ بھی نہیں سکتا تھا کہ شمع اتنا بڑا فیصلہ اتنی جلدی کر لے گی۔ اس نے غور سے شمع کے چہرے کو دیکھا۔ جذبات سے لرزاں چہرے پر اس کی آنکھیں لبالب بھر آئی تھیں۔ ...

شمع نے ایک روز خاموشی سے بدن کے کپڑوں کے ساتھ گھر اور مذہب دونوں چھوڑ دیا۔ جامع مسجد میں کلمہ پڑھ کر وہ شما کلکرنی سے شمع جمال ہو گئی۔ مسجد ہی میں جمال اور شمع کا نکاح ہوا تھا۔ نکاح میں شمع کی طرف سے صرف منوج ہی شریک ہوا تھا جب کہ جمال کے گھر کے تقریباً سارے ہی لوگ موجود تھے۔

جمال کی بڑی بہن نے کمرے میں شمع کے مردہ جسم کو دیکھتے ہی ایک دبی دبی چیخ ماری

اور جمال سے لپٹ کر رونے لگیں۔ جمال کی آنکھیں خشک تھیں اسے ایسا محسوس ہو رہا تھا جیسے سینے میں گاڑھا دھواں بھر گیا ہو۔

’’یہ کیسے ہو گیا جمال ....‘‘ وہ روتی جاتی تھیں اور کہتیں جاتی تھیں۔

’’خدا کو یہی منظور تھا باجی ....‘‘

بڑی بہن نے دوپٹے سے آنکھیں خشک کرتے ہوئے اپنی والدہ اور والد کے بابت دریافت کیا کہ وہ اب تک کیوں نہیں پہنچے؟ پھر اس نے مراٹھی ترجمے والے قرآن کو کپ بورڈ سے اتارا اور شمع کے قریب بیٹھ کر دھیمی آواز میں تلاوت کرنے لگی۔ شمع عربی تو نہیں پڑھ سکی تھی البتہ وہ کبھی کبھار قرآن کا مراٹھی ترجمہ ضرور پڑھ لیا کرتی تھی۔

جمال کو اس درمیان لنٹاس ایڈور ٹائزنگ ایجنسی میں سینئر فوٹو گرافر کا جاب مل گیا تھا۔ ایجنسی نے ہی اسے بوریولی میں سنگل روم کا ایک فلیٹ بھی الاٹ کر دیا تھا۔ جو میاں بیوی کے لیے کافی تھا وہ اس فلیٹ میں شمع کے ساتھ منتقل ہو گیا تھا، لیکن ہفتے کے روز دونوں محمد علی روڈ پر واقع جمال کے والد کے مکان پر ضرور جاتے تھے۔ شمع نے ایک روز سوچا کہ اتنا عرصہ گزر چکا ہے بابا نہ سہی آئی (ماں) نے تو اس کی غلطی کو معاف کر دیا ہو گا وہ جمال کو بتائے بغیر اسکول سے فارغ ہو کر دادر ہندو کالونی پہنچ گئی۔ وہ دروازے پر کھڑی بیل بجاتی رہی لیکن کسی نے دروازہ نہیں کھولا شاید آئی ہول سے اسے دیکھ لینے کے بعد ایسا کیا گیا تھا۔ اس کے بعد پھر کبھی اس نے ماں کی دہلیز پر قدم نہیں رکھا تھا۔

شمع نے خود کو جمال کے گھر کی تہذیب کے مطابق ڈھالنے کی پوری کوشش کی تھی۔ رمضان کے روزے اس نے پہلی بار رکھے منگل وار کے برت کا معمول برقرار رہا۔ جمال جب تک گھر نہیں آ جاتا وہ کھانا نہیں کھاتی۔ اس نے یہ عادت اپنی آئی سے پائی تھی آئی کہا کرتی تھی، پتی پر میشور ہوتا ہے اس سے پہلے کھانا کھانا نہیں چاہیے جمال نے اسے کئی بار سمجھایا کہ ان کے یہاں اس قسم کی کوئی تہذیب نہیں ہے اسے وقت پر رکھا لینا چاہیے لیکن وہ ہمیشہ ہنس کر ٹال جاتی لوگ کہتے ہیں کہ محبوبہ جب بیوی بنتی ہے تو اس میں پہلے جیسی کشش نہیں رہ جاتی ہے لیکن

شادی کے بعد دونوں کی محبت میں نہ صرف شدت آ گئی تھی بلکہ دونوں ایک دوسرے کے بغیر خود کو ادھورا محسوس کرتے تھے۔

کمرے میں شمع کے بے جان جسم کے قریب ہی باجی اور کچھ دوسری رشتے دار عورتیں اور بچیاں قرآن کی تلاوت کر رہی تھیں۔ابو اور امی بھی پہنچ گئے تھے۔امی تو شاید راستے بھر روتی رہی تھیں ان کی آنکھیں سوجی ہوئی تھیں انہوں نے آتے ہی جمال کو سینے سے لگا کر بھینچ لیا جیسے وہ اس کے سینے کا سارا درد اپنے کلیجے میں اتار لینا چاہتی ہوں۔تب بھی اس کی آنکھیں خشک رہیں۔

''بیٹے غسالہ کو میں نے خبر کر دی ہے وہ بس آتی ہی ہوگی''انہوں نے اپنی آنکھیں پونچھتے ہوئے کہا۔ابو دروازے کے قریب سوسائٹی کے دوسرے لوگوں کے درمیان اپنی بہو کی ملنساری اور سگھڑپن کی تعریفیں کر رہے تھے ''رمضان کے مہینے میں بہو نے سارے روزے رکھے اور پانچوں وقت نماز ادا کی کوئی کہہ ہی نہیں سکتا تھا کہ وہ غیر قوم سے آئی ہے۔''میت میں آنے والے بھی مرحومہ کی انہیں صفات پر تعریفی کلمات ادا کر رہے تھے۔

گزشتہ ایک مہینے سے شمع کی طبیعت خراب رہنے لگی تھی ڈاکٹر نے یرقان تشخیص کیا تھا اور یہ بھی تنبیہہ کر دی تھی کہ بیماری کے سنگین نتائج بھی نکل سکتے ہیں کیوں کہ شمع حاملہ تھی۔جمال نے کبھی سوچا بھی نہیں تھا کہ اس کی یہ بیماری اتنی خطرناک ثابت ہوگی ورنہ وہ دفتر سے چھٹی لے کر خود ہی اس کی نگہداشت کرتا۔یہی سبب تھا کہ اس نے بیماری کے دنوں میں بھی شمع کو منگل وار کا برت رکھنے سے نہیں روکا۔دو تین روز قبل شمع کو دن میں چار پانچ قے ہوئی تو وہ رو ہانسی ہو گئی اس نے جمال سے کہا''دیوالی میں اپنے بابا اور آئی کا آشیرواد لینے نہیں گئی تھی نا شاید اس کا پاپ ہے۔''جمال نے اس بات پر اسے محبت بھری ڈانٹ پلائی تھی کہ وہ پڑھی لکھی ہو کر اس طرح کے وہم رکھتی ہے اس نے کہا تھا''وہم ہے یا حقیقت میں نہیں جانتی لیکن پنر جنم میں میرا وشواش ضرور ہے میری اوپر والے سے یہی پرارتھنا ہے کہ دوسرے جنم میں بھی وہ مجھے تمہاری ہی پتنی

بنائے۔"اس جملے پر جمال نے بے اختیار اس کی زرد پیشانی کو چوم لیا تھا۔

کل رات چانک ہی شمع کی طبیعت بگڑ گئی ڈاکٹر کو بلوایا گیا۔ڈاکٹر نے دوائیں اور انجیکشن دے کر اس خدشے کا اظہار ضرور کر دیا تھا کہ یرقان اپنے آخری اسٹیج پر ہے اس لیے اس کو کل سویرے ہی کسی اچھے اسپتال میں داخل کروانا بہت ضروری ہے۔جمال نے آنکھوں میں ہی ساری رات کاٹ دی۔انجیکشن کی وجہ سے شمع گہری نیند ضرور سوئی لیکن صبح جاگنے کے بعد اس کی حالت پھر بگڑ گئی۔شمع کی ایسی حالت دیکھ کر جمال بری طرح نروس ہو گیا تھا اس نے ڈاکٹر کو فون کیا لیکن ڈاکٹر کے آنے سے پہلے ہی شمع بجھ گئی تھی۔

"بیٹے تمام لوگ آ چکے ہیں۔غسالہ نے میت کو غسل بھی دے دیا ہے۔"ابو جمال کو قریب بلا کر بولے"تدفین کب کرنی ہے۔مغرب بعد یا عشاء بعد؟"

انہیں جواب دینے کے بجائے جمال شمع کی لاش کو دیکھنے لگا جسے غسل کے بعد کفن پہنا کر دیدار کے لیے رکھا گیا تھا۔غسل کے بعد چہرہ اب اور نکھر آیا تھا۔اسے لگا جیسے وہ اٹھ کر کہے گی "ارے مجھے جگایا کیوں نہیں۔"اکثر چھٹی کے روز جمال پہلے اٹھ جاتا تو خود ہی چائے بنا کر پی لیتا ناشتہ شمع کے بیدار ہونے پر دونوں ساتھ ہی میں کرتے تھے۔شمع کو گہری نیند سے جگانے میں اسے اس لیے تکلّف ہوتا تھا کہ وہ ہفتے کے چھ روز بڑے سویرے اٹھ کر گھر کے کام کاج میں جٹ جاتی تھی جمال کو دفتر بھیجنے اور اسکول جانے کی تیاری میں اسے کافی وقت لگتا تھا اس لیے عام دنوں میں صبح سویرے اٹھنا اس کی مجبوری تھی۔

"مہرہ صاحب نے کہا ہے کہ ایجنسی کی طرف سے شمع کی ایک Obituary ٹائمز آف انڈیا میں دی جائے۔"

منوج نے ایک کاغذ اس کی طرف بڑھاتے ہوئے کہا۔

جمال نے کاغذ پر نظر ڈالی۔

شمع جمال

تاریخ پیدائش ۔ ۱۸/اپریل بروز بدھ ۱۹۶۸ء

تاریخ وفات ۔ ۲ جون بروز منگل ۱۹۹۵ء

جمال کی نظر تاریخ وفات پر ٹھہر گئی۔ اوہ آج منگل وار ہے ۔شمع کے برات کا دن! شمع نے اسے بتلایا تھا کہ ”میں نے جب سے ہوش سنبھالا ہے تب سے منگل وار کا برت رکھ رہی ہوں ۔ کبھی ناغہ نہیں کیا‘‘ اس نے بڑے فخر سے کہا تھا ۔شمع کی آواز بازگشت تک دیر تک جمال کی سماعت میں جاری رہی۔

”جمال میاں تم نے بتایا نہیں تدفین کب ہوگی؟‘‘ ابو جی نے دوبارہ اسے یاد دلایا۔ جمال نے نم آنکھوں سے شمع کی لاش کی طرف دیکھا ۔سرہانے اگر بتیاں سلگ رہی تھیں ۔دھویں کی پتلی گاڑھی لکیریں فضا میں دھیرے دھیرے رینگ رہی تھیں اماں اور باجی کی تلاوت کی آواز ماحول کو مزید سوگوار بنا رہی تھی۔

”شمع کو قبرستان نہیں شمسان لے جانا ہے ۔‘‘

”ہیں!!‘‘ جمال کے اس جواب پر ابو بہت زور سے چونکے اور اُن کا منہ کھلا کا کھلا رہ گیا ۔ چند ثانیوں تک وہ بیٹے کے چہرے کو دیکھتے رہے جو فرط جذبات سے لرز رہا تھا پھر انہوں نے شمع کی لاش کو غور سے دیکھا اور غصے سے لرزتی آواز میں پوچھا ”کیا یہ مرحومہ کی اپنی خواہش تھی ؟‘‘

”نہیں شمع کے اور میرے درمیان کبھی اس موضوع پر بات نہیں ہوئی اور پھر اتنی جلدی یہ سب ہو جائے گا ہم نے کبھی سوچا بھی نہ تھا۔‘‘

”دیکھو میاں وہ مسلمان ہو چکی تھی اس نے کلمہ پڑھا تھا وہ...‘‘ ابو دانتوں کو بھینچ کر سخت لیکن دبی ہوئی آواز میں بولے۔

”شمع نے میرے مذہب سے متاثر ہو کر اپنا مذہب نہیں بدلا تھا۔ مجھے حاصل کرنے کے لیے اس نے مذہب تبدیل کرنے کی رسم ادا کی تھی ۔‘‘ جمال نے شمع کے زرد چہرے کو دیکھتے ہوئے کہا۔

"تم کہنا کیا چاہتے ہو؟" ابو کی آواز غصے سے بلند ہوگئی کمرے اور راہداری میں موجود تمام لوگ چونک کر ان کی طرف دیکھنے لگے۔

میں کہہ چکا ہوں جو مجھے کہنا ہے۔ میں اس کی آتما کو سکون پہنچانا چاہتا ہوں۔" جمال نے سر جھکا کر مضبوط لہجے میں کہا۔

"آتما!" ابو نے دانتوں کو پیچ کر کہا۔ "کیا مردہ جسم کو جلانے سے اس کی آتما کو سکون مل جائے گا؟" ان کا لہجہ اتنا ہی تیز اور تلخ تھا امی اور باجی مجید رحل پر بند کر کے باپ بیٹے کے قریب چلی آئیں۔

"ابو ذرا سوچیے تو شمع نے میرے لیے مذہب بدل دیا تو میں اس کی آتما کو سکون پہنچانے کے لیے اتنا بھی نہیں کر سکتا؟"

امی اور باجی نے اسے خدا کا واسطہ دے دے کر سمجھانے کی بہت کوشش کی لیکن اس کا ایک ہی جواب تھا "شمع کی آتما کو داہ سنسکار سے ہی سکون ملے گا۔"

اس جواب پر ابو اپنے غصے کو برداشت نہ کر سکے اور امی کا ہاتھ پکڑ کر کھینچتے ہوئے سیڑھیوں سے دھم دھم کرتے ہوئے اتر گئے۔ باجی کچھ لمحوں تک اس کا منہ تکتی رہیں پھر شمع کے بے جان چہرے پر ایک نظر ڈال کر برقعہ پہنتے ہوئے وہ بھی چلی گئیں۔ ایک ایک کر کے سارے رشتے دار اور شناسا اپنی خشمگیں نگاہوں کی حدت کو کمرے میں چھوڑ کر چلے گئے۔ کمرے میں اب صرف اگر بتیوں کا دھواں تھا جو اذیت ناک خاموشی کے ساتھ پست کر کے یہ کر رہا تھا۔

منوج کی دستک پر دروازہ کھلا۔ سامنے شمع کے بابا کھڑے تھے ان کے پیچھے آئی منہ میں پلو دیئے ایسے کھڑی تھیں جیسے رو پڑیں گی۔ بجھے ہوئے چہرے اور دھندلی آنکھوں سے انہوں نے منوج کے پیچھے کھڑے جمال کو شاکی نظروں سے دیکھا۔ جمال نے پیتل کی ایک چھوٹی سی کلسی جس کے منہ پر سرخ کپڑا بندھا ہوا تھا، بابا کی طرف بڑھاتے ہوئے کہا۔ "میں آپ کی بیٹی کو لوٹانے آیا ہوں۔"

94

بابا نے فلکسی کی طرف کانپتے ہوئے بڑھایا۔ آئی دونوں ہاتھوں کو منہ پر رکھ کر پھوٹ پھوٹ کر رو پڑیں اور جمال کی آنکھوں میں ٹھہرا ہوا آنسوؤں کا سیلاب بھی بہہ نکلا۔

○○○

اندھی سیڑھیاں

''سچویشن از ویری ٹینس سر... وہ کسی بھی وقت گھیرا توڑ سکتے ہیں ...اور ''ایڈیشنل پولیس کمشنر نے وائرلیس پر ہوم منسٹر کو آگاہ کیا۔

''آئی ...ایم ٹرائینگ ٹو ہالٹ دیم ...یس سر ہم روکنے کی پوری کوشش کر رہے ہیں اور ...لیکن وہ دس ہزار سے زیادہ ہیں سر ...اوکے سر...مجبوری میں تو آخری راستہ وہی ہو گا سر ... اوکے سر تھینک یو۔

اونچی عمارتوں کی چھتوں اور کھڑکیوں میں کھڑے پریس فوٹوگرافروں کو اس وقت کالا گھوڑا کی کشادہ سٹرک پر انسانی ہجوم سیاہ گیندوں کا ہلکورے لیتا سمندر جیسا دکھائی دے رہا تھا۔ایس آر پی اور پولیس کی جیپوں اور وینوں نے مظاہرین کو چاروں طرف سے گھیر رکھا تھا۔خاکی لباس والے جسم چابی بھرے کھلونوں کی طرح حرکت کرتے دکھائی دے رہے تھے۔مظاہرین اور پولیس دونوں کی نظریں ایک ٹرک کی چھت پر نمودار ہونے والے اس دبلے پتلے دراز قد آدمی پر جمی ہوئی تھیں جس نے ابھی ابھی اپنے ہاتھ میں مائیک سنبھالا تھا۔شہری کی دس بڑی کپڑا ملوں کی اراضی کو اسکائی اسکر پر بنانے والے بلڈروں کے بیچ کر ملوں کو ختم کرنے کی سازش کے خلاف شہری کی سب سے بڑی ٹریڈ یونین نے ریاستی حکومت کے فیصلے کی مخالفت میں وزیراعلی کا گھیراؤ کرنے کے لیے جلوس نکالا تھا۔جلوس میں شامل ہر شخص روزی چھن جانے کے تصور سے خوفزدہ نہیں بلکہ غصے سے ابل رہا تھا۔ایسے ہجوم کو صرف ایک آدمی کی آواز ہی باندھے ہوئے

تھی۔

”دوستو آج ہم اپنی روزی کی حفاظت کے لیے نہیں بلکہ اقتدار کے دلالوں کو ننگا کرنے کے لیے یہاں جمع ہوئے ہیں“۔ٹرک پر کھڑے دبلے پتلے آدمی کے اس جملے کے ختم ہوتے ہی نعروں کے ساتھ تالیاں بجنے لگیں۔۔۔ہمیں بھوکا اور بے روزگار کرنے والے اپنے ائیرکنڈیشن آفسوں میں چین سے نہیں بیٹھ سکیں گے آؤ بڑھو اور ان کا اس وقت تک گھیراؤ جاری رکھو جب تک کہ۔۔۔“

”سرناؤ سچویشن از گوئنگ ٹو چینج۔۔۔یس سر اب کچھ بھی ہو سکتا ہے وہ سی ایم آفس کی طرف مارچ کرنے جا رہے ہیں۔۔۔یس سر اس نے انہیں گھیراؤ کرنے کے لیے کہہ دیا ہے۔۔۔او کے سر، وی ول اوبے یور آرڈر۔۔۔کہہ کر ایڈیشنل پولیس کمشنر نے ریسیور رکھا اور مظاہرین نے جیسے ہی پولیس کا گھیرا توڑا اور آگے بڑھنے کی کوشش کی اس نے مجسٹریٹ سے حکم حاصل کر کے پہلے لاٹھی چارج اور پھر فائرنگ کا حکم دے دیا پولیس کے سپاہیوں نے اس حکم میں خود ہی ترمیم کر لی اور آگے بڑھتے ہجوم پر گولیوں کی بارھ کر دی پتلا دبلا آدمی ٹرک سے کود کر فائرنگ سے گرتے لوگوں کی طرف دوڑا۔ایک گولی اس کے سینے کے دائیں طرف لگی۔گولی کے زوردار دھکے سے وہ پیچھے کی طرف تھوڑا اسا چھلا اور اس نے گرم گرم سیال کو اپنے سینے کے اندر پھیلتا ہوا محسوس کیا۔ وہ قدم اٹھانے کی کوشش میں لڑکھڑایا اور تیور ا کر زمین پر پڑا چیختا دوڑتا بھاگتا ہجوم ،دانتوں کو بھینچ کر آگے بڑھتا ایڈیشنل پولیس کمشنر اور بہت ساری خاکی وردیاں الٹے فریم کی طرح اس کی آنکھوں میں ٹنگ گئے۔ پھر فریم کی تصویر پر پانی پڑ گیا تھا جس میں سارے رنگ پھیلتے چلے گئے صرف سرخ رنگ ہی باقی رہ گیا تھا۔اس کے بائیں ہاتھ کی کلائی کان کے قریب تھی جس میں بندھی گھڑی کی ٹک ٹک اس کے دل کی دھک دھک سے ہم آہنگ ہو رہی تھی۔۔۔

☆

گھڑی کے ڈائل میں نہیں تصویر کے دل نے چار بجائے اور وہ کسی سحر زدہ شخص کی طرح پھرتی سے کپڑے تبدیل کر کے اپنے لمبے لمبے پیروں سے دوڑتا ہوا لفٹ تک پہنچا۔سوچ

97

دبانے پر انڈی کیٹرنے لفٹ کے گراؤنڈ فلور پر ہونے کی اطلاع دی تو اس نے لفٹ کے اوپر پہنچنے کا انتظار بھی نہیں کیا اور لپک کر سیڑھیوں سے نیچے اترنے لگا جیسے اس کے لیے گراؤنڈ فلور سے بارہویں منزل تک لفٹ کے پہنچنے کا وقفہ ناقابل انتظار ہو۔

سیڑھیوں کو پھاندتا ہوا وہ نیچے آیا پورٹیکو میں کار کھڑی تھی لیکن تنویر نے کار کے بجائے موٹر سائیکل کو سواری کے لیے بہتر خیال کیا اور موٹر سائیکل سے وہ تیزی کی طرح جیکب سرکل کی کلاتھ ملِ کے ٹھیک سامنے جا پہنچا۔ ملِ کے گیٹ پر خاصی بھیڑ تھی جس کی توجہ سے عورت پر مبذول تھی جو ان کے درمیان ایک سٹول پر کھڑی تقریر کر رہی تھی۔ توجہ تو تنویر کی بھی اسی عورت پر تھی لیکن بھیڑ عورت کو احترام اور احسان مندی کی نظروں سے دیکھ رہی تھی تو تنویر اسے ایسی نظروں سے دیکھ رہا تھا جن نظروں سے آدم نے پہلی بار حوا کو دیکھا ہو گا۔

تنویر کا یہ معمول سا ہو گیا تھا کہ وہ اس عورت کو دیکھنے کے لیے شہر کے کسی بھی حصے میں پہنچ جاتا تھا۔ کالج میں بے شمار لڑکیاں تھیں خوبصورت اور جنسی کشش رکھنے والی بھی۔ لیکن ان میں سے کسی نے بھی اسے متوجہ نہیں کیا تھا۔ البتہ ایسی لڑکیاں جو خوشحال گھرانے کے لڑکوں سے دوستی گانٹھ کر گل چھرے اڑانے کی شوقین ہوتی تھیں انھوں نے تنویر سے راہ و رسم ضرور پیدا کی لیکن اس نے ایسی ملاقاتوں کو کبھی سنجیدگی سے نہیں لیا تھا... لیکن یہ عورت جو عمر میں اس سے تقریباً دس سال بڑی نظر آتی تھی، اس کے حواس پر چھائی گئی تھی۔ اس کی سادہ شخصیت نے تنویر کو مسحور کر رکھا تھا۔ پندرہ بیس روز قبل جب وہ اپنے کالج سے کار ڈرائیو کرتے ہوئے ہینس روڈ کی جانب سے گذرا تو کھٹاؤ کلاتھ ملِ کے گیٹ پر بھیڑ کو دیکھ کر اس نے کار کی رفتار دھیمی کر دی تھی اور بائیں طرف کی ونڈو کے چوکھٹے میں اسے بھیڑ کے درمیان ایک تمتماتا چہرہ نظر آیا جس کے ماتھے پر بڑی سی سرخ بندیا شفق میں تپتے ہوئے سورج کی طرح نظر آ رہی تھی گورے رنگ پر بندیا اتنی نمایاں تھی کہ دیکھنے والے کی نظر اگر اس کی گہری پلکوں والی سیاہ بھوری آنکھوں پر پڑتی تو بندیا دیکھنے والے کی نظروں کو فوراً ہی اپنی طرف کھینچ لیتی۔ آسمانی رنگ کے کسے ہوئے بلاوز کی آستینوں سے جھانکتے اس کے بازو جب ہوا میں لہراتے تو بلاوز کا کسا کندھے سے کہنی تک

مزید تنگ ہو کر کھینچ جاتا ہے۔ تصویر کار ایک روک کر ایک ٹک اسے تکتا رہ گیا تھا۔ اگر عقب سے آنے والی گاڑیوں نے ہارن بجا کر شور نہ مچایا ہوتا تو وہ پتہ نہیں کب تک اس میں کھویا رہتا۔

دوسرے روز تصویر نے اس کا نام بھی معلوم کر لیا تھا... سجاتا بھاوے! لیکن نام معلوم کر لینے کے بعد اس نے یہی محسوس کیا تھا کہ نام میں کیا رکھا ہے؟ ... وہ تو نام کے بغیر بھی اس عورت کو اپنے تصور میں شکل دے سکتا ہے۔

☆

سجاتا ساڑھی کا فال درست کرکے اپنے شوہر ڈاکٹر دیپک نگر کی طرف مڑی۔ جواب فون رکھ کر پیشانی کو انگوٹھے سے رگڑ رہا تھا۔ شوہر کو اس طرح سوچتا ہوا دیکھ کر سجاتا کو غصہ آ گیا۔ کیونکہ دیپک جب بھی کوئی فیصلہ نہ کر پانے کی حالت میں ہوتا تو وہ اسی طرح پیشانی کھجانے لگتا تھا۔ آج پورے چھ مہینے کے بعد دونوں ایک مراٹھی ڈرامہ دیکھنے کے لیے جا رہے تھے کہ اس فون نے سارا پروگرام چوپٹ کر دیا تھا۔

’’کیا بات ہے۔ کپڑے بدل لوں کیا؟‘‘ سجاتا نے دیپک کی طرف دیکھتے ہوئے خشک لہجے میں پوچھا۔

’’ن...ن...نہیں۔ ایسا کرتے ہیں۔ ...تم بھی ساتھ چلو‘‘ کہہ کر ڈاکٹر دیپک نگر مسکرایا اور ڈرائنگ روم سے باہر نکل گیا۔

کار میں دیپک نے سجاتا کو بتا دیا تھا کہ ایڈیشنل پولس کمشنر کا فون تھا۔ آج ایک مورچے پر فائرنگ ہوئی ہے جس میں ایک بہت ہی اہم ٹریڈ یونین لیڈر کو گولی لگی ہے۔ ایڈیشنل پولس کمشنر چاہتا ہے کہ دیپک اس کا معائنہ کرلے کیونکہ گولی لگنے پر یونین لیڈر سر کے بل گرا تھا جس کی وجہ سے خدشہ ہے کہ چوٹ دماغ پر بھی لگی ہوئی ہے۔ دیپک سجاتا کو بہت کچھ بتاتا رہا لیکن ٹریڈ یونین لیڈر کو گولی لگنے کی بات سن کر ہی اس کے سر میں سیٹیاں بجنے لگی تھیں اور اس کے پیر جیسے سن ہونے لگے تھے۔

’’بس آدھے گھنٹے کی بات ہے پھر ہم تھیٹر نکل چلیں گے‘‘ دیپک نے جے جے اسپتال

کے احاطے میں کار وک کر سجاتا سے کہا۔ وہ بے جان ہوتے ہوئے پیروں سے باہر آئی اور شوہر کے ساتھ ایمرجنسی وارڈ کی طرف ایسے بڑھی جیسے کوئی اسے پیچھے سے آگے کی طرف دھکیل رہا ہو۔ ایمرجنسی وارڈ کے باہر ایڈیشنل پولس کمشنر تین چار ڈاکٹروں اور پولس والوں کے ساتھ موجود تھا۔ دیپک نے سجاتا کو ایک بینچ پر بیٹھنے کا اشارہ کیا۔ لیکن سجاتا نے زخمی کو دیکھنے کا اصرار کیا تو دیپک اسے منع نہیں کر سکا۔

ایمرجنسی وارڈ میں آکسیجن، کارڈیوگرام اور سلائن کی نلکیوں کے درمیان سفید چادر سے سینے تک ڈھکے آدمی کے زرد سوکھے چہرے کو دیکھ کر سجاتا کو لگا جیسے اس کے سر میں بھری ہوا کسی سوراخ سے اچانک سوں سوں کر کے نکل گئی ہو۔ اور وہ لڑکھڑاتے پیروں پر اپنے بھاری ہوتے ہوئے جسم کو کھینچتی ہوئی وارڈ سے باہر آئی اور بینچ پر ڈھے گئی۔

سجاتا کی بالکل یہی کیفیت آج سے پندرہ سال قبل اس وقت ہوئی تھی جب پتا جی نے گھر آ کر یہ بتایا تھا کہ مینجمنٹ نے ڈیوٹی کے اوقات میں شراب کے نشے میں ہونے کا الزام لگا کر انہیں نوکری سے برطرف کر دیا ہے۔

پتا جی نے بھی اس واقعہ سے اتنا گہرا صدمہ لیا تھا کہ ایک ہفتے بعد انہیں دل کا دورہ پڑ گیا تھا۔ تب سجاتا ایم اے کے فائنل ایئر میں تھی۔ پتا جی کی برطرفی کو مل کی یونین نے لیبر کورٹ میں چیلنج کر دیا تھا۔ بیماری سے لاغر پتا جی یونین کے دفتر اور کورٹ کے چکر لگانے سے قاصر تھے۔ چار بہنوں میں بڑی ہونے کی بناء پر سجاتا نے یہ فرض خود ہی قبول کر لیا۔ اس نے جب یہ محسوس کیا تھا کہ شہر کی دیگر اٹھارہ ملوں اور گیارہ پرائیوٹ کمپنیوں میں اسی یونین کی یونٹیں ہیں اور یونین کے وکیل اور نمائندے تقریباً ہر روز کسی نہ کسی کورٹ میں مینجمنٹ کے خلاف اپنے ممبر ملازم کے حق میں مقدمے کی پیروی کرتے ہیں تو سجاتا نے ایک روز پتا جی سے کہا تھا "بابا ایک دن میں یونین والے پانچ پانچ چھے چھے کیس کی پیروی کرتے ہیں تو وہ آپ کے کیس کی پیروی میں اتنی دلچسپی نہیں لیں گے جتنی لینی چاہیے۔"

"تو؟" پتا جی کے منہ سے افسردگی سے نکلا اور وہ منہ میں لگی اس بیڑی کو بیٹی سے نہ چھپا سکے

جس کے پینے پر ڈاکٹر نے پابندی لگا رکھی تھی۔

"میں سوچتی ہوں کہ روز یونین کے آفس میں ڈیڑھ دو گھنٹے بیٹھوں اور ان کے کام میں مدد کروں۔"

"بڑا اچھا خیال ہے" پتاجی نے خوش ہو کر کہا اور جلدی سے بیڑی کو کرسی کے ہتھے پر ہی مسل دیا۔

"اس طرح سے بیٹی دوسروں کے کیس میں بھی تم مدد کر سکو گی۔" انہوں نے ستائشی نظروں سے بیٹی کو دیکھتے ہوئے کہا۔

"نہیں بابا مجھے کسی کے مقدمے سے کیا لینا دینا ٹیوشن وغیرہ سے مجھے وقت کہاں ملتا ہے جو میں دوسرے بکھیڑوں میں پڑوں۔"

بیٹی کے اس جملے پر پتاجی کا منہ ایسے کھلا رہ گیا تھا جیسے انہوں نے کوئی غیر متوقع خبر سن لی ہو۔

"میری دلچسپی تو آپ کے مقدمے میں ہے۔ آخر ہم کب تک آدھی تنخواہ اور میرے ٹیوشن پر گذارا کرتے رہیں گے۔ میں اگر یونین کے کاموں میں ان کا ہاتھ بٹاؤں گی تو وہ آپ کے مقدمے کو دلچسپی سے لڑیں گے۔ اور فیصلہ بھی جلدی ہوگا۔" سجاتا نے پتاجی کے قریب رکھے سٹول پر بیٹھتے ہوئے کہا۔ "بابا میں نے یونین کے آفس میں دیکھا ہے معطل کئے گئے لوگ آٹھ آٹھ سال سے کورٹ اور یونین آفس کے چکر کاٹ رہے ہیں یونین والے ایسے پرانے معاملات میں دلچسپی بھی نہیں لیتے ہیں۔ وہ بیچارے صبح سے شام تک یونین کے آفس میں بیٹھے رہتے ہیں کوئی انہیں پانی تک نہیں پوچھتا۔"

بیٹی کی جہاں دیدگی نے پتاجی کو بھی متاثر کیا سجاتا کالج سے فارغ ہو کر تین چار ٹیوشن کرنے کے بعد شام میں یونین آفس میں باقاعدگی سے بیٹھنے لگی تھی۔ لیبر کورٹ میں مقدمے کو تین سال ہو چکے تھے۔ ان تین برسوں میں سجاتا یونین کی سرگرم رکن بن گئی تھی۔ اسکول اور کالج کے تقریری مقابلوں میں شرکت کا تجربہ اسے یہاں بہت کام آیا۔ ملوں اور فیکٹریوں کے باہر گیٹ

میٹنگ وغیرہ میں وہ دھواں دار تقریریں کرنے لگی۔ یونین نے بھی اس کی اس صلاحیت کا خوب استعمال کیا۔ یونین کے عوامی جلسوں اور گیٹ میٹنگوں میں سجاتا بھاوے کی شرکت ناگزیر سمجھی جانے لگی تھی۔

☆

سجاتا کئی دنوں سے یہ محسوس کر رہی تھی کہ ایک خوش شکل نوجوان اس کی ہر گیٹ میٹنگ میں دکھائی دیتا ہے جب کہ وہ نہ تو یونین کارکن ہے اور نہ ہی کسی مل کا ملازم ہی نظر آتا ہے۔ اسے حیرت اس بات پر تھی کہ وہ پریل کی کسی مل کی گیٹ میٹنگ کے علاوہ بمبئی سے چالیس کیلومیٹر کے فاصلے پر واقع بیلا پور انڈسٹریل بیلٹ کی کسی بھی فیکٹری کی گیٹ میٹنگ میں نظر آ جاتا تھا۔ سجاتا کو اس نوجوان میں اس لیے دلچسپی پیدا ہو گئی تھی کہ وہ اس کے بارے میں جاننا چاہتی تھی کہ وہ کون ہے؟ خفیہ پولس والا یا پھر کسی فیکٹری کے مینجمنٹ کا کوئی جاسوس؟ آج بھی جب وہ مل مزدوروں کے درمیان بونس کے اضافے پر تقریر کر رہی تھی تو اس کی نظر تصویر پر پڑی۔ جو ایک ٹک اسی کو گھور رہا تھا۔ دراز قد صحت مند جسم، لمبا لیکن بھرا بھرا چہرہ کھلتا ہوا گندمی رنگ، ماتھے پر لہراتے سیاہ بال، بڑی بڑی روشن آنکھیں اور ٹھوڑی کے درمیان ہلکا سا گڈھا... اُسے دیکھتے ہی سجاتا کے خیال کی روٹھکی اور تقریر کے جملے کچھ بے ربط ہو گئے لیکن اس نے جلد ہی خود پر قابو پا لیا اور تصویر کو نظر انداز کرتے ہوئے تقریر جاری رکھی۔

تقریر ختم کرکے سجاتا نے اس سمت دیکھا جہاں تصویر کھڑا تھا۔ اسے تصویر کی پشت نظر آئی وہ موٹر سائیکل اسٹارٹ کر چکا تھا۔ اسے ٹریفک میں کھو دینے کے بعد اس کی طبیعت بے کیف سی ہو گئی تھی۔ اس نے ارادہ کر لیا کہ وہ نوجوان اگر پھر نظر آیا تو اسے روک کر اس کے بارے میں ضرور پوچھے گی۔

تصویر کے لیے سجاتا اب کسی عورت کا نام نہیں تھا بلکہ وہ آنکھ بند کرکے اسے اپنے ہی وجود کا ایک حصہ محسوس کرتا تھا۔ بند پلکوں کے اندھیرے میں روشن آنکھوں والا تابنا ک چہرہ اس کے اتنا قریب ہوتا کہ وہ اس کے ٹھیک سامنے نہیں بلکہ اس کے چہرے سے متصل معلوم ہوتا تھا

102

وہ کسی بھی طرح سجاتا کی قربت حاصل کرنا چاہتا تھا اس سے باتیں کرنا چاہتا تھا۔ اس کے جسم سے پھوٹتی نادیدہ لہروں کو اپنے مسامات میں جذب ہوتا محسوس کرنا چاہتا تھا۔

ایک روز وہ سجاتا سے ملاقات کے ارادے سے شام میں یونین آفس کے سامنے والی سڑک کے ایک پان بیڑی اسٹال سے سگریٹ کا پیکٹ لے کر سگریٹ سلگا کر کھڑا ہو گیا۔ تقریباً ڈیڑھ گھنٹے بعد سجاتا یونین آفس کی جانب آتی ہوئی نظر آئی تنویر کا دل بری طرح سے دھڑکنے لگا تھا۔ تنویر پان بیڑی کے جس اسٹال پر کھڑا تھا اسے ایسا لگا جیسا اسٹال پر بیٹھے آدمی نے اس کے دل کی بلند آہنگ دھڑکن کو سن لیا ہو اور چونک کر اسے گھور رہا ہو۔ سجاتا جیسے جیسے قریب آ رہی تھی اس کے دل کی دھڑکن بڑھتی جا رہی تھی۔ سجاتا اب اس کے بالکل سامنے تھی اس کے ساتھ موٹے شیشوں کی عینک والا ایک ادھیڑ عمر کا آدمی بھی تھا۔ بالکل غیر متوقع طور پر سجاتا کو سامنے دیکھ کر اس کی کنپٹی پر گرم خون ٹھوکریں مارنے لگا۔

''تم اس طرح ہماری جاسوسی کیوں کرتے رہتے ہو؟'' سجاتا نے گھورتے ہوئے پوچھا۔

جاسوسی لفظ پر اس کے ہونٹوں کے قوسین پر ہی اس کی نظریں ٹھہر گئی تھیں۔ لپ اسٹک کے بغیر بھی ہونٹوں پر یہ سرخی!... ماتھے کی بندی زیادہ سرخ ہے یا ہونٹ؟

''میں آپ سے ہی پوچھ رہی ہوں۔'' اس کا تخاطب اب استہزائیہ تھا۔

استفسار نے اس کی گہری سیاہ پلکوں والی آنکھوں میں چمک پیدا کر دی تھی۔

''کچھ بولو گے یا گھورتے رہو گے۔'' اس نے دونوں ہاتھ سینے پر باندھ لیے۔... اُف کندھے کی گولائیوں پر بلاوز کا یہ کساؤ۔ اس کا جی چاہا اس حصہ کو چھو لے جہاں بلاوز تن گیا تھا۔

''تم کو کس نے لگا رکھا ہے ہمارے پیچھے؟'' یہ سوال تیز لہجے میں کیا گیا تھا اور سوال میں شک سے زیادہ تضحیک کا پہلو تھا۔

''مجھے دراصل ٹریڈ یونین موومنٹ سے بہت دلچسپی ہے۔ میں بھی آپ کے ساتھ، یعنی آپ کے اس موومنٹ کے ساتھ جڑنا چاہتا ہوں۔'' تنویر نے یہ جواب پہلے ہی سے سوچ رکھا تھا۔

''تم تو کسی خوشحال گھر سے معلوم ہوتے ہو پھر تمہیں مزدوروں اور ان کے پرابلم میں کیا

دلچسپی ہو سکتی ہے"سجاتا اس کے جواب سے مطمئن نہیں ہوئی۔

"پنڈت نہرو بھی تو ایک خوشحال گھرانے سے تھے پھر انہیں آزادی کی اسٹرگل میں کودنے کی کیا ضرورت تھی؟" تنویر کے اس سوال نے سجاتا کو جیسے لاجواب کر دیا۔

ان کی باتیں پان بیڑی والا آدمی اور لیمپ پوسٹ دونوں ہی بڑے انہماک سے سن رہے تھے لیکن ان دونوں کو پتہ ہی نہیں تھا، وہ تو یہ بھی نہ دیکھ سکے کہ ان کی باتوں پر پان بیڑی والے اور لیمپ پوسٹ میں سے کس کی آنکھیں زیادہ چمک رہی تھیں البتہ اس ادھیڑ عمر کے آدمی کی تجربہ کار آنکھوں نے تنویر کی آنکھوں کی عبارت ضرور پڑھ لی تھی اس لیے وہ مسکرا دیا تھا۔

سجاتا نے تنویر کو دوسرے روز یونین کے دفتر میں بلوا کر اپنے سینئر ساتھیوں اور دوسرے ورکروں سے بھی ملوا دیا۔ موٹے شیشوں کی عینک والا آدمی یونین کا بہت پرانا اور وفادار چہرا سی تھا جسے سب گنپت دادا کہتے تھے۔

تنویر کو ابتدا میں فائلوں کو ترتیب دینے کا کام سونپا گیا تھا۔ کالج سے لوٹ کر وہ یونین کے دفتر میں بیٹھ کر اس وقت تک بڑی دلجمعی سے یہ کام کرتا جب تک کہ سجاتا دفتر میں ہوتی۔ سجاتا کے قرب کو محسوس کر کے وہ ایسا سکون محسوس کرتا جیسے کسی من بھیڑ میں کو کسی بچے کو ماں کا وجود مطمئن اور پر سکون رکھتا ہے۔ تنویر کے اس جذبے کو کسی نے محسوس کیا ہو یا نہ محسوس کیا ہو لیکن گنپت دادا نے ضرور محسوس کر لیا تھا۔ اس لیے وہ اکثر کنکھیوں سے سجاتا اور تنویر کو دیکھ کر ایسی ٹھنڈی سانسیں لیتا جیسے اس کا کوئی پرانا درد ابھر آیا ہو۔

کچھ ہفتوں بعد تنویر سجاتا کے کاموں میں مددگار بن گیا تھا۔ گیٹ میٹنگ سے قبل مزدوروں کو اکٹھا کرنے کے لیے میگافون لے کر وہ ٹوٹی پھوٹی تقریر کرتا یونین آفس میں نمائندوں کی میٹنگ کے انتظامات بھی اسی کے سپرد تھے۔ دفتر میں جھاڑو لگانا۔ پانی کا مٹکا بھرنا۔ دری بچھانا اور طے شدہ ایجنڈا رجسٹر پر لکھنا وغیرہ۔ اس نے گھر میں اپنے ہاتھوں سے پانی لے کر شاید ہی کبھی پیا ہو۔ جوتوں پر پالش بھی گھر کا ملازم کر دیا کرتا تھا۔ اس کی پڑھنے کی میز اور کتابوں کی صفائی بھی چھوٹی بہن کیا کرتی تھی لیکن یونین آفس کے چھوٹے موٹے کام کرنے میں اسے

اب کوئی جھجھک نہیں ہوتی تھی۔ لذیذ کھانے کا وہ شوقین تھا اور اس کی پسند پوچھ کر ہی امی جان چولھا چڑھاتی تھیں۔ لیکن یونین کی مصروفیت میں * وڑاپاؤ کے خشک نوالوں کو پانی کے گھونٹ کے ساتھ حلق سے نیچے اتارنے میں اسے لذت اور بدمزگی کے فرق کا کوئی احساس ہی نہیں ہوتا تھا۔

چھوٹی بہن اور امی جان بھی اس میں رونما ہونے والی تبدیلیوں کو محسوس کر رہی تھیں کہ پسندیدہ پکوان کے لیے اس کی فرمائشیں بہت کم ہوگئی تھیں اکثر جوتے بھی خود ہی پالش کر لیتا۔ فرج میں پانی ٹھنڈی بوتل نہ ہوتی تو سادہ پانی ہی پی لیتا۔ رات میں دیر تک وہ کچھ نہ کچھ پڑھتا رہتا۔ امی جان نے بیٹے کے مزاج میں گھلتی سنجیدگی پر میاں سے اپنی تشویش کا اظہار کیا تو کاروباری مصروفیت کو اوڑھے رہنے والے ابو جان نے ہنس کر کہا ''وہ اب بچہ تو نہیں رہا۔ سنجیدگی آ رہی ہے تو اچھی بات ہے ۔ تم مائیں بوڑھی اولاد سے بھی بچپن جیسے کھلنڈرے پن کی توقع رکھتی ہو۔''

سجاتا کو عمر کی ان فطری خواہشوں کا پہلے بھی احساس نہ ہوا تھا جو بارش کی پہلی پھوار کے جسم پر پڑتے ہی شرابور ہو جانے کو کہتی ہیں ۔ شام کی ٹھنڈی ہوا چلنے پر ہریالی پر ننگے پاؤں چلنے کی ترغیب دیتی ہیں۔ اچانک روشنی بجھ جانے پر اپنی گردن اور کھلے شانوں پر کسی اجنبی وجود کے سانسوں کی حدت کا احساس دلاتی ہیں۔ ادھر کچھ دنوں سے یہ سارے احساسات جاگ اُٹھے تھے ۔ یونین آفس کے اجاڑ ماحول میں عمر سے تھکے جسموں اور جذبات سے عاری آنکھوں کے درمیان تصویر کی زندگی سے بھرپور چمکتی آنکھوں سے نکلتی ہر شعاع کو وہ اپنے دل میں اترتا اور جسم سے گذرتا محسوس کرنے لگی تھی۔ سادہ لباس اور آرائش سے لاتعلق رہنے والی سجاتا کو ایک روز آئینے نے چپکے سے بتایا تھا کہ اس کے بالوں کا جوڑا سلیقے سے نہیں بندھا ہے، ہونٹوں پر خشکی آ گئی ہے اور اکثر بغیر برا کے بلاوز میں اس کا شباب ڈھلتا دکھائی دیتا ہے ۔۔۔ اس نے اپنے سراپا کا جائزہ لینے سے پہلے اس پاس دیکھا تھا کہ آئینے کی سرگوشی اس کی تینوں بہنوں نے نہ سن لی ہو۔ بہنیں اسکول جا چکی تھیں، بابا کھڑکی کے قریب رکھی کرسی پر بیٹھے اخبار پڑھتے پڑھتے اونگھ گئے تھے۔ ماں چھوٹے سے کچن کو حسب عادت چمکانے میں لگی ہوئی تھی۔ سجاتا کو ساری کارنگ

بڑا پھیکا اور بوسیدہ سالگا تھا اس نے الماری میں سے چمپئی رنگ کی ساڑھی اور برا نکالی اور باتھ روم میں جا کر کپڑے تبدیل کئے اور آئینے کے سامنے جا کر اس سے پوچھا ''اب کیا خیال ہے ''۔ اپنا مکمل عکس دیکھ کر وہ خود جھینپ گئی ۔ سینے پر پڑا آنچل بھی اس کے ابھاروں کو چھپا نہ سکا ۔ چمپئی رنگ میں اس کا گورا رنگ تمتما اٹھا تھا۔

سجاتا کے اس بدلے ہوئے روپ نے یا پہلی بارش کی سوندھی مہک اور ٹھنڈی ہوا نے تنویر کو کچھ بے باک کر دیا تھا۔ دونوں جب کوہ نور مل کے مینیجر سے ملاقات کے بعد ہلکی ہلکی بوندوں کے درمیان پرتگیز چرچ کے نیچے سے گذرے تو تنویر نے اچانک رک کر سجاتا سے کہا ۔ ''کتنا اچھا موسم ہے ۔ سمندر کے کنارے کتنا دلکش منظر ہوگا ''

''چلو دادر چوپاٹی پر چل کر بیٹھتے ہیں ''سجاتا کے منہ سے بے ساختہ نکل گیا۔

دونوں پیدل ہی ساحل سمندر پر چلے آئے تھے ۔ گیلی ریت پر وہ اپنے پیروں کے نشانات بناتے ناریل کے ایک پیڑ کے نیچے آ کر بیٹھ گئے اور خاموشی سے سمندر کو دیکھنے لگے جو بے قابو ہو کر ایسے مچل رہا تھا جیسے بارش کی بوندوں نے اس کے پرسکون جسم کو گدگدا کر اس میں ہیجان پیدا کر دیا ہو۔ سمندر کی اچھنتی لہریں شور مچاتی ہوئی آتیں اور دونوں کے دلوں سے ٹکرا کر لوٹ جاتیں ۔ ٹھنڈے نم ساحل پر چہل قدمی کرتے ہوئے تنویر کی خواہش پر دونوں نے مونگ پھلی کھائی۔ سجاتا کی فرمائش پر دونوں نے ناریل پانی پیا اور اندھیرا پھیلنے پر باندرہ کے کنارے پھیلی بستیوں اور عمارتوں میں جب بجلی جگمگانے لگی تو دونوں وہاں سے چل پڑے۔

سجاتا رات میں جب بستر پر لیٹی تو اس نے سوچا ساحل سمندر پر ناریل پانی پہلے کبھی اتنا ٹھنڈا اور میٹھا تو نہیں لگا تھا۔ بائو میں بھنی ہوئی مونگ پھلی اتنی خستہ اور سوندھی پہلے کبھی معلوم نہیں ہوئی تھی ۔ موسم کو بدلتے ہوئے اور چیزوں کے ذائقے کو اس نے اپنے جسم اور زبان پر پہلی بار ہمیشہ سے مختلف پایا تھا۔

تنویر دیر تک سجاتا کی قربت کے احساس اور اس کے جسم سے اٹھنے والی فطری مہک میں ڈوبا رہتا اور گرو اگمارے نے اُسے آواز دے کر متوجہ نہ کیا ہوتا ۔ واگمارے برانڈ بیری کمپنی میں

ملازم تھا۔ دو ماہ قبل مشین میں اس کا ہاتھ آ گیا تھا۔ جس کی وجہ سے اس کی دو انگلیاں کچل گئی تھیں جنہیں ڈاکٹروں نے آپریشن کر کے نکال دیا تھا۔ کمپنی حادثے کا ہرجانہ دینے کے لیے تیار نہیں تھی بلکہ ورکس مینیجر جوشی نے تو اپنی رپورٹ میں واگمارے پر ہی الزام لگا دیا تھا کہ اس نے اپنی بیٹی کی شادی کے لیے کمپنی سے بڑی رقم لون میں مانگی تھی۔ لون کی درخواست منظور نہ ہونے پر اس نے مشین میں خود ہی ہاتھ دے دیا تھا تا کہ کمپنی سے ہرجانے کے طور پر موٹی رقم وصول کر کے بیٹی کی شادی میں لگائے۔ سجاتا کے پرکشش مسکراتے چہرے کے پیچھے سے ورکس مینیجر کا پتلی ناک اور پتلے ہونٹوں والا چہرہ ابھر آیا۔ ورکس مینیجر کا چہرہ دیکھتے ہی تنویر کا خون کھولنے لگا اس نے لکھنے کی میز پر جا کر پورٹیبل ٹائپ رائٹر پر کاغذ چڑھایا اور سجاتا کے بتائے ہوئے نکات کے مطابق واگمارے کے کیس کو ٹائپ کرنے میں ایسا منہمک ہوا کہ اسے کھانے کا بھی ہوش نہیں رہا۔ امی جان نے اگر اسے کھانے کے لیے نہیں اٹھایا ہوتا تو وہ شاید ٹائپ ہی کرتا رہتا۔

رفتہ رفتہ تنویر کو یہ محسوس ہوا کہ واگمارے کسی ایک ملازم کا نام نہیں ہے۔ جوشی کسی ایک ورکس مینیجر کا نام نہیں ہے۔ بلکہ یہ معاشرے کے دو نمائندہ کردار ہیں۔ جن کی شکلیں اور نام بدلتے رہتے ہیں لیکن ان کے رویّے ان کی ذہنیت نہیں بدلتی ہے۔ اس نظام میں ان کا رول بھی نہیں بدل پاتا ہے۔ تنویر اور سجاتا میں تھوڑی سی بے تکلف قربت ضرور بڑھی تھی اسی طرح تنویر کی یونین کی سرگرمیوں میں دلچسپی بھی بڑھی تھی۔ ورلی سی فیس پر شفق میں گھلتے سورج کے ساتھ خود بھی تحلیل ہوتے ہوئے۔ ہینگنگ گارڈن کی بلندی سے چوپاٹی کے ساحل پر دور تک سانپ کی طرح بل کھاتے لیمپ پوسٹوں کے روشن نقطوں میں نقطہ بنتے ہوئے اور جوہو کے ساحل کی ریت پر پیچھے چھوٹتے قدموں کے نم نشانوں میں اپنے کو پیچھے چھوڑتے ہوئے تنویر سجاتا کے ساتھ محنت، معاوضہ استحصال، قدرت اور تقدیر پر بحث میں الجھا رہتا۔ ان کی قربت یونین کے دفتر میں بوڑھی آنکھیں معنی خیز نظروں سے دیکھنے لگی تھیں۔ ایک روز ماں نے جھجکتے ہوئے بیٹی سے پوچھ ہی لیا۔

"اس مسلمان چھوکرے سے تیرا کیا معاملہ ہے؟"

ماں کے سوال نے اسے کچھ دیر کے لیے سوچنے پر مجبور کر دیا کہ تصویر سے اس کا کیا تعلق ہے؟ اس نے تصویر کے وجود کو جو اپنے آس پاس بڑی شدت سے محسوس کیا تھا لیکن اس قربت کو وہ کوئی شناخت نہیں دے سکی تھی۔ دوستی؟....اپنائیت....؟محبت....؟ جوان بیٹی کی لمبی خاموشی کسی بھی ماں کو پریشان کر سکتی ہے۔

"تیری چار بہنیں ہیں ہمارا سماج تو تُو جانتی ہے کتنا تنگ نظر ہے۔ پھر وہ ٹھہرا دوسرے دھرم کا ماس مچھلی کھانے والا اگر کوئی غلط سلط باتیں پھیلا دے تو کیا ہوگا؟" ماں کی آنکھوں میں تشویش تھی "بیٹی تو سب میں بڑی ہے تیرا کوئی بھی غلط فیصلہ تیری بہنوں کی زندگی تباہ کر ڈالے گا۔ باقی تو خود سمجھدار ہے۔" اتنا کہہ کر ماں ساڑھی کے آنچل سے آنکھیں پونچھتے ہوئے کچن میں چلی گئی اور اپنے پیچھے سوالوں اور وسوسوں کا ایک نا ختم ہونے والا سلسلہ چھوڑ گئی۔ اس کی بہنیں اپنے کاموں میں مصروف تھیں سلائی کرتے ہوئے ، گیہوں صاف کرتے ہوئے وہ سب کتنی معصوم لگ رہی تھیں۔ بہنوں کے بالوں کی پھیکی ربن کان کی مصنوعی بالیاں، دھل دھل کر بوسیدہ ہوتے ہوئے فراک اور ربڑ کی بدرنگ پرانی چوڑیاں اس کی آنکھوں میں چبھنے لگیں۔ رات اس کے پورے جسم کے ارد گرد کھردرے سخت سیاہ کمبل کی طرح لپٹ گئی اور اس کا ایک سخت نوکیلا روا‌ں اس کے جسم کو چھید تا رہا۔ دوسرے روز وہ یونین کے دفتر نہیں گئی۔ سجاتا کی غیر حاضری نے تصویر کو سارا دن بے چین رکھا لیکن لیبر کورٹ میں ایک کیس کی پیشی میں اسے شام ہو گئی اس لیے سجاتا کے گھر جانے کا موقع نہ مل سکا۔ دو روز بعد سوان ملز میں ٹوکن اسٹرائک تھی جس کی تیاری تصویر کو کرنی تھی۔ پکیٹنگ کرنا اور بینر بھی بنوانے تھے۔ تین روز ہوا کے طوفانی جھکڑوں کی طرح گذر گئے۔ سجاتا کا یونین کے آفس میں آنا کم ہو گیا تھا۔

یونین کے ہیڈ آفس کو پوونے کی سواستک مل کے ایک مزدور لیڈر کے اچانک قتل کی خبر ملی۔ وہاں پر مزدوروں میں زبردست اشتعال تھا۔ یونین نے تین اہم لیڈروں کے ساتھ تصویر کو بھی پوونے کے مزدوروں کو متحد کر کے ان کے مطالبات کی تحریک کو پرتشدد نہ ہونے دینے کے

لیے پونا بھیج دیا تھا۔

سجاتا نے دو روز بعد اخبار میں پڑھا کہ پونے کے مزدوروں نے اپنے ساتھی کے قتل کی تفتیش کے مطالبے کے لیے جو مورچہ نکالا تھا اس میں شریک کچھ نوجوان مشتعل ہو گئے اور انھوں نے پولس اسٹیشن پر پتھراؤ کیا پولس کے ہیوی لاٹھی چارج اور فائرنگ میں دو مزدور ہلاک ہوئے۔ پولس کی لاٹھی کے ضرب سے تنویر کے کندھے کی ہڈی ٹوٹ گئی تھی۔ اسپتال میں تنویر کے کندھے پر پلستر چڑھا کر پولس نے اسے تخریب کاری اور اشتعال انگیزی کے خصوصی قانون کے تحت غیر معینہ مدت کے لیے جیل بھیج دیا۔ سجاتا کے ماما نے جب اس کے لیے ایک ڈاکٹر سے رشتے کی بات چلائی تو تنویر ان دنوں بروڈا جیل میں تھا اور چھے مہینے بعد جب سجاتا کا بیاہ ہوا تھا تب وہ بمبئی کی آرتھر روڈ جیل میں تھا سجاتا کا شوہر ڈاکٹر دیپک نگر کر نیورو سرجن تھا کسی فیملی فنکشن میں اس نے سجاتا کو دیکھا تھا اور جہیز کے نام پر ایک رو پیہ قبول کرنے کی پیشکش کے ساتھ شادی کا پیغام ماما کے ذریعے بھجوا دیا تھا۔

تنویر کو یونین کے بوڑھے چپراسی گنپت دادا نے سجاتا کے بیاہ کی خبر دی تو اس نے گہری خاموشی کے ساتھ اس خبر کو کندھے کے درد کی طرح پی لیا لیکن گنپت دادا کی آنکھیں ضرور بھر آئی تھیں۔ اس رات آسمان پر بادل گھر آئے تھے اور بیرک کے باہر صحن میں لگا برگد کا بوڑھا پیڑ بے موسمی بارش اور تیز ہواؤں میں کبھی ہنستا اور کبھی روتا ہوا معلوم ہوتا تھا اور رات بھر برگد کے پتوں سے ٹپکتے آنسوؤں کو مہینوں تپتی رہنے والی کچی زمین اپنے سینے میں جذب کرتی رہی تھی۔

سات مہینوں بعد ہائیکورٹ نے ناکافی شواہد کی بنا پر تنویر کو بری کر دیا تھا جیل سے باہر آنے کے بعد ماں کی ممتا، باپ کی شفقت، اور بہن کی چاہت کے درمیان محبت کا وہ جذبہ کہیں کھو گیا تھا جو خون کے رشتوں سے مختلف ہوتا ہے۔ اس گمشدہ رشتے کے خلاء نے اسے یونین کے کاموں میں پہلے سے زیادہ مصروف کر دیا۔ پونے کے مظاہرے پولس کی زیادتیوں، مالکان کی بد دیانتی اور ملازمین کی بے کسی نے تنویر کو ایک ایسے تجربے سے دو چار کیا تھا۔ جس نے یونین سے اس کی وابستگی کو پہلے سے کہیں زیادہ مضبوط کر دیا تھا۔ بزنس اور گھر سے اس کا تعلق پہلے بھی کچھ،

بہت زیادہ نہیں تھا۔لیکن امی جان کی موت کے بعد تنویر کا وہ تعلق بس برائے نام ہی رہ گیا تھا۔ تنویر کے اسی رویے سے مایوس ہو کر ابو نے بیٹی کی شادی کے بعد داماد کو کاروبار میں شریک کر لیا تھا۔ابو ورلی سے کار میں اپنے دفتر جاتے ہوئے تنویر کو اکثر بس اسٹاپ پر یا مزدوروں کے درمیان کسی فٹ پاتھ پر کھڑا دیکھتے تو غصے سے ان کا بلڈ پریشر بڑھ جاتا۔گھر میں تین کاریں، ائرکنڈیشن دفتر اور منافع بخش کاروبار سے تنویر کی لاتعلقی پر ان کا غصہ بعض اوقات نفرت میں بدل جاتا۔تنویر بہن سے ملاقات کے لیے کبھی کبھار گھر آ جاتا تھا ورنہ اس کا زیادہ تر وقت پوری ریاست میں ٹریڈ یونین موومنٹ کو مضبوط کرنے میں صرف ہوتا تھا۔بس ٹرین آٹو رکشا اور دو پہیوں پر زندگی کے دس سال موٹر کے پہیوں سے اڑنے والی دھول کی طرح اٹھ کر بیٹھ گئے۔

تنویر کی زندگی ایک دھن میں مبتلا ہونے کی وجہ سے جس قدر تیز رفتار تھی سجاتا کی زندگی کسی مقصد اور مصروفیت کے بغیر فراغت اور آسائشوں کے لوازمات کے باوجود اتنی ہی سُست تھی۔شادی کے تین برسوں میں شوہری کی پریکٹس ایسی چمکی تھی کہ شہر کے متمول علاقوں میں تین ڈسپنسریاں ہو گئی تھیں۔وہ مریضوں کی نبض دیکھنے میں اتنا مصروف رہنے لگا تھا کہ بیوی کے دل کی دھڑکن کی زبان کو سننے کی اسے کبھی فرصت ہی نہیں ملتی تھی۔دھرنا،مورچہ،احتجاجی مظاہرہ، ہڑتال،لاٹھی چارج،توڑ پھوڑ،مار پیٹ،پتھراؤ،آنسو گیس،گولیاں،جیل،یہی الفاظ تھے جو تنویر کے نام کے ساتھ سجاتا کے ذہن میں ابھرتے تھے یا پھر ان لفظوں کے بعد تنویر کی یاد تازہ ہو جاتی تھی۔

੦੦੦

کالا گھوڑا پر ہونے والی پولس فائرنگ میں گولی تنویر کی پسلی کو توڑ کر پھیپھڑے میں پھنس گئی تھی جسے آپریشن کر کے نکال دیا گیا تھا۔ڈاکٹر دیپک نگر کر کے معائنے کے مطابق اسے دماغی چوٹ نہیں پہنچی تھی لیکن وہ تقریباً دو مہینوں تک چل پھر نہیں سکتا تھا۔پولس نے ایک بار پھر اس کے خلاف بھیڑ کو مشتعل کر کے سرکاری املاک کو نقصان پہنچانے کے الزام کے تحت مقدمہ قائم کر کے حراست میں لے لیا تھا۔اسپتال کے ایک مخصوص وارڈ میں وہ پولس کی حفاظت میں زیر

علاج تھا۔

سجاتا گذشتہ دو ہفتوں سے تنویر کی صحت کے بارے میں پریشان تھی وہ ابتداء میں کسی نہ کسی بہانے سے اپنے شوہر سے اس کی صحت کے بارے میں دریافت کرلیا کرتی تھی۔لیکن وہ بار بار تنویر کے بارے میں پوچھ کر دیپک کو کسی قسم کے شک و شبہ میں مبتلا نہیں کرنا چاہتی تھی۔آج اس نے فیصلہ کرلیا تھا کہ وہ سہ پہر میں اسپتال جا کر تنویر سے ملاقات ضرور کرے گی۔اتنے عرصے تک وہ تنویر کو تقریباً فراموش کر چکی تھی لیکن اس روز جج کے اسپتال میں تنویر کے مردنی چھائے زرد چہرے نے اسے جھنجھوڑ کر جیسے گہری نیند سے بیدار کر دیا تھا۔

ڈرائیور کو کار نکالنے کے لیے کہہ کر اس نے کپڑے تبدیل کئے نئی چوڑیاں اور کنگن پہنے پیشانی پر کالج کے دنوں جیسی بڑی سی گول بندی بنائی شانے اور بغلوں میں پرفیوم اسپرے کے بعد لفٹ سے نیچے آ کر کار میں بیٹھتے ہوئے اس نے ڈرائیور سے کہا''جج کے اسپتال۔''

اسپتال کے وسیع احاطے میں جب وہ کار سے اتری تو دل پھر ایسے دھڑکنے لگا جیسے کہ تنویر کو پہلی بار بیبا کی سے گھورتا ہوا محسوس کر کے اس کے دل کا تھا۔وہ دھڑکتے دل اور بھاری مرصع ساڑھی کو سنبھالتی لفٹ سے اسپیشل وارڈ کے دروازے پر پہنچی تو بوڑھے گنپت داد کو اچانک سامنے دیکھ کر وہ ایسے سہم گئی جیسے چوری پکڑی گئی ہو۔گنپت دادا قیمتی ساڑھی اور زیورات سے لدی پھندی مہکتی عورت کو دیکھ کر یہ پہچاننے کی کوشش کرنے لگا کہ یہ سچی سنوری عورت ،برسوں پہلے کی سوتی ساڑھی والی سجاتا تو نہیں ہے؟گنپت کے چشمے سے جھانکتی آنکھیں سجاتا کی آنکھوں سے ہو کر دل میں چبھنے لگیں اسے لگا جیسے گنپت دادا حقارت اور ملامت سے پوچھ رہے ہوں''اب کیا کرنے آئی ہو یہاں؟''وہ ان نظروں کی تاب نہ لاسکی اور دوڑ کر ایسے سیڑھیاں اترنے لگی جیسے وہ ان سیڑھیوں سے اتر کر ماضی کی کسی مہیب عمارت سے باہر نکل جانا چاہتی ہو۔لیکن اس کی اونچی ہیل والی نازک سینڈلیں ،اس کے جسم کے بھاری گہنے اور قیمتی ساڑھی کا بوجھ اس کی رفتار میں رکاوٹ بن رہا تھا۔

ooo

کالے سفید پروں والے کبوتر

سب کی نظریں خانقاہ کے دروازے پر جم گئی تھیں جہاں سفید تہمد اور کرتے میں ایک بزرگ کھڑے تھے جس کی داڑھی اور گردن ایک لمبے بال جگہ سے سفید ہو گئے تھے سر پر مہین سفید کپڑے کا ایک بڑا سارو مال ہوا تھا۔ اقبال نے محسوس کیا کہ بزرگ کا چہرہ تانبے کی طرح سرخ ہو رہا ہے وہ ٹھیک سے فیصلہ کر نہیں پار ہا تھا کہ ان کے چہرے کی تمازت کا سبب ان کا وہ تقوٰی ہے جس کے بارے میں سنتار ہا تھا یا ٹھیک چہرے پر پڑنے والی سہ پہر کی نرم دھوپ نے ان کے چہرے کو تمتما دیا تھا۔ اقبال ان سے کافی فاصلے پر اور عقیدت مندوں کی بھیڑ سے ہٹ کر کھڑا ہوا تھا۔ لیکن اتنی دور سے بھی وہ بزرگ کے چہرے کے نقوش کو اچھی طرح دیکھ سکتا تھا۔ ان کا داڑھی میں ڈھکا چہرہ ویسا ہی تھا جیسا کہ اس نے ایک گروپ فوٹو میں دیکھا تھا فرق صرف اتنا تھا کہ تصویر میں عینک تھی اور اس وقت وہ بنا عینک کے سامنے کھڑے تھے۔ جسم تصویر سے کچھ چھریرا دکھائی دے رہا تھا لیکن ماتھے پر زخم کا نشان اب بھی اتنا ہی نمایاں تھا چانک کبوتروں کا ایک غول کہیں سے اڑ کر آیا اور ٹھیک ان کے سر پر دو چار بار منڈلانے کے بعد ان کے پیروں کے قریب اتر کر چگنے لگا۔

حضرت پیر سید خواجہ جلال الدین خاکی کھجور کے خشک پتوں کی چٹائی پر گاؤ تکے سے پشت لگا کر بیٹھ گئے وہاں موجود تمام لوگ بالکل میکانیکی انداز میں جس کو جہاں جگہ ملی بیٹھ گیا۔ قیمتی کپڑوں میں ملبوس عورتیں جن کے جسموں پر سونا سورج سے زیادہ چمک رہا تھا وہ بھی بنا کسی

جھجک کے گندے کپڑے اور میلے جسم والی عورتوں کے ساتھ ننگے فرش پر بیٹھ گئیں تھیں ۔لوگ ایک ایک کر کے پیر صاحب کے سامنے جا کر عقیدت سے ہاتھ چومتے ۔دھیرے دھیرے کچھ کہتے ان میں کچھ ایسے بھی تھے جو حضرت کے ہاتھوں پر سر رکھ رونے لگتے وہ آنکھیں بند کیے سنتے رہتے اور سب کو تقریباً ایک سا جواب دیتے جو کچھ اس طرح ہوتا ...

''مصائب خدا کا امتحان ہیں ثابت قدم رہو ۔''

جو زیادہ دکھی اور پریشان دکھائی دیتا اس کے سر پر ہاتھ رکھ کر کچھ پڑھتے اور چہرے پر پھونک دیتے ۔ایسا شخص جب ان کے سامنے سے اٹھتا تو اس کے چہرے پر بشاشت ہوتی ۔ایسے ہی پریشان لوگوں میں اقبال کو ایک شخص کچھ عجیب سا محسوس ہو رہا تھا جس نے سلک کا نفیس کرتا اور ململ کر دھوتی پہن رکھی تھی ۔دونوں ہاتھوں کی انگلیوں میں سونے کی انگوٹھیاں تھیں ۔سینے پر سونے کی موٹی چین جس کے مرکز میں اوم بنا ہوا تھا ۔باری آنے پر وہ شخص جب حضرت کے سامنے جا کر دو زانوں ہو کر بیٹھ گیا تب اقبال کو اس خوشحال دکھائی دینے والے شخص میں پیدا ہونے والی دلچسپی کھینچ کر آگے کی صف میں لے گئی کہ ایسے لوگوں کو کس بات کی تکلیف یا پریشانی ہو سکتی ہے اسے سنا جائے ۔

خوشحال دکھائی دینے والا آدمی حضرت کے ہاتھوں کو بوسہ دے کر بولا ۔

''حضرت کاروبار میں بہت نقصان ہو رہا ہے ۔دشمن دھندے میں بھانجی مار کر میری ترقی میں رکاوٹ پیدا کر رہے ہیں ۔میرے لیے پرارتھنا کیجئے ۔میں بہت پریشان ہوں ۔''وہ سسکنے لگا ۔

''ہم سب کے لیے دعا کرتے ہیں ان کے لیے بھی جو خیر میں شریک ہیں اور ان کے لیے بھی شر جن کا شیوہ ہے ۔خیر و شر انسانی عمل ہے ۔خیر روح کا اجلا لباس ہے اور شر روح کی نجس ہے ۔اس لیے ہم بندوں کے وجود پر بد دعا نہیں بھیجتے بلکہ شر کی نجاست کو دور کرنے کی خدا سے دعا کرتے ہیں ۔زندگی خود ایک کاروبار ہے اولاد کا قدرتی سرمایہ کبھی نفع دیتا ہے تو کبھی نقصان میں ڈالتا ہے ۔توقعات ہی نفع اور نقصان کا میزان بن جاتی ہیں تو توقعات کم رکھو گے تو نقصان کم معلوم ہو گا تو قعات کو جتنا بڑھاؤ گے اتنا ہی نفع کم محسوس ہو گا ۔زر اور زمین پرستی طمع پیدا کرتی ہے اور طمع

سکون قلب کے لیے ناسور ہے ۔ہماری دعا ہے خدا تمہارے دل سے طمع اور توقعات کو دور کرے اور قلب کو سکون عطا فرمائے ۔

حضرت نے اس کے سر پر ہاتھ رکھ کر آنکھیں بند کر کے کچھ پڑھا اور اس کے چہرے پر پھونک کر کہا۔''خدا مصیبتوں سے نجات دلانے والا ہے ۔''وہ سر جھکا کر اٹھا الٹے پیروں چل کر بھیڑ میں سے ایسے نکلا جیسے دل پر جمی ساری گرد دُھل گئی ہو ۔مغرب کی اذان ہونے تک بھیڑ چھٹ چکی تھی حضرت نماز کی غرض سے احاطے میں بنی ہوئی چھوٹی سی مسجد میں اپنے مریدوں اور معتقدوں کے ساتھ چلے گئے تھے ۔اقبال کٹہل کے پیڑ کے نیچے اپنے خیالوں میں ڈوبا کھڑا تھا ۔

''آپ اب تک کیوں کھڑے ہیں ۔''صحن کو جھاڑوں لگانے والے ایک پستہ قد بوڑھے آدمی نے اس کے قریب آ کر پوچھا۔

''اں''اقبال نے چونک کر اس بوڑھے آدمی کی طرف دیکھا جو اس کی طرف سوالیہ نظروں سے دیکھ رہا تھا ۔اقبال کی سمجھ میں نہیں آ رہا تھا کہ کیا کہے ۔کیا اپنے اور حضرت کے بارے میں بتا دے ۔ہوسکتا ہے کہ یہ شخص اس کے لیے مددگار ثابت ہو۔لیکن کیا وہ میری باتوں پر یقین کرے گا ۔کہیں مجھے پاگل یا پھر کوئی جعلساز نہ سمجھ بیٹھے ۔کہاں حضرت کی پروقار شخصیت اور کہاں میں؟

بوڑھے نے خیالوں میں کھوئے ہوئے اقبال کے چہرے کو غور سے دیکھا اور پھر کندھوں کو اُچکا کر بدبداتا ہوا فرش پر جھاڑوں لگاتے ہوئے آگے بڑھ گیا ۔زندگی کی مسابقت اور قدرتی پریشانیوں کے سامنے ہتھیار ڈال دینے والے کمزور حوصلہ لوگوں کو آستانے پر حاضر اور غائب کی کیفیت میں دیکھنا بوڑھے خادم کے لیے کوئی نیا تجربہ نہیں تھا۔

اقبال کا انہماک اس سوکھے پتے کی وجہ سے ٹوٹا جو ہوا کے جھونکے کی تاب نہ لا کر شاخ سے جدا ہو کر اڑ کر اقبال کے ٹھیک سر پر آ گرا تھا ۔غروب آفتاب کی سرخی میں خاموشی سے جھک کر جھاڑوں دیتے بوڑھے خادم کا سایہ طلسمی کہانی کا کوئی کردار معلوم ہو رہا تھا ۔اقبال چھوٹے

چھوٹے قدم اٹھاتا ہوا جب آستانے کی چہار دیواری سے باہر آیا تو اوائل نومبر کا خنک اندھیرا پھیلنے لگا تھا شہر سے دور ہونے کی وجہ سے آستانے کے اطراف میں چائے اور سگریٹ پان کی چار پانچ دوکانوں کے علاوہ کوئی آبادی نہیں تھی اس لیے آستانے کے آس پاس کا علاقہ پیپل، نیم، آم، اور گل مہر کے بے ترتیب خود رو درد پیڑوں کی وجہ سے بڑا پراسرار سا لگتا تھا۔ جمعرات کے علاوہ استانے کے اطراف میں شام ہوتے ہی ایک گہری خاموشی چھا جاتی۔ ایسے میں آستانے کی چہار دیواری کے باہر بکھرے خشک پتوں پر اگر کسی کے پیر پڑ جاتے تو چرمراہٹ کی آواز بھی شور محسوس ہوتی۔ آستانے میں حضرت کے علاوہ موجود دوسرے سات آٹھ نفوس بھی ایسی کسی آواز کو اہمیت نہیں دیتے تھے کیونکہ چور کا انہیں کوئی اندیشہ نہیں تھا کہ آستانے میں لنگر کے غلے کے علاوہ کوئی مال و متاع نہ تھا اور ہر شام کھلے میں نکل آنے والے لکڑ بگھوں سے انہیں کوئی خطرہ نہیں تھا کہ لکڑ بگھے آستانے کی چہار دیواری میں کبھی نہیں داخل ہوتے تھے۔

خشک پتوں کو روندتا اور کانٹے دار جنگلی جھاڑیوں سے خود کو بچاتا ہوا اقبال بڑی سڑک تک آ گیا تھا جہاں کافی انتظار کے بعد اسے ایک بس میں جگہ مل گئی تھی۔

٥٥٥

ہوٹل کے کمرے میں پہنچ کر وہ دھم سے بستر پر گر گیا جسمانی تھکن سے زیادہ اس پر اعصابی تھکن طاری تھی اس نے اپنی اٹیچی میں سے ایک لفافہ نکالا اور اس میں سے ایک زردی فوٹو نکال کر غور سے دیکھنے لگا۔

یہ کسی کالج کی ہاکی ٹیم کے کھلاڑیوں کا گروپ فوٹو تھا جس میں آگے بیٹھے ہوئے نوجوان کی ہاتھوں میں ہاکی کی اسٹک تھی۔ اقبال کی نظریں اس نوجوان کے چہرے پر رینگ رہی تھی جس کی پیشانی پر زخم کا نشان تصور میں بھی واضح تھا۔ نانی جان نے بتایا تھا کہ یونیورسٹی کی ہاکی ٹیم میں جلال الدین کو متبادل کھلاڑی کی حیثیت سے شامل کیا گیا تھا اور نیشنل کالج کی ٹیم سے ایک مقابلے میں جب اسے میدان میں اتارا گیا تھا تب وہ اتنے جوش میں بھرا ہوا تھا کہ گیند کو ہٹ کرنے کی کوشش میں لڑکھڑا کر ایسا گرا تھا کہ اپنی ہی ہاکی اسٹک سے زخمی ہو گیا تھا۔ لیکن یہ

115

چشمہ'اس نے سوچا ان کے چہرے پر تو چشمہ نہیں ہے جبکہ کسی کو ایک بار چشمہ لگ جائے تو وہ پھر زندگی بھر ناک پر ہی جمارہ جاتا ہے ۔ اگر وہ صحیح شخص تک پہنچا ہے تب یہی پیر جلال الدین خاکی اس کے سگے ماموں ہیں جو تقریباً ۲۲،۲۰ سال قبل کہیں غائب ہو گئے تھے ۔ پھر اس کے بعد ان کی کوئی خبر نہیں ملی تھی لیکن گھر والوں کو اس بات کا یقین تھا کہ وہ کسی حادثے کا شکار نہیں ہوئے ہیں کیونکہ گھر سے غائب ہونے کے کچھ مہینوں قبل کاروبار میں ان کی دلچسپی ختم ہو گئی تھی اور ان کے بارے میں سنا گیا تھا کہ وہ مزارات اور خانقاہوں پر جانے لگے ہیں ۔ اکثر وہ کئی کئی دن گھر سے غائب رہتے اور پھر اچانک چلے آتے ۔ ہر صبح بالوں کو ہیئر کریم سے سنوارنے والے اور نئے نئے طرح کے کپڑوں کے شوقین جلال الدین نے انہیں دنوں داڑھی رکھ لی تھی ۔ اور درمیان میں مانگ نکالنے لگے تھے گھر کا ماحول دینی ضرور تھا لیکن ایسا بھی نہیں کے گھر کا جوان لڑکا دین کا ہو کر دنیا چھوڑ دے اور کسی کو قلق نہ ہو ۔ جلال الدین کے گھر سے غیر حاضری کا عرصہ بڑھنے لگا تھا اور پھر ایک روز وہ فجر کی نماز کے لیے مسجد گئے اور پھر اس کے بعد انہیں کسی نے شہر میں نہیں دیکھا تھا ۔

جوان بیٹے کی گمشدگی کا صدمہ جاگیر دارانہ طبیعت رکھنے والے باپ سید شہاب الدین کو بھی اندر اندر ہی کھانے لگا تھا اور ماں نے رو رو کر آنسو خشک کر لیے تھے ۔ اگر وہ غریب ہوتے تو اس بات پر رو رو تے کہ عمر کے آخری منزلوں کا سہارا چھوڑ کر چلا گیا لیکن گھریلو فراغت کی وجہ سے وہ بیٹے کی گمشدگی پر اس لیے ملول تھے کہ تین بیٹوں میں جو سب سے دلارا تھا وہ ہی چلا گیا اب اتنے بڑے کاروبار کو کون سنبھالے گا اور ونش کی ایک شاخ بھی تو بے ثمر رہ جائے گی ...ایسی ہی فکروں میں گھرے سید شہاب الدین نے ایک روز بیگم سے کہا تھا ۔

''دو بڑے بھائی ہیں جلال کے لیکن دیکھتا ہوں کہ اس کے غائب ہونے کا صدمہ کسی کو نہیں ہے ۔''

''کیوں نہ ہو گا صدمہ ۔''ماں جو ایک کوکھ میں تمام اولادوں کو اپنے جسم کا سارا جوہر دے کر پوستی ہے اور جس کے پیار کی مساوات دنیا کے کسی بھی سیاسی اور عمرانی فلسفے سے ارفع ہوتی ہے

۔وہ اپنے دوسروں بیٹوں کو بھی تو کم نہیں چاہتی ہے پھر وہ ان پر شک کیوں کرتی اور کرنے کیوں دیتی ہے

"اگر انھیں چھوٹے بھائی کے لاپتہ ہو جانے کا غم ہوتا تو کوئی گلی گاؤں ،قصبہ اور شہر نہ چھوڑتے ،لیکن ہم دیکھ رہے ہیں بیگم ان کی خاموشی اس دولت کی وجہ سے ہے جو انہیں مزید ہوس میں مبتلا کرتی ہے ۔"

اسی روز شہاب الدین نے فیصلہ سنا دیا تھا کہ وہ اپنی بیوہ بیٹی صادقہ کے فرزند اقبال کو بھی اپنی جائیداد میں جلال الدین کے حصے میں شریک کریں گے تا کہ جلال الدین کے حصے میں دوسری بھائی کوئی خیانت نہ کر سکیں اور انہوں نے وصیت کر دی کہ جلال الدین جب عدالت میں مجسٹریٹ کے رو بر و آ کر دستخط کریں گے تب ہی اقبال کو بھی حصہ مل سکے گا۔اور ہوا بھی یہی سائنس سے گریجویشن کرنے کے بعد اقبال نے جب دونوں ماموؤں سے اپنے حصے کی بابت پوچھا تو انہوں نے اسے دروازہ دکھا دیا۔ماں نے اقبال کو یہ کہہ کر سمجھانا چاہا تھا کہ خدا دیکھ رہا ہے معاف کرے گا۔لیکن نانی جس نے اپنے بچوں پر محبت کو یکساں پچھاور کرتے ہوئے یہ سوچا تھا کہ وہ جائیداد کو بھی فیاضی اور ایمانداری سے آپس میں تقسیم کریں گے۔بیٹوں کی اس طوطا چشمی پر صدمے میں نہیں نہیں غیض و غضب میں ڈوب گئی اور کانپتی آواز میں کہا تھا۔

"اقبال کی ماں نے اپنی جوانی ،بیٹے کی پرورش اور اس کے مستقبل کی آسودگی کے لیے قربان کی ہے ۔میں یہ بے ایمانی نہیں ہونے دوں گی ۔"

OOO

مغرب کی نماز پڑھ کر جلال الدین آستانے کے وسیع و عریض دالان کے بیچوں بیچ کبوتروں کو بڑی ملائمت سے آ آ آ آ آ آواز یں نکال کر پکار رہے تھے ۔اقبال دور کھڑا انہیں دیکھ رہا تھا۔کالے سفید پروں والے کبوتر ایک ایک کر کے دالان کے وسط میں بنے ایک چھوٹے سے حوض کے آس پاس اترتے کچھ ایک تو پیر جلال الدین کے سر اور کندھوں پر آ کر بیٹھ جاتے اپنی جگہ بیٹھے بیٹھے گردن کو دائیں بائیں گھما کر جائزہ لینے والی نظروں سے دیکھتے اور پھر اڑ کر نیم اور

117

آم کے پتوں کے جھنڈ میں کھو جاتے ۔ پیر جلال الدین کے پیروں کے قریب کچھ کبوتر اپنی
دموں کو پھلا کر اور پروں کو پھیلا کر ایک ہی دائرے میں گھوم رہے تھے ۔ جیسے بادشاہوں کو
رجھانے کے لیے کنیزیں رقص کرتی ہیں ۔ اچانک ہی پیر جلال الدین اقبال کی طرف متوجہ
ہوئے اور اسے غور سے دیکھنے لگے ۔ اقبال کے قدم آپ ہی آپ ان کی طرف اٹھ گئے ۔ جیسے
انہوں نے اپنی طرف کھینچ لیا ہو ۔ اقبال ان کے ٹھیک سامنے جا کر کھڑا ہو گیا اور یک ٹک ان کے
چہرے کو تکنے لگا ۔

’’کیا بات ہے نوجوان ۔‘‘

ان کے سوال پر اقبال پر طاری سحر ٹوٹا ۔ ’’السلام وعلیکم‘‘ اس کے منہ سے بے ساختہ نکلا ۔

’’وعلیکم السلام‘‘ کہہ کر وہ اقبال کے چہرے کا جائزہ لینے لگے ۔

’’مجھے آپ سے کچھ بات کرنی ہے ۔‘‘

’’لیکن دربار کا وقت ختم ہو چکا ہے ۔‘‘ وہ مسکرائے سفید مونچھوں کے نیچے سفید دانت چمک
اٹھے ۔

’’میں کوئی اپنی پریشانی لے کر نہیں آیا ہوں بلکہ میں آپ کی والدہ مختار محل کا پیغام لے کر آیا
ہوں ۔‘‘

مختار محل ... نام سنتے ہی ان کی ریاضت سے سرخ آنکھیں دہک اٹھیں ۔ وہ اقبال کے
چہرے کو ایسے گھورنے لگے جیسے پوچھ رہے ہوں ’’تم کون ہو؟‘‘ ’’کہاں سے اور کیوں آئے ہو ۔‘‘

’’میں صادقہ بانو کا بیٹا اقبال‘‘ اقبال کے چہرے کے دھندلے شیشوں کو اپنی آنکھوں سے
پونچھ کر وہ ماضی کا عکس دیکھنے لگے ۔

’’گڑیا؟‘‘ ان کے منہ سے ہلکے سے نکلا ۔

’’ہاں میں ان ہی کا بیٹا ہوں ۔‘‘ ان کے چہرے کے تنے تار یکلخت ڈھیلے پڑ گئے ۔ ان کی
آنکھوں میں بیک وقت بے شمار چہرے گھوم گئے ۔ لیکن خد و خال کسی کے بھی واضع نہیں تھے
وہ کچھ کہے بغیر ہی مڑے اور اپنے حجرے کی طرف چل دیے اقبال بھی ان کے پیچھے چل پڑا ۔

حجرے میں لال ٹین جل رہی تھی۔ فرش پر ایک کھجوری کی چٹائی بچھی ہوئی تھی اور ایک تکیہ دیوار سے ایسے لگا ہوا تھا جیسے وہ سرہانے کے علاوہ ٹیک لگانے کے بھی کام آتا ہو تھا۔ وہ چٹائی پر اسی تکیے سے پشت لگا کر بیٹھ گئے۔ اقبال ان کے سامنے خاموش کھڑا نیم تاریک کمرے کی پر سکون خاموشی میں ان کے چہرے پر گہری ہو جانے والی لکیروں کو غور سے دیکھتے ہوئے ان کے دلی جذبات کا اندازہ لگانے کی کوشش کرنے لگا۔ باہر کہیں کوئی بچہ ہچکیوں سے رو رہا تھا اقبال نے سوچا کہ اس ویرانے میں اور خاص طور سے یہاں آستانے میں کوئی بچہ اتنی رات کو کیوں رو رہا ہے جبکہ یہاں کوئی خاندان رہتا ان میں بھی نہیں ہے۔ انہوں نے سر اٹھا کر اقبال کے چہرے کو دیکھا اور پھر آنکھوں کے اشارے سے اسے بیٹھ جانے کو کہا دونوں دیر تک خاموش بیٹھے ایک دوسرے کے چہرے پر ماضی کی تصویریں بناتے رہے۔ باہر کے بڑھتے اندھیرے کے ساتھ ساتھ کمرے کے اندر ٹمٹماتی لالٹین کی روشنی بڑھتی جا رہی تھی۔

"اماں کیسی ہیں؟" انہوں نے پوچھا۔

"بیمار رہتی ہے۔ آپ کو بہت یاد کرتی ہیں۔"

اس کے بعد وہ پھر دیر تک خاموش رہے۔ ابا جان کے بارے میں کچھ بھی نہیں پوچھا۔ شاید انہیں ان کے انتقال کی خبر مل چکی تھی۔ بچے کی سسکیاں رہ رہ کر ابھر آتی تھیں۔ اقبال نے سوچا کہ وہ ان سے پوچھ لے کہ اس ویرانے میں کون رو رہا ہے۔ دفعتاً اذان کی آواز نے اسے چونکا دیا پیر جلال الدین اذان کی آواز سنتے ہی اٹھ کھڑے ہوئے۔

عشاء کی نماز کے بعد پیر جلال الدین کے دسترخوان پر خدام کے ساتھ اقبال کو بھی شریک کیا گیا۔ دوپہر کے لنگر کا بچا ہوا گوشت کا شوربہ اور گیہوں کی روٹیاں دسترخوان پر چن دی گئی تھیں۔ پیر جلال الدین نے گوشت کو چھوا تک نہیں۔ ان کے لیے جو کی دو روٹیاں اور پالک کا ساگ ایک خادم علاحدہ لے کر آیا تھا۔ جو کی روٹی اور سبزی ہی ان کی روزانہ کی غذا تھی۔ کھانے کے دوران بھی سکوت رہا۔ کسی نے کسی سے کوئی بات نہ کی۔ لالٹین کی ناکافی روشنی میں دیواروں پر ان کے سائے ہلتے رہتے ہیں۔

کھانے کے بعد پیر جلال الدین چہل قدمی کے لیے آستانے کے باہر نکل آئے۔اقبال بھی ان کے ساتھ ہولیا،خدام اقبال کو عجیب نظروں سے دیکھ رہے تھے لیکن کچھ کہنے کی ہمت کسی میں اس لیے نہیں تھی کہ حضرت نے اپنے کسی عمل سے اجنبی نوجوان کی موجودگی پر ناپسندیدگی کا اظہار نہیں کیا تھا۔خدام حیرت زدہ تھے کہ آخر یہ کون ہے۔یہ نوجوان جسے حضرت اتنی قربت عطا کر رہے ہیں؟''

نصف چاند کی خنک دودھیا روشنی میدان اور درختوں پر پھیلی ہوئی تھی ۔پیر جلال الدین چھوٹے چھوٹے قدموں سے چل رہے تھے۔انہوں نے اپنے دونوں ہاتھ پشت پر باندھ رکھے تھے۔

''گڑیا کا دولہا میرا مطلب تمہارے والد...''
''ان کا انتقال ہو چکا ہے۔''
اقبال نے فوراً کہا۔''میں جب بہت چھوٹا تھا تب وہ گزر گئے۔''
انا للہ و انا الیہ... انہوں نے اقبال کی طرف دیکھے بغیر ہی پڑھا اور رک کر آسمان کی طرف دیکھنے لگے جہاں بہت بہت اوپر ایک کبوتر ایک دائرے میں اڑ رہا تھا جیسے چاند کی طرف جانا چاہتا ہو۔رات میں کبوتر کا اڑنا اسے بڑا عجیب سا لگا۔

''تم کیا کر رہے ہو؟تعلیم یا کاروبار''
انہوں نے کبوتر کو بدستور گھورتے ہوئے پوچھا۔

اس سوال نے اقبال کو موقع حوصلہ دونوں ہی دے دیا تھا اور پھر اس نے گھر کے سارے واقعات اور معاملات ان سے بیان کر دیئے تھے کہ کس طرح دونوں ماموؤں نے نانا کی وراثت دینے سے انکار کر دیا ہے جبکہ اس کا حصہ وصیت کے مطابق ماموں جلال الدین کے حصے سے منسلک ہے اور اگر وہ شہر چل کر عدالت میں اپنا حلفیہ بیان داخل کر دیں تو ان کے ساتھ اسے بھی حصہ مل جائے گا۔انہوں نے نہ تو کوئی سوال کیا اور نہ ہی کوئی تبصرہ ۔وہ دونوں ہی خاموشی سے آستانے پر لوٹ آئے۔حضرت نے ایک خادم کو اپنے حجرے سے منسلک کمرے میں اقبال

کا بستر لگانے کی ہدایت کی اور اپنے حجرے میں چلے گئے۔ اقبال بھی ان کے پیچھے پیچھے حجرے میں داخل ہو گیا۔ وہ ٹوپی اور تسبیح تکیے کے قریب رکھ کر کھجور کی چٹائی پر لیٹے ہوئے تھے۔ اقبال کو دیکھ کر انہوں نے مسکرا کر کہا۔

"تم کو اپنی مصروف زندگی کا قیمتی وقت اس ویرانے میں نہیں ضائع کرنا چاہئے۔ مجھے مال و متاع سے کوئی دلچسپی نہیں ہے۔ اگر تم اپنا حصہ حاصل کر سکو تو میں اپنا حصہ بھی تمہیں دے دوں گا۔ تم چاہوں تو ابھی مجھ سے دستخط لے سکتے ہو۔"

میری آپ سے درخواست ہے کہ آپ صرف دو روز کے لیے میرے ساتھ شہر تشریف لے چلیے۔ نانی جان اور امی جان آپ کو دیکھ کر بے حد خوش ہوں گی۔"

"نہیں میاں، جب ہم نے گھر کو ترک کیا تھا تب تمام رشتوں اور ان سے وابستہ تمام واسطوں کو بھی ترک کر دیا تھا۔ اب نہ تو ہمیں رشتوں کی زنجیریں کھینچتی ہیں اور نہ دنیاوی ضرورتیں اور مادی آسائشیں اپنی طرف مائل کرتی ہیں۔ رشتے بھی دنیاوی طمع کا حصہ ہیں اور طمع سے نجات ہی درویشی ہے۔" ان کا چہرہ اس شخص کی طرح پرسکون تھا جو دنیا کی ہر نعمت کو حاصل کر چکا ہو۔

"لیکن درویش تو لوگوں کے دکھوں کے نجات کا ذریعہ ہیں۔ لوگوں کے مصائب کو ہلکا کرتے ہیں۔ میں آپ سے یہ نہیں کہتا کہ آپ اس دنیا میں واپس لوٹ چلیں جو آپ کے نزدیک ہوس کی آماجگاہ ہے۔ میں تو اپنے دکھوں اور مصائب کا مداوا چاہتا ہوں اور اس کے لیے آپ کی دعا کی ضرورت ہے اور نہ ہی صبر کی تلقین کرنے کی کیونکہ میرے مصائب اور میری فراغت تو آپ ہی کے اختیار میں ہے۔ آپ میرے لیے تھوڑی سی زحمت کریں گے تو میری اور میری والدہ جو آپ کی بہن ہے پریشانیوں سے نجات پا جائیں گے اور اگر آپ انکار کر دیں گے تو مجھے وہ فراغت حاصل نہ ہو گی جس کے لیے آپ ذریعہ ہیں۔" اقبال کی آواز میں مایوسی تھی۔

"ترک دنیا کے بعد تمام رشتے اس طرح منقطع ہو جاتے ہیں جس طرح رحم مادر سے تولد ہونے والے نو زائیدہ بچے کا ماں کی ناف سے رشتہ ختم ہو جاتا ہے۔ اب ہمارے لیے نہ تو کوئی ماں ہے نا کوئی بہن نہ بھائی نہ دوست ہمارا دوست سکھا سمبندھی ہی صرف وہی ہے۔" کہتے

ہوئے انہوں نے آسمان کی طرف انگلی اٹھا دی۔

’’ترک دنیا آپ نے کی ماموں جان لیکن آپ کی ذات سے وابستہ لوگ جو خدا کے رسول کی سنت پر قائم ہیں ان کے تئیں آپ کے جو فرائض ہیں کیا وہ بھی ختم ہو گئے ہیں۔ میری والدہ نے اپنی زندگی کا قیمتی حصہ امید و بیم میں گذار دیا۔ میں نو جوان ہوں۔ میرے سامنے پوری زندگی پڑی ہے۔ کیا میں بھی والدہ اور بیوی بچوں کو چھوڑ کر آپ کی طرح تارک الدنیا ہو جاؤں اور سب کچھ خدا کے سپرد کر دوں؟ اگر اباجاں کے گودام سے ماہانہ کرایہ نہ ملتا رہا ہوتا تو ہم لوگ۔۔۔۔‘‘ اقبال کی آواز رندھ گئی۔

’’لیکن ہم تو تمہارے ساتھ کوئی بے ایمانی نہیں کر رہے‘‘ انہوں نے براہ راست آنکھوں میں دیکھتے ہوئے کہا ’’لگتا ہے آپ نے دنیا سے ہی نہیں رحم اور درد مندی سے بھی کنارہ کشی کر لی ہے۔‘‘ کہہ کر اقبال اٹھ کھڑا ہوا اور ٹوٹے ہوئے قدموں سے حجرے سے باہر نکل گیا۔ دروازے سے ہو کر آنے والی مدھم چاندنی میں اس کا سایہ دھیرے دھیرے گھٹنے لگا تھا۔

○○○

ایک سو چالیس بار درود شریف کا ورد کرنے کے بعد بھی ان کی طبیعت بے کیف ہی رہی۔ کروٹیں بدلتے جب۔ بہت دیر ہو گئی تو وہ اٹھ کر باہر گلیارے میں نکل آئے خنک چاندنی سارے میں چھٹکی ہوئی تھی۔ آسمان پر ایک کبوتر چاند کے نوری دائرے کے اطراف میں اڑ رہا تھا۔ دور کہیں کتے اور لکڑ بھگے رو رہے تھے۔ ان کے قدم نادانستہ طور پر بغل کے کمرے کی کھڑکی کے قریب جا کر رک گئے۔ کھڑکی کا ایک پٹ کھلا ہوا تھا۔ انہوں نے اندر جھانکا اقبال ہاتھ کی بنی ہوئی دری پر گٹھری بنا سو رہا تھا۔ چادر اس کے پیروں کے قریب پڑی ہوئی تھی۔ سردی وہاں کے خیال سے انہوں نے جھر جھری لی اور دروازے کو دھکیل کر دیکھا اور وہ کھلا ہوا تھا۔ وہ اندر داخل ہوئے چادر کو اٹھا کر ایسے ہی اوڑھا دیا جیسے اماں انہیں اکثر اوڑھا دیا کرتی تھیں۔

باہر آ کر وہ اماں کا چہرہ یاد کرنے کی کوشش کرنے لگے۔ تصور میں جو چہرہ ابھر رہا تھا وہ جوان اور صحت مند تھا۔ لیکن یہ تو وہ اماں تھیں جنہیں وہ بیس پچیس سال قبل چھوڑ کر چلے آئے

122

تھے۔ انہیں اپنا آبائی مکان یاد آ گیا ہر سال جس کی سفیدی کی جاتی تھی اور گرمی کی چلچلاتی
دھوپ میں جسے نظر بھر دیکھنے سے ہی آنکھیں چوندھیانے لگتی تھیں۔ آنگن میں ہینڈ پمپ لگا ہوا
تھا جہاں وہ علی الصبح نہایا کرتے تھے... جاڑوں میں فجر کی نماز سے قبل وہ پمپ چلا کر نہانے
کے لیے بالٹی میں پانی نکالتے تو پانی کے دھار کے ساتھ بھاپ ایسی اٹھتی جیسے گرم ابلتا ہوا پانی
ہو لیکن جب وہ پہلا لوٹا کندھے پر ڈالتے تو پانی جہاں جہاں سے اتر تا جسم کا اتنا حصہ سن ہو جاتا
۔ اماں پمپ چلانے کی آواز پر اٹھ جایا کرتی تھیں اور درود شریف پڑھتے ہوئے آنگن میں
آ کر محبت بھری ڈانٹی پلاتیں ''خدا نہ کرے پالا (فالج) مار دے گا اگر اسی طرح ٹھنڈے پانی
سے نہاتے رہے۔ ٹھہر وابھی پانی گرم کیے دیتی ہوں۔''

''کہاں ٹھنڈک ہے اماں'' ان کے منہ سے بے ساختہ نکل گیا۔ اپنی ہی آواز پر چونک کر
سامنے دیکھا تو کھڑکی سے رینگ کر آنے والی چاندنی میں ان کا سایہ دیوار پر ٹھہر کر انہیں گھور رہا
تھا۔ برسوں بعد اماں کی یاد آئی تھی۔ وہ دیر تک اماں کے بارے ہی میں سوچتے رہے کہ آخر
انہوں نے اپنی ماں کو اتنی آسانی سے کیسے بھلا دیا تھا۔ وہ کیوں کبھی یاد نہ آئیں؟ کیا خدا سے
قربت کا جنون مجھ پر اس قدر غالب آ گیا تھا کہ ماں کی محبت بھی اس میں تحلیل ہو گئی تھی؟''اماں
اب کیسی ہوں گی؟''یہ سوچ کر انہیں ایک عجیب سی بے چینی ہونی لگی۔ انہیں لگا کہ وہ اقبال کو اٹھ
کر اماں کی صحت کے بارے میں پوچھیں باہر کا بک میں کبوتروں کے پروں کی پھر پھرانے
کی آواز پر ان کا انہماک ٹوٹ گیا۔

ooo

گذشتہ رات وہ بلکل بھی نہ سو سکے تھے شہر جانے والی لکثری بس کے چلتے ہی ان کی آنکھ
لگ گئی تھی۔ آٹھ نو گھنٹے کے سفر کے بعد وہ شام ڈھلے شہر پہنچ گئے تھے۔ اقبال نے اپنی اٹیچی
اٹھانے کے بعد جب ان کا واحد سامان جو کپڑے کی ایک تھیلی پر مشتمل تھا لینا چاہا تو انہوں نے
مسکرا کر سر کے اشارے سے منع کر دیا تھا۔

آٹو رکشا مختلف چھوٹی بڑی پیچیدہ گلیوں سے ہوتا ہوا جب ایک کشادہ گلی کے دو رستے پر واقع

123

ایک چھوٹی سی کوٹھی کے سامنے رکا تو انہیں اپنے آبائی مکان کو پہچانے ذرا سی بھی دقت نہ ہوئی ۔ مکان اب اتنا خوبصورت نہیں رہا تھا اس پاس کی بڑھتی آبادی نے اس کی انفرادیت کو چھپا لیا تھا ۔ اقبال کے پیچھے پیچھے وہ کسی معمول کی طرح مکان میں داخل ہوئے ۔ اقبال نے صدر دروازے سے ہی چیلینج کر کہا ''نانی جان امی جان دیکھیے کون آیا ہے!''

اقبال کی آواز کے چند ثانیوں بعد ہی مکان میں ایسی ہلچل مچی جیسے درو دیوار سرگوشیاں کرنے لگے ہوں اور ہر اینٹ آنکھ بن کر انہیں اشتیاق سے گھورنے لگی ہو۔''بیٹا!''ایک نخیف اور معمر نسوانی چیخ پر ان کے قدم رک گئے ۔ سامنے وسیع دالان سے ایک خمیدہ کمر کمزور بوڑھی عورت ان کی طرف دونوں ہاتھ پھیلائے دوڑی چلی آ رہی تھی ۔

''اماں سنبھالیے''عورت کے لڑکھڑاتے ہی ان کے منہ سے بے ساختہ نکلا اور انہوں نے لپک کر اماں کو اپنے بازوؤں میں سنبھال لیا پچیس تیس سال کے بعد اپنے بیٹے کو فقیروں کے لباس میں بھی دیکھ کر خوشی اور بے یقینی نے ان کے حواس جیسے سلب کر لیے اور وہ رو بیٹے کے بازوؤں میں ڈھے گئیں ۔ دروازے میں کھڑی عورتیں اور بچیاں اور لڑکے ایک ایک کر کے ان کے آس پاس دائرہ بنا کر کھڑے ہو گئے ۔ کچھ کی آنکھ بھیگ گئی تھیں اور کچھ سسک رہی تھیں ان کی آنکھیں بھر آئیں ۔ یہ پشیمانی کے آنسو تھے یا خوشی کے ۔ اس کا پتہ خود انہیں بھی نہ تھا لیکن آنکھیں اتنے برسوں بعد نم ہوئی تھیں ۔ انہیں خود اس پر حیرت تھی ۔ اقبال کی ماں گڑیا ۔ اب گڑیا کہاں رہ گئی تھی ۔ بالوں میں چاندی کے اتنے تار تھے کہ سیاہ بالوں کو آسانی سے گنا جا سکتا تھا وہ بھائی کو دیکھ کر بس روئے چلی جا رہی تھیں ۔

مردانے میں جب کھانا پروسا گیا تو گھر کی عورتیں کم وقت میں جتنے اچھے پکوان بنا سکتی تھیں وہ سارے ہی دسترخوان پر موجود تھے ۔ کھانے کے اشتہا انگیز خوشبو سے اقبال کی بھوک خوب چمک اٹھی تھی ۔

''ہم دال اور روٹی لیں گے ۔''ان کی اس بات پر سب کی نظریں ان کی طرف اٹھ گئی ۔ زنانے میں عورتیں حیرت سے ایک دوسرے کا منہ دیکھنے لگیں جو پردوں کی آڑ سے انہیں

دیکھ رہی تھیں ۔سب نے بڑا اصرار کیا لیکن انہوں نے ماش کی دال سے دو روٹی کھائی اور فرج کے ٹھنڈے پانی کے بجائے کھڑو پنجی کا سادہ پانی منگوا کر پیا۔

رات میں جب ان کا بستر اسی کمرے لگا یا گیا جہاں وہ طالب علمی کے زمانے میں رات کو پڑھا کرتے تھے تو انہوں نے فوم کے گدوں پر سونے سے انکار کر دیا۔اماں نے آ کر ڈانٹنے والے انداز میں کہا ''اقبال نے تمہارے لیے خود لگا یا ہے یہ بستر اور تم...''

''نہیں اماں جان، ہم درویشوں کا بستر تو ننگے فرش پر کھجور کی چٹائی ہے ۔اللہ کے محبوب رسول بھی...''

انہوں نے ملائمت سے ماں کو سمجھانا چاہا۔

''یہ تمہاری خانقاہ نہیں ''اماں نے سختی سے بات کاٹ دی ''تمہاری اماں کا گھر ہے جب تم اپنی خانقاہ میں جانا چاہے تو چاہے جیسے سورہنا میں دیکھنے نہیں آؤں گی ۔لیکن میرا بچہ چوبیس سال تین مہینے اور دو ہفتوں کے بعد گھر آیا ہے اسے میں دولہے کی سیج نہ دے سکی لیکن ملائم بستر نہ دوں یہ کیسے ہوسکتا ہے ماں کی آنکھیں چھلک آئیں اور وہ بڑے اشتیاق سے اپنے بچپن اور جوانی کی یادوں کو ان کے چہرے کی ایک ایک سلوٹوں میں کھو جنے لگے ۔

رات کو فوم کے نرم گرم بستر پر لیٹے لیٹے انہوں نے سوچا اگر خدا کا وجود بھی کسی ماں کا مرہون منت ہوتا تو مذہب کی تمام کتابوں میں قہر کے بجائے رحم ہی رحم ہوتا اور شاید جہنم کا وجود ہی نہ ہوتا ۔بھلا کوئی ماں اپنے شریر بچے کو بھی آگ سے تھوڑے ہی جلاتی ہے ۔پھر خدا کو اپنے خالق کی بات میری طرح مان لینی پڑتی ...وہ انہیں خیالوں میں ڈوبتے ابھرتے رہے اور پھر نرم بستر پر پچیس برسوں کی ریاضت سے پتھر ہو جانے والے جسم کی نس ناڑیوں میں بستر کی گداز نے ایسا خمار بھرا کہ وہ صبح اٹھے جب سورج کھڑکی سے جھانک کی حیرت سے دیکھ رہا تھا۔فوراً ہی غسل کر کے انہوں نے چاشت کی نماز ادا کی ۔تہجد اور فجر کی نماز نہ پڑھ پانے کا انہیں بڑا قلق تھا۔

تین روز کیسے گزرے، کچھ پتہ ہی نہیں چلا۔اماں نے وہ سارے پکوان بنا کر کھلا ڈالے تھے جو انہیں پسند تھے ۔وہ چاہتے تھے کہ اماں کو سمجھائیں کہ مرغن غذائیں نفس کو جگاتی ہیں وہ مردہ

خواہشات کو زندہ کرتی ہیں ۔اس لیے درویش روکھی سوکھی کھا کر اعضائے رئیسہ کو سکھاتے اور نفس کو جلاتے ہیں ۔لیکن اماں کی محبت اور اصرار کے آگے وہ بے بس تھے اقبال ہر وقت خدمت بجالانے کے لیے غلاموں کی طرح موجود رہتا تھا دونوں بھائیوں سے ایک روز پہلے ملاقات ہوئی تھی ۔بس رسمی دعا سلام اور خیر و خیریت تک ہی ملاقات محدود رہی ۔اس بعد دونوں نظر نہیں آئے تھے پوچھنے پر اماں نے بتایا کے دونوں رات دیر سے گھر آتے ہیں اور سچ تو یہ ہے کہ وہ آمد سے خوش نہیں ہیں اور سنا ہیں کہ وکیلوں سے مشورہ کر رہے ہیں کل سے انہیں کھانسی کی شکایت ہوگئی تھی ۔فرج کے پانی کے وہ عادی نہیں تھے لیکن یہاں وہ پانی مانگتے تو بھانجے بھتیجے ٹھنڈا شربت لے کر دوڑتے تھے ۔

"اقبال میاں کل صبح چھٹی کا دن ہے نا ؟"انہوں نے مرغ کی ٹانگ کو دانتوں سے ادھیڑتے ہوئے پوچھا اور پھر خود ہی بولے ،کل چل کر کمال بھائی اور افضل بھائی سے تمہارے اور میرے حصے کی زمینوں کی بات کر لی جائے ۔"

"آپ جیسا مناسب سمجھیں ۔"

اقبال نے سعادت مندی سے کہا جب کہ وہ ان کی آمد کے دوسرے ہی روز انہیں اپنے دونوں ماموؤں سے حصے کی بات کرنے کے لیے کہنے والا تھا لیکن ان کی درویشانہ طبیعت کو دیکھ کر وہ خاموش تھا۔

دوسرے روز جب وہ چاروں فریق طے شدہ پروگرام کے تحت بیٹھے تو اقبال کی توقع کی عین مطابق اور ان کی توقع کے خلاف دونوں بھائیوں نے صاف لفظوں میں کہہ دیا کہ معاملہ کورٹ میں ہے اور اب وہاں جو بھی فیصلہ ہوگا وہ اسے تسلیم کر لیں گے ۔"

"لیکن یہ لڑ کا ہمارا بھانجہ ہے ۔آپ میرے بھائی ہیں ۔آپ ہم دونوں کا حصہ غضب کر لینا چاہتے ہیں ۔"انہیں ایک دم سے غصہ آ گیا اور وہ اتنے زور سے بولے کہ ان کی آواز تقریبا پھٹ گئی اور طیش میں ان کی آنکھیں سرخ ہو گئیں ۔

دیکھو بھئی جلال تم نے تو درویشی کے نام پر تمام ذمے داریوں اور فرائض سے فرار اختیار کر

لی تھی لیکن اباجان کی بیماری اور پھر مکان کے پرانے مقدمے کی پیروی کے ساتھ ساتھ اتنے بڑے خاندان کی کفالت بھی تو ہم دونوں نے کی ہے ۔اس وقت جب ہم مقدموں اور قرضوں میں ڈوبے ہوئے تھے تب تم نے پلٹ کر حال نہیں پوچھا''بڑے بھائی نے کہا اور اپنی چھڑی لے کر ٹہلتے ہوئے مکان میں غائب ہو گئے ۔منجلے بھائی نے تپائی سے چشمہ اٹھایا اور ناک پر جما کر مکان سے باہر نکل گئے ۔اقبال سے زیادہ انہیں تاؤ آ رہا تھا اس کا بس چلتا تو وہ چھڑی چھین کر دو ٹکڑے کر ڈالے اور چشمے کو اپنے پیروں سے روندھ کر چور چور کر دیتے ۔اقبال اپنے ماموں کا چہرے تکتا رہ گیا تھا۔

وہ رات بھر ٹھیک طرح سے سو نہ سکے تھے ۔کبھی کبھار کسی کبوتر کی غٹر ائے کی آواز آتی لیکن انہوں نے اٹھ کر نہ تو کھڑکی سے چاند کو دیکھا نہ اس کے نوری بالے کو اور نہ ہی اس کبوتر کو جو رات کے تیسرے پہر تک چاند کے آس پاس اڑ تا رہا تھا ۔تہجد پڑھنے کا خیال تو آیا لیکن منتشر ذہن ہونے کی وجہ سے انہوں نے نماز نہ پڑھنا ہی بہتر خیال کیا ۔فجر کی نماز سے کچھ پہلے ان کی آنکھ لگ گئی تھی اور پھر دو پہر دن چڑھنے پر اٹھے تھے ۔ان کے سراہنے اخبار رکھا ہوا تھا۔ بیدار ہوتے ہی اخبار پڑھنے کی ان کی عادت لوٹ آئی تھی ۔وہ اخبار میں پتہ نہیں کب تک غرق رہتے اگر اقبال نے آ کر انہیں یہ نہ بتایا ہوتا کہ باتھ روم کی صفائی کی جا چکی ہے وہ چل کر نہا لیں ۔

ایک پیالی خوب تیز اور گرم چائے پینا چاہوں گا ۔انہوں نے اخبار سے سر اٹھا کر اقبال کی طرف دیکھ کر کہا ۔''شہر میں پیٹ جلدی خراب ہوتا ہے نا مجھے بھی قبض کی شکایت ہو گئی ہے ۔''

چائے پی کر وہ باتھ روم گئے تھے ۔نہانے میں بھی انہیں کافی وقت لگا تھا اقبال بے چینی سے صبح کی ضروریات سے ان کے فارغ ہو جانے کا منتظر تھا کیونکہ آج انہیں مقدمات کی وہ کاپی درکار تھی ۔جو اقبال نے ماموؤں پر کر رکھا تھا نہانے اور لباس تبدیل کر کے گھر سے نکلنے میں ہی دو پہر ہو گئی ۔دونوں لنچ سے کچھ منٹ پہلے ہی کورٹ پہنچے تھے ۔اقبال نے کورٹ کارکن کو کچھ روپے دے کر کیس اور ماموؤں کے داخل کردہ حلف ناموں کی نقلیں حاصل کر لی تھی ۔دونوں

ایک ہوٹل میں چائے کا آرڈر دے کر کاغذات میں کھو گئے تھے کہ کمال ماموں کی طرف سے داخل کردہ حلف نامے کو دیکھ کر اقبال چونک پڑا اور اپنے جذبات پر قابو رکھتے ہوئے ان کی طرف بڑھا دیا۔ان کے دونوں بھائیوں نے عدالت میں حلف نامہ داخل کیا تھا کہ جو شخص جلال الدین کے نام سے جائداد کا دعویدار ہے وہ ان کا بھائی نہیں ہے اور اگر وہ اصرار کرتا ہے تو خود ساختہ جلال الدین اپنے ہونے کا ثبوت پیش کرے کہ پچیس برسوں تک وہ کہاں رہا۔وہ اپنا ڈومسائل سرٹیفیکٹ اور وہ جہاں بھی تھا وہاں کا راشن کارڈ اور ووٹرلسٹ میں اپنے نام کے شواہد پیش کرے۔

اقبال ان کے چہرے کہ بدلتے رنگوں کو خاموشی سے دیکھ رہا تھا۔اس کی سمجھ میں نہیں آرہا تھا کہ اب انہیں کیا کرنا چاہیے۔"ڈومسائل سرٹیفیکٹ ،راشن کارڈ اور ووٹرلسٹ میں نام کے اندراج کا ہمارے پاس تو کوئی ثبوت نہیں ہے۔"وہ اقبال کی طرف دیکھ کر بڑبڑائے"ہمارے ہونے کا ثبوت ہمارا اپنا زندہ وجود نہیں ہے بلکہ چند بے جان سرکاری کاغذات ہیں اس کا مطلب تو یہ ہوا کہ جس کے پاس یہ کاغذی ثبوت نہیں ہیں اس کا اپنا وجود ہی نہیں ہے؟"

چائے ٹیبل پر یوں ہی ٹھنڈی ہوگئی۔اقبال نے کاغذات کو سمیٹ کر ہوٹل کے کاؤنٹر پر پیسے ادا کئے اور دونوں باہر نکل آئے۔آٹو رکشا سے گھر لوٹتے ہوئے اقبال یہی سوچ سوچ کر پریشان ہو رہا تھا کہ ماموں جان کو دو تین روز کہہ کر لایا تھا اور آج پورے پندرہ روز ہو چکے تھے۔اگر ماموں جان نے موجود حالات کو دیکھتے ہوئے لوٹ جانے کا اعلان کر دیا تو جائداد میں اس کا حصہ مارا جائے گا اور ماموں جان کے جس حصے کو پانے کی اس کی توقع تھی وہ بھی ہاتھ سے چلا جائے گا۔

گھر پہنچ کر انہوں نے نانی جان سے سارا ماجرا سنایا تو انہوں نے وہی کیا جو ماں اپنی ناخلف اولاد کے ساتھ کرتی ہے ۔ڈھیر ساری گالیاں اور کچھ ہلکی پھلکی بددعائیں دے کر وہ جانماز اٹھا کر اپنے کمرے میں چلی گئیں ۔

"کیا سوچ رہے ہیں ماموں جان ۔"

ایک سادہ الائچی والا پان منگوادو منہ کا مزہ خراب ہو رہا ہے ۔وہ خلا میں گھوتے ہوئے بولے۔

اقبال اپنی والدہ سے پان بنوا کر لے آیا ۔پان کی گلوری منہ میں رکھ کر وہ پھر خلا میں گھورنے لگے اقبال کا دل کسی اندیشے سے زور زور سے دھڑکنے لگا کہ وہ واپس جانے کا ارادہ تو نہیں کر رہے ہیں وہ اٹھ کر کھڑکی میں آ کر کھڑے ہو گئے منڈیروں پر بہت سے کبوتر بیٹھے سستا رہے تھے۔

’’کافی دن ہو گئے ۔اقبال میاں ۔‘‘ کہہ کر وہ بظاہر کبوتروں کو گھورنے لگے لیکن ان کی نظر میں کبوتروں کے پیچھے سر اٹھائے کھڑی اونچی عمارتوں پر جمی ہوئی تھیں ۔’’کام اب تک نہیں ہو سکا اب تو انہوں نے میرے ہونے کا یعنی اپنے سگے بھائی کے ہونے سے انکار کر دیا ہے اور وہ بھی بیان حلفی داخل کر...‘‘

انہوں نے پان کے ساتھ دانتوں کو چباتے ہوئے کہا۔

اقبال نے دیکھا کہ ان کا چہرہ اچانک ہی تمتما اٹھا اور پھر وہ غصے اور بے چینی سے ٹہلنے لگے اور انہوں نے پہلی بار پوری جائداد اور اس کی تفصیل اقبال سے معلوم کی چارنفوس کے حصے میں کتنی زمین اور دوکانیں آتی ہیں اسے ایک کاغذ پر نوٹ کیا۔

’’میرے پاس سب کچھ لکھا ہوا ہے ماموں جان ۔‘‘اقبال نے انہیں ا نہماک سے لکھتے ہوئے دیکھ کر کہا۔

’’ٹھیک ہے تمہارے پاس ہے نا۔ہمارے پاس بھی تو کچھ لکھا ہوا ہونا چاہئے ۔‘‘انہوں نے کاغذ پر ہی حساب جوڑتے ہوئے کہا کوئی چھوٹی موٹی جائداد ہوتی تو ہم یوں معاف کر دیتے لیکن لاکھوں کا معاملہ ہے اور یہ تمہارے دونوں ماموں اسے یوں ہی ڈکار جانا چاہتے ہیں ۔

’’اب ہم کیا کریں ماموں جان آپ ہی بتائیے ۔اقبال نے ان کے چہرے پر بدلتے تیور کو دیکھ کر سہم کر پوچھا۔

’’کل ہم اپنے اسکول جائیں گے جہاں سے ہم نے میٹرک کیا تھا وہاں سے اپنا لیونگ

سرٹیفکیٹ حاصل کریں گے...''

''لیکن وہ تو فوراً ہی نہیں مل سکے گی، آپ کو پہلے درخواست دینی ہوگی اور اس کے بعد وہ تقریباً دس بارہ روز بعد ہی نقل مل سکے گی کیوں کہ اتنے لمبے عرصے بعد...''

''ٹھیک ہے تو کل ہم درخواست دیں گے'' انہوں نے اقبال کی بات کاٹ کر جلدی سے کہا ''اس کے بعد ہم اپنی ذاتی حیثیت میں ان دونوں کے خلاف مقدمہ کریں گے کہ یہ پچیس برسوں سے ہماری زمین اور دوکانیں دبائے بیٹھے ہیں ۔ان سے اتنے برسوں کے ایک ایک پائی کا حساب مع سود کے وصول کر لیا جائے گا'' انہوں نے جیب میں سے خلال نکال کر دانتوں میں پھنسے گوشت کے ایک ریشے کو کریدتے ہوئے کہا۔

اقبال کو محسوس ہوا جیسے کمرے میں شام کی سیاہی گناہ کی طرح پھیل گئی ہے ۔ وہ اندھیرے میں حیرت سے آنکھیں پھاڑ پھاڑ کر ان کی آنکھوں میں مستقبل کے منصبوں کو پڑھنے کی کوشش کرنے لگا ۔ دفعتاً منڈیروں پر سے کبوتروں کا غول اچانک اڑا جیسے انھیں اندھیرا ہو جانے کا خیال ابھی ابھی آیا ہو...

مکڑیاں

پان کی پیک کو منہ میں سنبھالنے کی کوشش میں تھوڑی کو اُٹھا کر پولیس تھانے کے دیوان نے سامنے بیٹھی اُس کالی کلوٹی عورت کو بہت گہری نظروں سے دیکھا شباب کا طوفان جسکے جسم کے نشیب و فراز کو چھو کر بس ابھی ابھی گذرا تھا۔ افلاس اور ضروریات زندگی سے محرومی بھی اُسکی نسوانی کشش کو پوری طرح ختم نہ کر سکے تھے۔

"کتنے لوگ تھے رے۔"

بھیلی کو لگا یہ سوال پچھلے سات گھنٹوں میں اُس سے سات سو بار کیا جاچکا ہے۔ سوال کی باز گشت دماغ کے اندر باریک باریک نسوں میں ایسا ارتعاش پیدا کرتی جو اُسکے سارے جسم کو جھنجھنا دیتا۔ پولیس تھانے کا شاید ہی کوئی سپاہی رہا ہوگا جس نے اُس سے یہ سوال نہ کیا ہو۔ اس سوال کے ساتھ وہ اپنی ہوس ناک نظروں کے نیزوں سے اُسکے جسم کے اُن حصوں کو بھی کرید ڈالتے جو گاڑھے کی دھوتی اور قمیض سے ڈھکا ہوا تھا۔

چمڑٹولے کے دس بارہ لوگوں کے ساتھ وہ علی الصبح ہی تھانے کے لیے روانہ ہوئی تھی۔ اگر چہ تھانہ پانچ کوس کے فاصلے پر تھا لیکن محفوظ راستے کو اختیار کرنے کے لیے انہیں تقریباً آٹھ کوس پیدل چلنا پڑا تھا۔ بہیڑوں اور خشک نالوں سے گذر کر وہ دن چڑھنے سے پہلے تھانہ پہنچ گئے تھے۔ بھیلی اپنے ننھے بیٹے دیوا کو پڑوس میں چھوڑ آئی تھی۔ وہ سب تھانے کے احاطے میں نیم کے پیڑ کے نیچے دو گھنٹوں سے تھانیدار کا انتظار کر رہے تھے جو دیوان کے بموجب صبح کی گشت

اسے اب تک نہیں لوٹا تھا۔ فرش پر اکڑوں بیٹھ کر انہما ک سے ہتھیلی پر کھینی ملتے جیاون کو دیکھ کر اُسے بے اختیار بیٹے کی یاد آ گئی تھی ۔ زبردست مماثلت تھی باپ بیٹے میں ۔ اکثر جیاون کو دیکھ کر بھیلی کو لگتا کہ دیوا کی کاٹھی لمبی ہو گئی ہے اور دیوا کو دیکھ کر لگتا کہ کسی جادو گرنے جیاون کو اچانک ہی بچہ بنا دیا ہے ۔ جیاون اور دیوا دونوں کے چہرے پر بلا کی معصومیت تھی ۔ بھیلی یہ سمجھ نہیں سکی تھی کہ دیوا کے چہرے کی معصومیت کی وجہ سے اُسے جیاون سے محبت ہے یا جیاون کے چہرے کی سادگی کی وجہ سے اُسے دیوا پیارا ہے ۔ جیاون کی بے وقوف ہونے کی حد تک سادہ لوحی کا گاؤں والے بھلے ہی فائدہ اُٹھاتے رہے ہوں لیکن شوہر کی یہی بچوں جیسی معصومیت بے حد عزیز تھی ۔۔۔ جیاون کے گھر وہ جب سے بیاہ کر آئی تھی اُس نے دُکھ کو غربت کے علاوہ اور کسی شکل میں نہیں دیکھا تھا ۔ جیاون نے اُس کا پتی پرمیشور بننے کی کبھی کوشش نہیں کی ۔ وہ جب تنہا کھیتوں پر نرائی یا کٹائی کی مزدوری سے لوٹتی تو جیاون اصرار کر کے اُس کا بدن دبا دیا کرتا تھا ۔ شوہر سے خدمت کو گناہ سمجھنے والی عام ہندوستانی عورتوں کی طرح بھیلی بھی انکار کرتی رہ جاتی لیکن جیاون اُس کی ایک نہ سُنتا ۔۔۔ وہ جب گھر سے چلی تھی تب دیوا سو رہا تھا ۔ اُسکی جوان نند چھولا ساتھ ساتھ میں تھی، جو رات میں اناج کی ڈیہری کے پیچھے دبک گئی تھی اور ننھے دیوا کے بلکنے کی آوازیں اور بھیلی کی گھٹی گھٹی چیخیں جسکے ضبط کا امتحان لیتی رہی تھیں ۔۔۔

تھانیدار جب موٹر سائیکل پر سوار تھانے کے احاطے میں داخل ہوا تو بھیلی کے ساتھ آنے والے تمام لوگ ہڑبڑا کر اُٹھ کھڑے ہوئے ۔ تھانیدار نے اُن پر ایک اُچٹتی نظر ڈال کر کھپریل کی چھت والے ایک کمرے میں جا کر دروازہ بند کر لیا ۔ وہ سب سہمی نظروں سے دروازے کو تکنے لگے تھے ۔ کچھ دیر بعد دروازہ کھلا ۔ چڑھتی دھوپ کی گرمی میں تھانیدار احاطے کے ہینڈ پر جسم کو خوب مل مل کر نہاتا رہا تھا ۔ چمرٹولہ کے سارے لوگ تھانیدار کے فارغ ہونے کے بعد اپنی طلبی کے اُن صبر آزما لمحات سے گذر رہے تھے جن میں انہیں کوئی سزا سنائی جانے والی ہو ۔ تھانیدار جب خاکی پتلون اور بنیائن پہن کر آم کے ایک گھنے پیڑ کے نیچے رکھی کرسیوں میں سے ایک پر آ کر بیٹھ گیا تب ایک سپاہی نے نیم کے پیڑ کے نیچے آ کر جیاون کو مخاطب کیا ''چل صاحب بلا

رہے ہیں ۔''

جیاون کپکپاتی پنڈلیوں سے تھانیدار کے سامنے ہاتھ جوڑ کر کھڑا ہو گیا۔

''وہ تیری کون ہے رے۔'' تھانیدار نے گرج کر پوچھا۔ جیاون کی تو گھگھی بندھ گئی۔ بڑی مشکل سے اُسکے منہ سے نکلا۔

''گھ...گھ...گھروالی۔''

تھانہ پُکھری کے نام ہی سے جیاون کی روح فنا ہوتی تھی۔ اگر اُس کی چھوٹی بہن چھولا نے اُسے برا بھلا نہ کہا ہوتا تو اس وقت تھانے کے بجائے وہ شراب کے ٹھیکے پر رات کا غم غلط کر رہا ہوتا۔

''تو لا یا ہے سب کو۔'' تھانیدار نے آواز کو رعب دار بنانے کے لیے ڈپٹ کر کہا۔

جیاون نے جلدی سے انکار میں سر ہلا دیا اور گردن گھما کر خشخشی داڑھی والے ہری بنڈی اور تہمد میں ملبوس اُس معمر آدمی کی طرف دیکھنے لگا جسکی عمر اُس کے جفاکش جسم کی چوڑی ہڈیوں سے ظاہر نہیں ہوتی تھی۔

''کون ہے یہ بڈھا؟'' تھانیدار نے مشکوک نظروں سے دیکھتے ہوئے پوچھا۔

''جُمّائی بابا''

''ابے کون برادر ہے؟''

''جولاہا...مسلمان...جمعہ انصاری جحور۔'' جیاون کی زبان خشک ہو کر تالو سے چپکنے لگی تھی۔

تھانیدار نے جُمّائی بابا کو سر کے اشارے سے قریب بلایا۔ جُمّائی بابا تھانیدار کے سامنے ''آداب عرض'' کہہ کر کھڑے ہو گئے۔ تھانیدار اپنی تیز نظروں سے اُنہیں دیکھتا ہا اور جُمّائی بابا اُسکی جانب سے کسی سوال کا انتظار کرتے رہے۔ تھانیدار نے جب یہ محسوس کیا کہ زیرِ کرنے والے نفسیاتی حربے کا مقابل پر کوئی اثر نہیں ہو رہا ہے تو اُس نے دھمکی آمیز لہجے میں کہا۔ ''کوئی فرضی کہانی گھڑ کر سیاست کرنے کی کوشش مت کرنا سمجھے۔''

''کسی جرم کا ایف آئی آر درج کرانا سیاست تو نہیں ہے تھانیدار صاحب!'' جُمّائی کی آواز

میں وہی اعتماد تھا جو ۵ء۴۹۱ میں مسلم لیگ کی تحصیل کی سکریٹری بنانے کی پیشکش کو ٹھکراتے وقت تھا۔ اس وقت اُن کے جسم پر وہی کھادی تھی جو اُنہوں نے ۴۲ء۹۱ میں اختیار کی تھی۔ تھانیدار نے رجسٹر سے سر اُٹھا کر غور سے جُمائی بابا کو دیکھا۔

''چماروں اور مسلمانوں میں آج کل خوب چھننے لگی ہے'' وہ بظاہر ہڑ بڑا یا تھا لیکن یہ جملہ اتنا واضح طور پر اد ا کیا گیا تھا کہ جُمائی بابا با ضرور سن لیں۔

''جاؤ جا کر بیٹھو وہاں۔ چمائن کا بیان لیا جائے گا'' تھانیدار نے ہاتھ جھٹک کر حقارت سے کہا۔

''اُس کا نام بھیلی پاسی ہے تھانیدار صاحب'' جُمائی بابا کو تھانیدار کا یہ رویہ سخت ناگوار گذرا تھا۔

''بھیلی! بہن چو کیا کیا نام رکھ لیتے ہیں یہ چمار چوہڑا'' تھانیدار زور سے ہنسا۔

''نہیں صاحب غریبوں کے عجیب و غریب ناموں کی بھی کوئی نہ کوئی وجہ ہوتی ہے۔ بھیلی کی ماں زمیندار کے کھیتوں میں گنّے کی کٹائی کے بیگار پر گئی تھی وہ پورے دن سے تھی، گنّے کی ایکھوں کے درمیان ہی اُس نے بیٹی کو جنم دیا تھا۔ زمیندار نے زچّہ کے آنچل میں ڈھائی سیر بھیلی ڈال کر نو جات بچی کو بھیلی نام دیا تھا''

''کیا بکواس ہے ...'' داروغہ نے چیخ کر کہا۔ ''یہ سرسری آزادی کے بعد پیدا ہوئی ہوگی عمر کیا ہوگی اسکی ... چوتیس پینتیس سال ... تب کہاں تھی زمینداری بڑے لوگوں کو بدنام کرنے کے لیے کیسی کیسی کہانیاں بنا لیتے ہیں لوگ ۔''

''معاف کیجئے تھانیدار صاحب'' جُمائی بابا چپ نہ رہ سکے۔ ''زمیندار، سرکاری جوت بھی اور کھسرہ کھیتونی پر ضرور ختم ہو گئے ہیں، لیکن عام زندگی میں تو کسی نہ کسی شکل میں موجود ہی ہیں۔'' تھانیدار جُمائی بابا کی نظروں اور لفظوں کی تاب نہ لا کر دیوان کی طرف دیکھ کر بولا ''بلاؤ اس چمائن کو ۔''

نیم کے پیڑ کے نیچے بیٹھی بھیلی کو جُمائی بابا نے اشارے سے بلایا۔ وہ اپنی جگہ سے اُٹھی تھی

کہ پیڑو کے پتنجے سے درد بجلی کی طرح چمک اُٹھا۔ وہ درد کو اپنے دانتوں سے نچلے ہونٹ کے
نیچے دبا کر چھوٹے چھوٹے قدم اُٹھاتی ہوئی جُمائی بابا اور جیاون کے پیچھے سر جھکا کر کھڑی ہوگئی۔
تھانیدار نے بھیلی کے سراپے کا جائزہ جانور کے گوشت کا اندازہ لگانے والی قصاب کی نظروں
سے لیا اور کڑک کر پوچھا۔

"کیا ہوا تھارے تیرے ساتھ؟"

☆☆

ٹھائیں ٹھائیں!
پٹاخے دغے تھے!
آواز پٹاخوں جیسی ہی تھی لیکن اتنی رات گئے کون پٹاخے چھوڑ رہا ہے؟
خوشی کی پھل جھڑیاں چھوٹی دلوں میں تھیں اور خوب پٹاخے دغے تھے چمرٹولے میں ۔
لوگ باگ بے موسم کا ملہار گا کر کھائے بن کھائے ہی بستر پر گر کر، جسمانی تھکن اور مہوہ کی
شراب کے نشے میں ڈوب کر سو گئے تھے۔ نشہ بھیلی کو بھی خوب چڑھا تھا مگر کامیابی کا اور اکثر
کامیابی کا نشہ نیند اُڑا دیتا ہے کیونکہ غیر متوقع کامیابی اور مسرت کو تمام عمر کے لیے محفوظ کر لینے کی
خواہش اور مستقبل کے اندیشے سونے نہیں دیتے ہیں ۔ بھیلی بھی ایسے ہی جذبات سے مغلوب
ہو کر ٹلٹلی لگائے بیٹھا کھ کے اُجلے آسمان پر اپنی قسمت کے شبھ تارے کو ڈھونڈ رہی تھی ۔ وہ تصور ہی
نہیں کر پا رہی تھی کہ اُس کی گذشتہ نسلوں نے جس ذلت کو اپنے سر پر انسانی فضلے کی طرح ڈھویا
ہے اس سر پر گرام پنچایت کی صدر کا سہرا بھی بندھ سکتا ہے ۔ صرف مہینے بھر میں اُسکی زندگی اور
اُس کی سماجی حیثیت اتنی بدل جائے گی اس کا تصور اُسے اب بھی ایک خواب معلوم ہو رہا تھا۔
کھیتوں میں مزدوری کر کے ایک ایک دن کا پہاڑ کاٹنے والی ایک پاسی عورت سے جب
بلاک ڈیولپمنٹ آفیسر نے کہا تھا۔

"بھیلی دیوی ۔ تھارے علاوہ اب کوئی نہیں لڑ سکتا چناؤ اس سیٹ پر۔" تو بھیلی چمرٹولے
کے مردوں عورتوں بوڑھے بچوں کے سامنے حیرت سے منہ کھولے اُس سرکاری افسر کے

چہرے کو تکتی رہ گئی تھی۔

"ٹھکرائن کائی..." بھیلی کے خشک منہ سے بس اتنا ہی نکلا تھا۔

"نہیں وہ بھی نہیں..."

بلاک افسر، جُمائی بابا اور سرکاری اسکول کا مدرّس ہونے کے باوجود سڑک کی مرمت کی ٹھیکیداری کرنے والے ڈلارے ماسٹر نے اُسے بڑی مشکل سے سمجھایا تھا کہ پہلے تو یہ سیٹ عورتوں کے لیے محفوظ تھی اب اسے پسماندہ طبقے کی عورت کے لیے مخصوص کر دیا گیا ہے۔ اس لیے دوار کا ٹھاکر جو خود دس سال گرام پنچایت کے صدر رہ چکے تھے، اب اپنی بیوی کو بھی چناو نہیں لڑا سکتے۔ پچھلے سال پنچایت کی اس سیٹ کو عورتوں کے لیے محفوظ کیے جانے پر وہ اپنی بیوی کو چناو لڑا کر اقتدار کی لونڈی کو پھر اپنے گھر لے آئے تھے۔ اب اُن کی بیوی کے لیے بھی اس سیٹ پر چناو لڑنا ممکن نہیں رہا تھا۔ جُمائی بابا نے ہی بھیلی کا نام تجویز کیا تھا کیونکہ پاسی برادری میں وہ تنہا ایسی عورت تھی جس نے تیسرے درجے تک اسکول کی شکل دیکھی تھی اور جو اٹک اٹک کر خط پتّر پڑھ لیتی تھی۔ چمر ٹولے کے چماروں پاسیوں اور دکھن پورواکے مسلمانوں کا ہجوم جب بلاک پر پرچہ داخل کرنے پہنچا تھا تو دوسری طرف سے ابیر گلال اُڑاتا ایک دوسرا جلوس آ پہنچا تھا۔ آ گے دوار کا بابو تھے ۔ جنہیں دیکھ کر بھیلی نے فوراً آنچل سر پر درست کیا تھا۔ دوار کا بابو کے پتاجی نے ہی اس کا نام رکھا تھا۔ اُن کے پیچھے کچھ عورتیں بھی تھیں بھیلی ہی نہیں جُمائی بابا اور ڈلارے ماسٹر اُن عورتوں میں ٹھکرائن کائی کو اس اندیشے کے تحت ڈھونڈنے لگے کہ کہیں سرکار نے ریزرویشن ختم تو نہیں کر دیا! کچھ ہی دیر میں سارا معاملہ لوگوں کی سمجھ میں آ گیا دوار کا بابو نے اپنے ہل واہ پچھوکری کی بہو کو ریزرو سیٹ پر اپنی طرف سے اُمیدوار بنایا تھا ۔ دوار کا بابو نے بھیلی کے قریب آ کر حقارت سے مسکراتے ہوئے کہا تھا "چل تُو بھی اپنا شوق پورا کر لے ۔ چمر ٹولے والے پولنگ کے دن پچوکی کی بہو کا نشان نہیں بھولیں گے ۔ کیوں جُمائی"۔ جُمائی بابا اس مذاق پر صرف مسکرا دیئے تھے ۔

چمر ٹولہ والوں اور دکھن پُوروا کے مسلمانوں نے جسے دوار کا بابو کا مذاق سمجھا تھا وہ ایک

سنگین تنبیہہ تھی۔ جیسے جیسے چناؤ کا دن قریب آنے لگا دوار کا بابو کا پارہ چڑھنے لگا اور ایک روز اُنہوں نے جیاون کو اپنے مکان پر طلب کر لیا۔۔۔

۔۔۔جیاون جب دوار کا بابو کے مکان سے لوٹ کر گھر آ رہا تھا تب ہوا بالکل تھمی ہوئی تھی اور کچے راستے کے کنارے کھڑے پیڑوں پر جیسے سر اسیمگی طاری تھی اندھیرا پیڑوں کی گھنی شاخوں کے درمیان سے پانی میں گھلتے رنگ کی طرح پھیلتا جا رہا تھا۔ جیاون کے قدم جیسے اپنا ہی بوجھ اٹھانے سے قاصر تھے۔ موسم کا حبس اور سینے کے اندر اتر تا خوف اُسے پسینے سے شرابور کر چکا تھا۔ گھر پہنچ کر جیاون سیدھے چولہے کے پاس جا کر بھیلی کے قریب بیٹھ گیا جو دال چھونک رہی تھی۔ بھیلی نے چہرہ گھما کر جیاون کو دیکھا۔۔۔ چولہے کی لپ لپاتی آگ کی روشنی میں جیاون کا پسینے سے تر معصوم چہرہ بھیلی کو کسی مُردے کی طرح بے رونق نظر آیا۔ اُس نے جلدی سے چھونکا دے کر جیاون سے پوچھا۔

”کا بات بھئی؟“

جیاون نے خوف زدہ آنکھوں سے بھیلی کو دیکھا بھیلی کو وہ ننھے دیوا کی طرح سہما ہوا لگا، جیاون کی آنکھیں ایک دم سے بھر آئیں اور وہ سر جھکا کر دونوں مٹھیوں سے اپنے بالوں کو پکڑ کر بڑی طرح نوچنے لگا اُس کے منہ سے اب ایسی آوازیں نکل رہی تھیں جیسے کوئی اُس کا نرخرہ کاٹ رہا ہو۔ چولہے کے ہلتے زرد اُجالے میں جیاون کا پسینے سے گیلا اور کھلے ہوئے منہ سے رال ٹپکتا چہرہ کسی آدمی کا نہیں پیٹے ہوئے اور درد سے بلبلاتے خارش زدہ کتے کی طرح نظر آنے لگا تھا۔ بھیلی نے اُسے بہت سنبھالنا چاہا لیکن وہ بس بلبلائے جا رہا تھا۔ بڑی مشکل سے بھیلی اُس پر قابو پا سکی تھی۔ تب اُس نے صرف اتنا کہا تھا۔

”نہ دیوا کی مائی نہ۔۔۔ہمرے لوگ نہیں لڑ سکتے چناؤ۔۔۔نہیں لڑ سکتے۔۔۔“

اس سے زیادہ اُس نے کچھ بھی نہیں کہا تھا۔ بھیلی نے لاکھ پوچھا مگر وہ نمناک آنکھوں سے بس انکار میں سر ہلا کر رہ جاتا۔ اُس رات گھر میں کسی نے کچھ بھی نہیں کھایا تھا اور جیاون آنگن ہی میں چارپائی پر لیٹے لیٹے دیا بجھا کر سو گیا تھا۔ دیا بجھا کر جیاون کو جب بھیلی نے چھوا تھا تو وہ درد سے

سیہر اُٹھا تھا۔ بھیلی نے پیٹھ پر ہاتھ پھیرا تو اُس نے اپنی انگلیوں پر اُبھرے اُبھرے برابروں کو محسوس کیا۔ ستاروں کی اُداس روشنی میں جیاون کی بند پلکوں کے کنارے نمی سے چمک رہے تھے۔ بھیلی کے سینے میں ہوک سی اُٹھی اور وہ آسمان کے چمکتے تاروں میں اپنی خوش قسمتی کے تارے کو ڈھونڈنے لگی تب اچانک ہی اُسے اپنی آنکھوں کے کناروں سے ایک گرم لکیر کے بہنے کا احساس ہوا تھا۔

جیاون کی جانب سے جب ڈلارے ماسٹر کو بھیلی کے چناؤ نہ لڑنے کے فیصلے کا علم ہوا تو جُمائی بابا کو جتنا دکھ نہ ہوا ہوگا اُس سے کہیں زیادہ دکھ ڈلارے ماسٹر کو ہوا تھا۔ اُسے لگا وہ جس بیل گاڑی پر سوار تھا اُس کے دونوں بیل، گاڑی کے جوٹھے میں سے نکل کر بھاگے چلے جا رہے ہیں اور وہ آلار گاڑی میں چابک لیے بے بس کھڑا بیلوں کے سموں سے اُڑتی دھول کو دیکھ رہا ہے ... وہ گاڑی اور اُس کے بیلوں کو کسی بھی قیمت پر ہاتھوں سے نکلنے نہیں دینا چاہتا تھا۔ جُمائی بابا کے لیے بھیلی سے زیادہ جیاون کو سنبھالنا مشکل تھا لیکن ڈلارے ماسٹر رات میں اپنے اسکول کی چھت پر جیاون کے ساتھ دو دو پوّے مہوہ پی کر اُسے یہ سمجھانے میں کامیاب ہو ہی گیا کہ چمار پاسیوں کے ووٹ تو پکے ہی ہیں جُمائی بابا کی وجہ سے مسلمانوں کے بھی ووٹ مل جائیں گے اس لیے جیت کو یقینی سمجھو اگر جیت گئے تو بھیلی گرام پنچایت کی صدر برائے نام ہوگی بالکل اُسی طرح جس طرح ٹھکرائن کا کی تھیں، اصلی صدر تو وہی ہوگا۔ اُسی طرح جیسے دوار کا بابو تھے۔ ''تمھرے گھر کے سامنے بھی دربار لگے گا تم جیاون بابو کہلاؤ گے۔'' جیاون کو شدت سے احساس ہوا تھا کہ ڈلارے ماسٹر سے بڑھ کر اُس کا خیر خواہ کوئی نہیں ہے۔ اُس نے کچھ سوچتے ہوئے دھیرے سے پوچھا تھا۔

''جیتنے کے بعد سراب تو پی سکتے ہیں نا؟''

''بالکل اُسی طرح جیسے دوار کا بابو پیتے ہیں''۔

''وہ تو انگریزی بھی پیتے ہیں''۔

''تم کو بھی انگریزی ملے گی''۔

"کیسے...؟"

"بلاک آفیسر صاحب خود ئے پہنچوا دیں گے"۔

"وہ کیسے؟"

"جیسے دوار کا بابو کو پہنچاتے رہے ہیں"۔

اُس رات جیاون کو خوابوں نے اور خوابوں میں شراب کی رنگ برنگی بوتلوں نے بہت للچایا تھا۔ بھیلی پر چناؤ کے دن تک یہ راز منکشف نہیں ہو سکا تھا کہ جیاون چناؤ کے لیے کیسے رضا مند ہو گیا تھا البتہ وہ نمایاں تبدیلی ضرور محسوس کر رہی تھی کہ وہ چناؤ مہم میں بہت مستعدی دکھار ہا تھا جو اُس جیسے کاہل آدمی سے کبھی متوقع نہیں تھی۔

☆☆

ٹھائیں ٹھائیں

پٹاخے پھر دغے تھے۔ بھیلی نے سر گھما کر پہلو میں دیکھا انتھا دیوا بالکل جیاون کی طرح منہ کھولے بے خبر سو رہا تھا اُس کے چہرے پر بلا کی معصومیت تھی۔ اُس کا ایک ہاتھ بھیلی کی گردن سے لپٹا ہوا تھا۔ دفعتاً ایسی آواز ہوئی جیسے کوئی دروازے کو ڈھکیل رہا ہو... کھڑ بڑ کی آواز دروازے ہی کی تھی کہیں جیاون تو نہیں؟ اُس نے سوچا۔ اکثر رات گئے وہ سب کے سو جانے پر دروازے کو ہلا کر اپنی آمد کی خبر دیتا تھا...۔

ٹھائیں ٹھائیں... پٹاخوں جیسی آواز کے ساتھ کچھ شور بھی تھا جو بڑھتا جا رہا تھا۔ انجانے خوف سے اُس نے جھر جھری لی اور دیوا کو سینے سے چمٹا کر اندھیرے میں دروازے کی طرف آنکھیں پھاڑ پھاڑ کر اس خیال کی تصدیق میں دیکھنے لگی کہ دروازہ سچ مچ جیاون ہی نے ہلایا تھا۔ یکبارگی دروازہ زور زور سے ہلنے لگا جیسے کوئی بڑے بڑے پنجوں سے دروازے کو آگے پیچھے ڈھکیل کر اس کی چولیں ڈھیلی کر دینا چاہتا ہو۔

"ہے دیوا کے باپو"۔ بھیلی کے منہ سے یہ مشکل نکلا۔

بھیلی کی خوف زدہ آواز پر وہ شور غالب آ گیا تھا جس میں عورتوں اور بچوں کی چیخیں بھی

139

شامل تھیں جو انتہائی بے کسی میں کسی اظہار کے لفظوں کو کھو دیتی ہیں اور ٹھیٹھ رُلائی میں بدل جاتی ہیں اُس نے سینے سے چمٹ جانے والے دیوا کو دیکھا وہ ماں کے چہرے کو پھٹی پھٹی آنکھوں سے دیکھ رہا تھا۔

چھپر پر سے کچھ سائے دھم سے کچے فرش پر کود دے اُن میں سے ایک دروازے کی طرف بھاگا تھا۔ اب وہ بری طرح کانپ رہی تھی کیونکہ اُسے یقین ہوگیا تھا کہ وہ جو کچھ دیکھ رہی تھی وہ خواب نہیں تھا۔ دروازہ کھلتے ہی باہر کا شور اور پراسرار نظر آنے والے سائے آنگن میں دڑا کر گھسے تھے ... وہ گنتی نہیں کر سکی کہ کتنے سر اُس پر جھکے اپنی انگارہ جیسی آنکھوں سے اُسے گھور رہے تھے ... جسم کی ساری قوت کے ساتھ اُس نے اُٹھنے کی کوشش کی تو کئی کھردرے سخت ہاتھوں نے مکڑی کے مکروہ پیروں کی طرح جکڑ لیا۔ دیوا چیخ چیخ کر رونے لگا تو ایک طاقتور طمانچہ اُسکے منہ پر پڑا اور پھر کسی نے اُسے گردن سے پکڑ کر دروازے سے باہر پھینک کر دروازہ بند کر دیا۔ وہ دیوا کے لیے چھٹ پٹا کر رہ گئی... انہوں نے بڑی پھرتی سے اپنی اپنی دھوتیاں اُتار پھینکیں اور اُس پر ایسے ٹوٹ پڑے جیسے بھوکے گدھ مردار کو نوچتے ہیں ... فرق اتنا تھا کہ گدھ گالیاں نہیں بکتے! وہ اُسے پامال ہی نہیں کر رہے تھے بلکہ اُسے چمار ہونے کی یاد دہانی کراتے ہوئے مغلظات بھی بک رہے تھے۔ اُسکی سمجھ میں نہیں آ رہا تھا کہ وہ آخر چاہتے کیا ہیں۔ اُسکے جسم کو رونددنا چاہتے ہیں! اُس کی آتما کو گندہ کرنا چاہتے ہیں یا اُس کی ذات کو ذلیل کرنا چاہتے ہیں!

بھیلی کے جسم کا ہر عضو درد سے پھٹا جا رہا تھا کانپتی بخار سے تپ رہی تھی کسی آواز پر چونک کر اُس نے چاروں طرف اپنی ڈبڈبائی آنکھوں سے دیکھا اور بے ساختہ اُس کے منہ سے چیخ نکل گئی۔ دُھن والی کوٹھری کے اندھیرے میں کوئی اُکڑوں بیٹھا اُسے گھور رہا تھا بھیلی نے لپک کر چارپائی کے نیچے پڑے پیٹی کوٹ کو کھینچ کر اپنے برہنہ سینے کو چھپانے کی کوشش کی۔

’’ششش ... ششش ... ہم ہیں ری ہم ...‘‘ وہ اندھیرے میں سے باہر نکل آیا۔ جیاون اُس کے سامنے کسی سپاہی کی طرح کھڑا تھا۔ وہ خالی خالی نظروں اور سینے میں اُمڈتے درد کے

ساتھ اُسے دیکھتی رہی ۔ جیاون آہستہ آہستہ زمین پر ا کڑوں بیٹھ گیا اور بھیلی کے رو پڑنے سے پہلے ہی اپنے دونوں ہاتھوں کی مٹھیوں سے اپنے بالوں کو نوچ نوچ کر رونے لگا۔ اُس کی گھٹی گھٹی رُلائی بڑی درد ناک تھی جیسے وہ چیخ چیخ کر رونا چاہتا ہو اور کوئی طاقت اُسے رونے سے روک رہی ہو۔ بھیلی کی آنکھوں سے بے آواز آنسو بہنے لگے ۔

''پورے ٹولے پر پر کوپ ڈھا گئے ہیں ''وہ اپنے کندھے پر چہرہ رگڑ کر آنسوؤں کو پونچھ کر بولا ''تو چنتا نہ کر سبھی کے ساتھ یہی ہوا ہے''۔ جیاون کے اس جملے میں وہی اطمینان تھا جو ایک مصیبت زدہ کمزور شخص کسی دوسرے شخص کو بھی اُسی مصیبت میں مبتلا دیکھ کر خود کو تنہا نہ سمجھتے ہوئے محسوس کرتا ہے۔ بھیلی کو پتہ ہی نہیں چلا کہ اُس کے آنسوؤں کے ساتھ اُس کی سسکیاں بھی نکلنے لگی تھیں۔ اچانک زور کی آواز کے ساتھ دروازہ کھلا ۔ دونوں نے چونک کر دروازے کی طرف دیکھا ہرے رنگ کی بنڈی اور تہمد میں کوئی دروازے پر کھڑا ملگجے اُجالے میں کسی کو تلاش کرنے والی نظروں سے گھور رہا تھا۔۔۔

☆☆

تھانیدار نے ایک گھنٹے کی تفتیش میں درجنوں بار بھیلی سے اُس کے بلاتکار کی باریکیوں پر سوال کیا تھا۔ بے لباس کئے جانے سے لے کر اجتماعی عصمت دری کی تفصیل کو اُس نے اپنے ذہن کے پردے پر کئی بار فلم کی طرح رِوائنڈ کر کے دیکھا تھا۔ ابھی کچھ دیر پہلے تک نسوانی کشش سے عاری اُس کالی کلوٹی عورت میں اُسے کوئی دلچسپی محسوس نہیں ہو رہی تھی لیکن اب ورم زدہ آنکھوں والی اِسی عورت کے جسم کے پیچ وخم میں وہ شہوت انگیز کشش محسوس کرنے لگا تھا۔ وہ اچانک کرسی سے اُٹھ کھڑا ہوا اور اُس نے کسی کی بھی طرف دیکھے بغیر کہا ''پانڈے چمائین کو دفتر میں لے آؤ''۔۔۔اور وہ کھپڑیل کی نیچی چھت والی عمارت میں بنے اپنے دفتر میں چلا گیا۔ کانسٹبل پانڈے نے بھیلی کو اپنے ساتھ چلنے کا اشارہ کیا تو بھیلی نے جیاون کی طرف ایسے دیکھا جیسے وہ تنہا نہ جانا چاہتی ہو۔ پانڈے جیاون کی طرف دیکھ کر تُرخ کر بولا۔

''کیا وہ تمھاری رکھشا کرے گا؟ ارے سالا اسی قابل ہوتا تو پھر اتنے سارے لوگ تمھرا

بلاتکار کر لیتے!''

''ہاں...ہاں...تّوجا بابو ساب ہیں نا...تّوجا''جیاون نے پانڈے کی آنکھوں سے نظریں چراتے ہوئے کہا۔ بھیلی تھکے تھکے قدموں سے سرخ اینٹوں والے تپتے فرش پر چلتی ہوئی تھانیدار کے دفتر میں داخل ہوئی۔ بڑے سے کمرے میں پلنگ جیسی لکڑی کی میز کے پیچھے بیٹھا تھانیدار ماچس کی تیلی سے دانتوں میں خلال کر رہا تھا۔ قصبے میں شاید بجلی چلی گئی تھی۔ کمرے کے اندھیرے کو مشرقی دیوار کی کھڑکی سے آنے والے دن کے اُجالے نے بڑی حد تک کم کر دیا تھا۔ پانڈے اُسے نیم اندھیرے اور تھانیدار کے سپرد کرکے اُلٹے پاؤں لوٹ گیا۔ تھانیدار نے اُسے میز کے قریب آنے کا اشارہ کیا اور بولا ''ہاں اب بتا کیا ہوا تھا تیرے ساتھ؟''

اندھیرے سے مل کر مٹ میلے ہوتے اُجالے میں اُسے تھانیداری آنکھیں لکڑ بگھے کی آنکھوں کی طرح چمکتی معلوم ہوئیں۔ اب کی بار رات کا واقعہ بیان کرتے ہوئے اُس کا حلق بڑی طرح خشک ہو گیا تھا۔

''چوٹ کہاں کہاں لگی ہے؟''

بھیلی نے قمیض کا ڈھیلا آستین کندھوں تک سر کا کر بازو سامنے کر دیا جس پر سرخ خراشیں تھیں۔

''تّو بتا رہی تھی نا تیری چھاتی پر بھی نوچا تھا دانت بھی مارے تھے...؟'' کہتے ہوئے تھانیدار نے قمیض کے دامن میں ہاتھ ڈال دیا۔ وہ لرز کر پیچھے ہٹی۔

''ڈر نہیں جانچ کئے بغیر مقدمہ کیسے درج ہوگا'' تھانیدار نے بیٹھے بیٹھے دوسرے ہاتھ سے اُس کا ایک بازو مضبوطی سے پکڑ لیا اور دوسرے ہاتھ سے قمیض کا دامن سینے تک اُٹھا دیا۔ بھیلی نے اپنے ننگے سینوں کو ایک ہاتھ سے چھپانے کی ناکام کوشش کی کیونکہ دوسرا ہاتھ تھانیدار کی گرفت میں تھا۔ تھانیدار اُس کی اُجلی چھاتیوں کو نظروں سے سہلاتے ہوئے سرگوشی میں بولا ۔

''جانچ میں لکھنا ہوگا نا کہاں کہاں چوٹ آئی ہے'' بھیلی کا جسم ٹھنڈے پسینے سے بھیگ گیا اس نے کراہیت سے آنکھیں میچ کر چہرہ دوسری طرف پھیر لیا۔ وہ اپنی چھاتیوں پیٹ اور ناف

کے اطراف میں لجلجے کیچووں کو رینگتا ہوا محسوس کر رہی تھی ...گرم لجلجے کیچوے پیڑو سے نیچے رینگ رہے تھے اور کمرے میں سانسوں کی غیر متوازن آواز گونج رہی تھی ...کمرے میں اچانک روشنی ہو گئی میز کے اوپر ٹنگا بلب جل اُٹھا اور گھر گھر کی آواز کے ساتھ پنکھا سُست رفتار کے ساتھ چل پڑا تھا۔ بھیلی خود کو سمیٹ کر فرش پر بیٹھ گئی۔ اُسکے پیر کمزوری اور ذلت کے احساس سے کانپ رہے تھے۔ تھانیدار نے جیب میں ہاتھ ڈال کر رومال نکالا اور پسینے سے تر چہرے کو پونچھ کر اپنی ہاتھ کی انگلیوں کو رومال سے رگڑ گڑ کر پونچھنے لگا۔

"اے پہرہ"۔ تھانیدار چیخا "دیوان جی کو بھیجو"۔

چند لمحوں بعد ہی لمبے قد کا دیوان تھانیدار کے سامنے سلام ٹھونک کر آ کھڑا ہوا۔

"اس کا بیان درج کرلو۔ دفعات کے بارے میں ہم بعد میں بتا ویں گے"۔

دیوان سر ہلا کر جانے کے لیے مڑا تو تھانیدار نے کہا "آزاد صاحب کو خبر کر دیں کے تُرنت آئیں"۔

دیوان نے بھی بھیلی کا بیان اکیلے میں یہ کہہ کر درج کیا کہ "مُدعی کے بیان میں کسی کا دخل نہیں ہونا چاہیے"۔ دیوان نے بیان درج کرتے ہوئے دو بار کھینی کو داڑھ میں دبایا تھا اور مسلے ہوئے تمباکو کا عرق قطرہ قطرہ پیتے ہوئے سادہ کاغذ پر بیان درج کیا تھا اس درمیان اُس نے بھی بلاتکار کے مقدمے کے لیے ناگزیر قرار دیتے ہوئے بھیلی کے زخموں کو آنکھوں اور انگلیوں سے دیکھنے کی پوری کوشش کی تھی۔ تھانے میں کیس درج کرنے کا یہ سلسلہ جھٹ پٹا ہونے تک چلا تھا۔ داروغہ اور دیوان نے آتے جاتے نیم کے پیڑ کے نیچے بیٹھی بھیلی کو گرسنگی نظروں سے دیکھتے ہوئے بار بار پوچھا تھا "اس لڑکی کے ساتھ تو کوئی گھٹنا نہیں ہوئی ہے نا! دیوان نے ہمدردانہ لہجے میں یہاں تک کہہ دیا تھا "دیکھو اگر اسکے ساتھ بھی کچھ ہوا ہے تو بتا دو بھونسڑی والوں کو بخشا نہیں جائے گا" "نہیں نہیں اس کے ساتھ کچھ نہیں ہوا ہے"۔ بھیلی جلدی سے بول پڑی تھی۔

راج دوت موٹر سائیکل پر دُبلے جسم، کھچڑی بالوں اور چھدری داڑھی والا جو آدمی تھانے

143

میں داخل ہوا تھا۔ اب تھانیدار کے کمرے سے دیوان کے ساتھ باہر نکل کر سیدھے جیل کر سیدھے بھیلی اور چھولا کے پاس نیم کے پیڑ کے نیچے آ کھڑا ہوا تھا۔ اُس کا منہ پان سے بھرا ہوا تھا اور اُس نے شہادت کی انگلی پر چونا لگائے رکھا تھا۔ "آزاد صاحب پترکار... اخبار والے ہیں۔" دیوان نے متعارف کرایا۔

بھیلی کے ساتھ آئے ہوئے لوگ اُٹھ کھڑے ہوئے بھیلی اور چھولا بیٹھی رہیں۔ آزاد نے لمبے کرتے کی جیب میں سے ایک چھوٹا سا آٹومیٹک کیمرہ نکال کر بھیلی کی جلدی جلدی دو تین تصویریں لے ڈالیں۔ جُمائی بابا کے چہرے پر تردّد دیکھ کر دیوان نے آزاد کا تعارف کراتے ہوئے کہا "آزاد صاحب کی پہنچ سرکار دربار تک ہے۔

"آپ اخبار والوں پر ہی اس ملک کی جمہوریت ٹکی ہوئی ہے۔ اس خبر کو پورے ملک میں پہنچائیے کہ پچھڑوں کو سمان دینے کی حکومت کی کوشش ہمارے لیے کیسے ذلت بن جاتی ہے"، جُمائی بابا کے دل میں اخبار نویسوں کے لیے بڑا احترام تھا۔

آزاد پان کی گلوری سے پھولے منہ کے ساتھ مسکرایا اور بولا ۔ "آپ بالکل چنتا نہ کریں چاچا ظالموں کو نہ پولس چھوڑے گی اور نہ ہی پریس۔ تھانیدار صاحب نے گھٹنا کی جانکاری دے دی ہے لیکن ان کا بیان لینا ہوگا"

جُمائی بابا نے بڑی مشکل سے پیڑوں سے درد سے بے حال بھیلی کو آزاد کے سوالوں کے جواب کے لیے آمادہ کیا تھا۔ دیوان کے کمرے میں جتنا جس موسم کے سبب تھا اُس سے کہیں زیادہ گھٹن بھیلی آزاد کے سوالوں کی وجہ سے محسوس کر رہی تھی۔

"کتنے آدمی تھے؟ کیا تمہیں ننگا کر دیا تھا؟ کپڑے تم نے خود اُتارے تھے یا انہوں نے اُتارے تھے؟ انہوں نے باری باری بلاتکار کیا یا سب ایک ساتھ بلاتکار میں شریک تھے؟ کیا انہوں نے بھی اپنے کپڑے اُتارے تھے؟ کیا سبھوں نے کپڑے اُتارے تھے یا ایک ایک کر کے وہ ننگے ہوئے تھے؟ تم نے شور مچایا تھا؟ کیا تمہارا منہ بند کر دیا تھا؟ بلاتکار چارپائی پر ہوا یا زمین پر؟ اتنے سارے آدمی تھے تو چارپائی ٹوٹی کیوں نہیں؟ بلاتکار کے وقت تم کیا

محسوس کر رہی تھیں؟ کیا بہت تکلیف ہوئی؟ سمبھوگ اور بلاتکار میں تم نے کیا فرق محسوس کیا؟ ہر سوال بھیلی کو ایسا لگتا جیسے پان کے لعاب سے لتھڑی ہوئی بہت ساری زبانیں اُس کے جسم کو چاٹ چاٹ کر لیس دار لعاب سے گیلا کر رہی ہوں۔۔۔ بھیلی کو لگا جیسے اُس کے سر میں کوئی لٹو تیزی سے گھوم رہا ہے وہ سر پکڑ کر زمین پر بیٹھ گئی اور اُسی لمحے میں دروازے پر ایک سائے نے آ کر آواز دی۔

،،بھیلی او بھیلی،،۔

بھیلی آنچل کو سمیٹتی ہوئی اُٹھی اور سیدھے دروازے کی طرف دوڑی۔ دروازے پر جُمائی بابا پریشان سے کھڑے تھے۔ ،،بڑی دیر کر دی۔۔۔؟،، انہوں نے دیوان اور آزاد کی طرف غور سے دیکھتے ہوئے پوچھا۔ بھیلی ہانپتی ہوئی دروازے سے باہر نکل گئی۔ جُمائی بابا بھی تیزی سے بھیلی کے پیچھے چل دیئے۔

تھانے کے احاطے کے پیڑ سیندھ لگانے والے چوروں کی طرح اندھیرے کا کمبل اوڑھے دم بخود کھڑے تھے۔

☆☆

بھیلی جب سے تھانے سے لوٹ کر آئی تھی اُس نے اپنے کو گھر کی چہار دیواری کے درمیان قید کر لیا تھا وہ دیوار کو ذرا سی دیر کے لیے بھی خود سے الگ نہیں کرتی تھی۔ آس پڑوس کی عورتیں اندھیرا پڑنے پر اُس سے ہمدردی کا اظہار کرنے آتیں وہ لیکن خالی خالی نظروں سے اُنہیں دیکھتی اور اُن کی باتیں سنتی رہتی۔ اُسے ہر وقت ایسا لگتا جیسے کانچ کے کنچوں کی طرح چمکتی بے شمار آنکھیں اُسے گھورتی رہتی ہیں۔ جیاون دن میں کئی بار آ کر اُس کی خیریت پوچھتا۔ جب آنگن میں کوئی نہ ہوتا تو منع کرنے کے باوجود اصرار کر کے اُس کا سر اور اُس کی کمر دبانے لگتا۔ وہ بھی سارا وقت خاموش رہتا لیکن اس خاموشی میں بھی بھیلی کو اپنے لیے بے حد ہمدردی اور محبت محسوس ہوتی۔ دیوا اور جیاون کا وجود ہی تھا جو اُسے زندگی سے مایوس نہیں ہونے دیتا تھا۔

چمرٹولہ کے واقعے کو دو روز بھی نہیں گذرے تھے کہ گاؤں میں ٹی وی چینل کے نمائندوں

145

کی گاڑیوں کا تانتا لگ گیا تھا۔ جو جتنا بڑا چینل تھا اسکی وین اتنی بڑی ہوتی تھی۔ ڈش اینٹینا والی یہ موٹریں گاؤں کے بچوں ہی کے لیے نہیں بڑوں کے لیے بھی دلچسپی کا باعث تھیں لیکن بھیلی نیوز چینل والوں کی اس ہوڑ میں، میلے میں مچ جانے والی بھگدڑ میں خود کو بدحواس لوگوں کے پیروں تلے روندتا ہوا محسوس کرنے لگی تھی۔ جب بھی اس طرح کی کوئی وین آتی کام کرنے والے مردوں کے ہاتھ رک جاتے عورتیں منہ کو آنچل سے ڈھک کر گھر کے دروازوں پر آ کر کھڑی ہو جاتیں اور بچے شور مچاتے ہوئے اُن کے پیچھے دوڑ پڑتے۔ پچھلے چار دنوں سے یہ سلسلہ جاری تھا۔

ایک مسکراتی نیوز ریڈر نے تحصیل بابا گنج کے چمر ٹولے اور بھیلی پاسی کا نام پورے ملک میں ٹی وی کے ذریعے گھر گھر پہنچا دیا تھا۔ بابا گنج کے باشندوں کو فخر محسوس ہونے لگا تھا کہ وہ اب پورے ملک میں جانے جاتے ہیں۔ بے وقوف نشیڑی جیاون اچانک ہی علاقے کے لوگوں میں بڑی اہمیت کا حامل ہو گیا تھا۔ ڈلارے ماسٹر نے جس طرح چناؤ لڑنے اور جیتنے کے فوائد جیاون کو سمجھائے تھے عصمت دری کا شکار ہو کر میڈیا میں توجہ کا مرکز بن جانے والی عورت کا شوہر ہونے کے فوائد بھی جیاون کو ذہن نشین کرا دیئے تھے۔ جیاون کو اپنی عزت اور روپیے کی قدر ایک ساتھ سمجھ میں آ گئی تھی۔ اب ڈلارے ماسٹر کا بھیلی کے گھر آنا جانا بڑھ گیا تھا۔ جیاون اور ڈلارے ماسٹر آپس میں کیا باتیں کیا نہ پتہ کرتے رہتے بھیلی کو ڈلارے اور جیاون کا یہ تعلق کچھ عجیب سا لگتا تھا۔ کھینی کھانے والے جیاون کو وہ اکثر سگریٹ پھونکتے ہوئے دیکھتی۔ پہلے وہ اکثر رات میں شراب پیتا تھا لیکن اب وہ دن میں بھی نشہ کرنے لگا تھا۔

بھیلی دکھن والی کوٹھری میں پڑی پھونس کی چھت پر مکھیوں کے تعاقب میں دوڑتی مکڑیوں کو دیکھتی رہتی۔ جب بھی کوئی مکھی مکڑی کے جالے میں پھنس جاتی تو وہ صرف یہی دعا کرتی کہ بھگوان اس مکھی کو اتنی شکتی دے کہ وہ مکڑی کے اس جالے میں سے نکل کر اڑ جائے اس کی ان نیک خواہشوں کو مکڑی کی باریک لیکن مضبوط لمبی ٹانگیں دبوچ لیتیں اور بھیلی کا دم گھٹنے لگتا۔۔۔۔ بھیلی کا دم تو کیمرے کی فلڈ لائٹس اور ان سوالات سے بھی گھٹا جا رہا تھا جو اسے اذیت ناک تجربے کی یاد دلاتے تھے جنہیں وہ بھولنا چاہتی تھی۔ میڈیا والوں کے سوالات اُسے پیر کے

کے زخمی اَنگوٹھے پر لگنے والی ضرب کی طرح درد میں مبتلا کر دیتے اور وہ دونوں ہاتھوں سے چہرہ تھام کر ہانپنے لگتی اور "مظلوم عورت" کی ایک اچھی پوزیشن مل جانے پر اُن کا چہرہ خوشی سے کھل اُٹھتا۔

☆☆

ایک سفید وین کچے راستے پر دھول اُڑاتی گاؤں میں داخل ہوئی اور سیدھے بھیلی کے گھر کے سامنے آ کھڑی ہوئی۔ جیپ میں سے ایک لڑکی اور دو نوجوان ویڈیو کیمرہ اور مائیکروفون کے ساتھ اُترے۔ لڑکی نے جینز اور رنگین بنیان پہن رکھی تھی۔ وین کی اگلی سیٹ کا دروازہ کھول کر ڈرائیور اُترا اور اُس نے گھوم کر دائیں طرف کی اگلی سیٹ کا دروازہ کھولا تو جیاون دھپ سے نیچے کو دھر پڑا و تقریباً دوڑتے ہوئے گھر میں داخل ہوا۔ آنگن میں چھولا بیٹھی آلو کاٹ رہی تھی۔ جیاون کو دیکھ کر وہ چونکی لیکن جیاون سیدھے دکھن والے کمرے میں چلا گیا۔ اندھیرے میں ایک چارپائی پر بھیلی چت لیٹی چھپر کی سوکھی گھاس کے موٹے ریشوں میں لمبی لمبی ٹانگوں والی مکڑی کو بڑی مستعدی سے جالا بنتے ہوئے دیکھ رہی تھی۔

"ارے تُو ابھی تک سوئی پڑی ہے۔ آ گئے ہیں وے لوگ۔۔۔ہم کہے رہے ہیں نا کہ ابھی اور بھی ٹی بی والے آئیں گے۔ چل کپڑا بدل لے"۔

بھیلی نے خالی خالی نظروں سے جیاون کو دیکھا اُس کی چڑھی ہوئی آنکھوں کو دیکھ کر اُسے یہ سمجھنے میں دیر نہیں لگی کہ وہ سویرے ہی سے پی سے پی رہا ہے۔ وہ نظریں ہٹا کر پھر چھت پر کچھ تلاش کرنے لگی۔ دن میں دو تین بار جذبات سے عاری چہروں والے میڈیا کے نمائندوں کے سامنے حاضر ہونا اُن کے سوالوں کے جواب دینا۔ اُن کی ہدایت کے مطابق تصویریں کھنچوانا۔۔۔بھیلی کو اب ناگوار گزرنے لگا تھا۔۔۔

جیاون چارپائی کی پٹی پر بیٹھ گیا اور بھیلی کے سر پر ہاتھ پھیرتے ہوئے بولا "جی ٹھیک نا ہے؟ تُو کچھ کھاتی پیتی بھی تو نہیں ہے۔ جی کیسے ٹھیک رہے گا۔ چل کپڑا بدل لے او لوگ راہ تک رہے ہیں"۔

147

بھیلی بے زاری سے اُٹھ بیٹھی اور اپنی دھوتی کو دیکھتے ہوئے بولی۔

”ابھی تو بدلے ہیں ای دھوتی“۔

”ای نہیں ۔۔ای نہیں اوالی جو اُس رات کو تو پہنے رہی“۔

”کب؟“

”جب بلاتکار ہوا رہا“۔ جیاون کا چہرہ بھی جذبات سے یکسر عاری تھا۔

”دو روز ہوا وہ تو پولس آ کے لے گئی ہے ۔۔۔ثبوت کے لیے“۔

”ارے ہم تو بھول ہی گئے رہے“۔ جیاون اپنے ماتھے پر ہتھیلی مار کر بولا اور پھر بھیلی کی صاف ستھری دھوتی کو دیکھتے ہوئے بولا ”بدل دے اس کو اور نو پھٹی پرانی دھوتی قمیض پہن جلدی سے ۔۔۔ہم باہر کھڑے ہیں“۔

بھیلی اُسے استفہامیہ نظروں سے دیکھنے لگی۔

”ارے پھٹا پُرانا دِکھانا ضروری ہے سمجھی“۔

بھیلی جیاون کو باہر جاتے ہوئے دیکھتی رہی اُسے اپنا بے وقوف ہونے کی حد تک سیدھا سادھا جیاون اب بہت ہوش مند لگنے لگا تھا۔ اُس نے جیاون کو اس طرح باتیں کرتے کبھی نہیں دیکھا تھا۔ وہ تو خود کوئی فیصلہ ہی نہیں کر پاتا تھا۔ لیکن اب وہ میڈیا کے نمائندوں سے بڑے اعتماد سے گفتگو کرنے لگا تھا۔ بھیلی نے دروازے کی اوٹ سے اس وقت بھی اُسے بڑے اعتماد کے ساتھ ٹی وی کے نمائندوں سے باتیں کرتے سنا۔

”نہیں نہیں ۔۔۔وہ بہوت تھکی ہیں۔ اُن کا جی ٹھیک نہ ہے۔ اب جائیے آپ لوگ اُونہیں ملا چاہتی ہیں کسی سے۔ کا کریں بہن جی۔ اُن کا جی ہی اچھا نہ ہے تو کا کیا جائے ۔۔۔جھی ٹی بی والے کل آئے رہے۔ پانچ سو روپیہ دے رہے تھے لیکن بھیلی دیوی نے منا کر دیا۔ جی جب اچھا نہ ہو تو کا کریں گی پانچ سو روپیہ لے کے اُن کے علاج پر اب تک ہجاروں روپیہ کھرچ ہوئے چکا ہے ۔۔۔کھوبی پت غلط کہہ رہے ہیں“۔ جیاون نے بغل میں کھڑے ناخن چباتے بی پت دھوبی سے کہا۔

”ہاں بابو ٹھیکئے تو کہہ رہے ہیں“۔ بی پت نے بھی گواہی دی۔

”بھیا جی گاؤں کے باہر جب ہم نے آپ سے پوچھا تھا تو آپ نے خود ہی کہا تھا کہ آپ بات کروا دیں گے اور اب اچانک...“جینز والی لڑکی سچ مچ پریشان ہوگئی تھی ایک ہی لمحے میں اُس نے اپنے نیوز ایڈیٹر کو چیختے ہوئے سنا تھا۔”یہ کمپیٹیشن کا دور ہے...دس دس نیوز چینل چل رہے ہیں...جس نیوز اینکر کی آنکھیں اور کان کھلے نہیں ہیں اُنہیں گھر بیٹھ جانا چاہیئے“۔

جینز والی لڑکی نے پرس میں سے سگریٹ نکال کر سلگایا پھر اپنے دونوں مرد ساتھیوں کو الگ لے جا کر آہستہ آہستہ کچھ باتیں کرنے کے بعد وہ جیاون کے قریب آئی جو ٹینا نان سے کھٹرا بیڑی پھونک رہا تھا...مٹھی بند کر کے بیڑی کا سُٹا لگاتے ہوئے جیاون میں بھیلی نے کوئی نمایاں تبدیلی محسوس کی وہ سوچنے لگی، کیا تبدیلی آئی ہے جیاون میں؟

لڑکی نے پرس میں ہاتھ ڈال کر کچھ روپئے نکال کر جیاون کی طرف بڑھاتے ہوئے دھیرے سے کچھ کہا۔ جیاون اُس کے ہاتھ سے نوٹوں کو تقریباً جھپٹ کر اپنی بنڈی کی جیب میں ٹھونستے ہوئے بولا۔

”دیکھتے ہیں طبیعت کچھ سنبھلی ہے کی نا...صبح دوائی اور انجیکشن دیئے رہے نا...“جیاون نے یہ جھوٹ بڑے اعتماد کے ساتھ کہا تھا۔

بھیلی نے محسوس کیا کہ خود اعتمادی سے محروم اور ہر وقت سہمے سہمے رہنے والے جیاون کے لہجے میں اب خود اعتمادی آ گئی ہے ویسی ہی جیسے رام نومی کے کرم میں یہ سوانگ بھرنے والے جوانوں میں رام لکشمن ہنومان یا راون کا روپ بھرتے ہی آ جاتی ہے۔لیکن وہ جیاون کی شخصیت میں جس تبدیلی کو محسوس کر رہی تھی وہ اُسے کوئی نام نہیں دے سکی تھی دفعتاً اُسے محسوس ہوا کہ جیاون کے چہرے پر دیوا کے بچپن کی وہ معصومیت نہیں رہی جو اکثر اُسے ننھے دیوا جیسا بنا دیتی تھی۔بھیلی نے جیاون کو گھر کی طرف آتے دیکھا تو وہ اُلٹے پاؤں لوٹ کر دکھن والی کوٹھری میں چارپائی پر دھپ سے بیٹھ گئی۔

”ارے اب تلک دھوتی نا بدلی؟“جیاون نے اپنے دونوں ہاتھ کمر پر رکھ کر جھنجھلا کر کہا۔

"جی اچھا نا ہے"۔ کہتے ہوئے بھیلی چار پائی پر لیٹ گئی اور اپنا باز و موڑ کر آنکھوں پر رکھ لیا۔

جیاون نے اُسے سمجھانے منانے کی بہت کوشش کی لیکن بھیلی ٹس سے مس نہ ہوئی۔

جیاون نے گردن کو ذرا سا خم کر کے اپنی جیب میں جھانکا اور پانچ پانچ سو روپے کے دو نوٹوں سے نکلنے والی تیز کرنوں نے اُس کی آنکھوں کو خیرہ کر دیا۔

"دیکھ، دیوا کی مائی دن بھر ہم دونوں کھیتین میں مجوری کرتے ہیں تب کہیں جا کر دونوں جنے چالیس پچاس روپے پاتے ہیں"۔ اُس نے جیب سے چمکتے نوٹوں کو نکال کر بھیلی کے سامنے لہراتے ہوئے کہا "ذرا سی دیر کے لیے منہ اُتارے ٹی بی کے سامنے کھڑے ہو جانے پر اتنا سارا روپیہ مل جاتا ہے تو کون بڑائی ہے۔" بھیلی نے جیاون کی طرف اُسے دیکھا جیاون کے ہاتھ کا روپیہ کوٹھری کے اندھیرے کی وجہ سے ٹھیک طرح سے تو دکھائی نہیں دیا البتہ جیاون کی آنکھیں لومڑی کی آنکھوں کی طرح چمکتی محسوس ہوئیں۔

"چل کو نو بات نہیں اسی دھوتی میں فوٹو کھنچا لیتے ہیں ... چل اُٹھ کر بیٹھ جا"۔ جیاون نے روٹھ جانے والے بچے کو منانے والے انداز میں پچکارتے ہوئے کہا اور اُس کے ردِعمل کا انتظار کئے بغیر ہی اُٹھ کر باہر چلا گیا جہاں نیوز چینل کے نمائندے بڑی بے صبری سے اُس کا انتظار کر رہے تھے۔ جینز والی لڑکی اُس کی طرف لپک کر آئی "کیا کہہ رہی ہے ...؟"

جیاون کے چہرے پر سنجیدگی طاری ہو گئی "جی اچھا نا ہے ۔ سمجھا رہا ہوں"۔

جینز والی لڑکی نے پرس میں سے سگریٹ کا پیکٹ نکال کر ایک سگریٹ ہونٹوں سے لگائی اور پیکٹ جیاون کی طرف بڑھا دیا۔ اُس نے سگریٹ کا پیکٹ لے کر اُس میں سے ایک سگریٹ کو نکال کر ہونٹوں میں دبایا اور کر پیکٹ کو اپنی بنڈی کی جیب میں رکھ لیا۔ جینز والی لڑکی سگریٹ سلگانے کے بعد جیاون کے چہرے کو تکنے لگی۔

"طبیعت کو کیا ہو گیا ہے؟ علاج تو چل ..."۔ لڑکی نے ہمدردی دکھانے کے لیے کہا۔

"علاج پر بہوت کھرچا ہو رہا ہے پندرہ سو روپیہ کی دوائی لانا ہے"۔

لڑکی نے اپنی جھنجھلاہٹ پر قابو پاتے ہوئے غور سے جیاون کے چہرے کو پڑھنے کی

کوشش کی۔ تین سو کیلو میٹر کے واپسی کے دشوار سفر کے تصور سے اُسے ہول اُٹھنے لگا۔ اتنی دور آ کر اتنی سنسنی خیز ہیومن اسٹوری کو مِس کرنے کا خیال وہ کر ہی نہیں سکتی تھی۔ اُس کے ہونٹ ناگواری سے سکُڑ گئے اس نے پرس میں سے کچھ روپے نکال کر جیاون کی طرف بڑھا دیئے۔ ’’ اب تو آ جائے گی اُس کی دوائی‘‘۔

’’ہاں ... ہاں ... اب آ جائے گی ...‘‘ جیاون کی بانچھیں کھل گئیں اور اُس نے لڑکی کی انگلیوں میں سے روپے چھین لیے خوشی سے دمکتے چہرے کے ساتھ وہ بھیلی کے پاس پہنچا۔ بھیلی دروازے میں گُم سم کھڑی تھی۔ جیاون نے وہیں سے مڑ کر چینل کے نمائندوں کو چیخ کر آنے کے لیے کہا... جینز والی لڑکی نے کیمرہ میں کو مختلف زاویے سے بھیلی کو شوٹ کرنے کی ہدایت کی پھر اس نے بھیلی کو آنگن میں بلاتکار والی چارپائی پر بٹھا کر اُس پر اُنہیں سوالات کی بوچھار کر دی جن کے جواب دیتے دیتے وہ کراہیت محسوس کرنے لگی تھی... کتنے آدمی تھے؟ تم کس کس کو پہچانتی ہو؟ بلاتکار کے وقت تمہارا پتی کہاں تھا؟ تمہارے کپڑے پھاڑ ڈالے تھے یا اُتار پھینکے تھے؟ بلاتکار کے بعد تمہاری کیا حالت تھی؟ تمہارے پتی کا کیا ردِعمل تھا؟ تمہیں کیا محسوس ہوا تھا؟ ... بھیلی کو لگا یہ سوال نہیں بے شمار ہاتھ ہیں جو ایک ایک کر کے اُس کے کپڑے نوچ رہے ہیں ...

شوٹنگ سے فارغ ہو کر انہوں نے چھولا کی گود میں اونگھتے ننھے دیوا کے ہاتھ میں ایک چیونگم پکڑا دیا۔ وہ تینوں تیزی سے جیپ کی طرف بڑھے جیاون بھی اُن کے پیچھے پیچھے جیپ تک آیا۔ وہ خاموشی سے جیپ میں سوار ہوئے اور جیاون کے منہ پر جیپ کا دھواں اور راستے کی گرد اُڑا کر چلے گئے۔

☆☆

بھیلی یک ٹک کالے آسمان کو تک رہی تھی جہاں بے شمار ستارے لمبی لمبی سانسیں لے رہے تھے۔ ہوا تھمی ہوئی تھی اور گرمی یکلخت بڑھ گئی تھی۔ دفعتاً دروازہ ہلکی سی چرمراہٹ کے ساتھ کھل گیا۔ دروازے کے کھلنے اور بند ہونے کی آواز پر بھیلی نے کوئی توجہ نہ دی جیسے اُس نے

151

یہ آواز سنی ہی نہ ہو...اُس نے ٹھرّے کی تیز بو کے ساتھ اپنے اوپر پسینے سے تر جسم کا باؤ محسوس کیا اُس نے کراہیت سے اپنا منہ دوسری طرف پھیر لیا۔

"جی کیسا ہے رے"۔ جیاون کی آواز نشے سے بہک رہی تھی۔ "بہت تھک گئی ہے نا...لا بدن دبا دوں"۔

بھیلی کو لگا پتلے اور نو کیلے استخوانی پنجے کسی مکڑی کی ٹانگوں کی طرح اُس کے کندھوں اور بازوں میں کھبتے جا رہے ہوں۔ اُس نے شدید کراہیت محسوس کی اور چار پائی سے اُٹھنے کی کوشش کی لیکن جیاون نے اُسکے کندھوں پر اپنے ہاتھوں کا دباؤ ڈال کر اُسے چار پائی پر گرا دیا۔ بھیلی چار پائی پر چت پڑی اُسکی نظروں نے دیکھا بہت سارے دبلے پتلے غیر مرئی سائے آنگن کی چھت سے دھم دھم نیچے کود پڑے ہیں۔ انہوں نے چار پائی کو گھیر لیا ہے اور بڑی سرعت سے اُسکے کپڑے نوچ رہے ہیں۔ بھیلی کی سانس رکنے لگی۔ اُس نے اپنے پورے جسم کی قوت سے اپنے اوپر جھکے جیاون کو دھکا دے کر نیچے گرا دیا۔ جیاون نشے سے بوجھل حواس کو سمیٹ کر اٹھ کھڑا ہوا اور غور سے بھیلی کو دیکھنے لگا جو چار پائی پر پیر لمبے کئے بدحواس سی بیٹھی اُسے بڑی بڑی آنکھوں سے گھور رہی تھی۔ الجھے ہوئے بالوں میں وہ بڑی ڈراونی لگ رہی تھی۔ جیاون نے سوچا "صدمے سے دماغ خراب ہو گیا ہے سسُری کا" وہ اُٹھ کر چار پائی کی پٹی پر بیٹھ گیا۔ بھیلی اُس کی طرف بے یقینی سے دیکھتے ہوئے گھٹنوں کو سینے سے لگا کر سمٹ کر بیٹھ گئی۔ جیاون نے ہاتھ بڑھا کر اُس کے کندھے کو چھونا چاہا۔ "دور رہو...کہاں نا دور رہو..." وہ چیخ پڑی اور جیاون جیسے نیند سے چونک اٹھا۔

"ہم ہیں ری ہم جیاون"۔ جیاون نے اُسے بازوں میں بھرنا چاہا بھیلی کی ناک میں نو سادر کی تیز بو سوزش پیدا کرنے لگی، اسے ابکائی سی آئی اور اس نے جیاون کی گرفت سے آزاد ہونے کی کوشش میں اپنے دونوں ہاتھوں سے اُس کا منہ نوچ لیا۔ جیاون بلبلا اٹھا اور جھومتے ہوئے اُسے غور سے ایسے دیکھنے لگا جیسے پہچاننے کی کوشش کر رہا ہو۔ بھیلی کا یہ سلوک اُس کے لیے غیر متوقع تھا۔ بھیلی نے بڑھ کر دروازہ کو چوپٹ کھول دیا۔ اس کے چہرے کی

وحشت نے جیاون کو ڈرا دیا تھا۔

”بھیلی…“ جیاون کی آواز نشے سے نہیں انجانے خوف سے لرز گئی۔

”باہر نکلو“ بھیلی اتنی زور سے چیخی کہ دھن والی کوٹھری میں گہری نیند میں سوئی چھولا بھی جاگ گئی اس سے پہلے وہ کچھ سمجھ پاتی، اُسے جیاون کی آواز آئی۔ ”اے بھیلی تیرے سر پے پریت آ گیا ہے کا…“

”پریت تو تُو بن گیا ہے نکل باہر!“ بھیلی اتنی زور سے چیخی کہ جیاون کا کلیجہ کانپ اُٹھا اور وہ چپ چاپ دروازے سے باہر نکل گیا اور پھر اس نے اپنے پیچھے دروازہ بند ہونے کی کانوں کو پھاڑ دینے والی آواز سنی۔ بھیلی تیز قدموں سے چلتی ہوئی چارپائی پر آ کر لیٹ گئی اُسے اس وقت ایسا سکون محسوس ہو رہا تھا۔ جیسے اُسکا سر دم گھونٹ دینے والے گہرے پانی میں سے اچانک باہر نکل آیا ہو…۔ اُس نے نیند میں ڈوبے ننّھے دیوا کو دیکھا ادھورے چاند کی روشنی میں اُس کا چہرہ بچپن کی فطری معصومیت سے روشن تھا۔ بھیلی کے سینے میں بے پناہ پیار اُمڈ آیا اور اُس نے دیوا کے بچپن کو اپنی بانہوں میں سمیٹ کر گہرے سکون سے آنکھیں موند لیں۔

○○

ایک چھوٹا سا جہنم

کسی کے چیخنے اور گولیاں چلنے کی تیز آوازیں تھیں جو چار راتوں سے متواتر جاگتے رہنے والے اعصاب کو جھنجھوڑ کر آنکھیں کھولنے پر مجبور کر رہی تھیں ۔ لذت آمیز تھکن سے بھاری پلکیں بس نیم وا ہو کر رہ گئیں ۔ نظر کی سیدھ میں وہ ایسے گھورنے لگا جیسے اپنے حواس مجتمع کر رہا ہو لیکن لوہے کی پرشور کھڑکھڑاہٹ اور کسی عورت کے رونے اور گڑ گڑانے کی آوازیں، گاڑھے سیال کی قطرہ قطرہ بوندوں کی طرح مضمحل اعصاب پر ٹپک رہی تھیں اور ہر قطرے میں سے لاکھوں دیدہ و نادیدہ بوندیں فضا میں بہت سست رفتار سے اڑ کر پھیل رہی تھیں ۔ سامنے بہت لمبی تاریک راہداری میں دور کوئی سفید کپڑوں میں کھڑا تھا جس کے چہرے اور پیروں پر اندھیرا پڑ رہا تھا ۔ سفید لباس والے نے وہیں سے اپنے ہاتھوں کو لمبا کر کے اس کے کندھوں کو اپنے قومی الجثہ پنجوں سے جھنجھوڑا ۔ آنکھیں پٹ سے کھلیں اور یکبارگی رونے چیخنے اور گولیاں چلنے کا شور پانی کے سرکش ریلے کی طرح اس کے کانوں سے ٹکرایا ۔ ۔ ۔

''ڈاکٹر نائیک'' ۔ ۔ ۔ سفید کپڑوں والی نرس اس کے کندھوں کو ہلا رہی تھی ۔

''جلدی چلیئے نیچے جھگڑا ہو رہا ہے ۔ ۔ ۔'' نرس کی آواز کانپ رہی تھی ۔

نیچے سے کسی عورت اور آدمی کے زور زور سے جھگڑنے اور لوہے کے جنگلے کے ہلنے کی آوازیں آ رہی تھیں ۔ ڈاکٹر نائیک نے جلدی سے پیروں میں سلیپر ڈالا اور سیڑھیوں کی طرف

لپکا۔اس درمیان پھر گولیاں چلنے کی آواز آئی۔ سیڑھیاں اتر کر ایک لمبی راہداری سے گزر کر جب وہ مین گیٹ پر پہنچا تو اس نے دیکھا کہ اسپتال کا چوکیدار اور ایک جونیر ڈاکٹر جنگلے کے دوسری طرف کھڑی ایک عورت سے زور زور سے بحث کر رہے ہیں۔ بدحواس عورت نے ایک نوجوان کو بغل میں ہاتھ دے کر سہارا دے رکھا ہے جو کمر سے آگے کر طرف جھول رہا ہے۔ نوجوان کی قمیض خون سے سرخ ہو رہی ہے۔

''کیا بات ہے؟'' ڈاکٹر نائیک نے قریب پہنچ کر کہا اور اسی درمیان پھر کہیں ایک گولی چلی۔

''اس لڑکے کو پولیس کی گولی لگی ہے اور یہ عورت ۔۔۔'' جونیر ڈاکٹر مڑ کر ڈاکٹر نائیک سے بولا

''گھر میں گھس کر میرے بیٹے کو گولی مار دیا پولیس نے ڈاکٹر صاحب ہم ادھر رحمت چال میں رہتے ۔۔۔۔''

''ادھر سب غنڈے لوگ رہتے ہیں'' چوکیدار بات کاٹ کر بولا ''صاحب لوٹ مار کر رہا ہو گا اسی لیے گولی ۔۔۔۔''

زخمی نوجوان کا جسم اتنا جھول گیا تھا کہ اس کے دونوں ہاتھ زمین کو بس چھونے والے تھے اور عورت اسے اپنی پوری طاقت سے سنبھالنے کی کوشش میں بری طرح ہانپ رہی تھی۔ ڈاکٹر نائیک کو محسوس ہوا جیسے وہ اس زخمی نوجوان کو جانتا ہے ۔۔۔ ارے ہاں یہ تو شہزاد ہے، شہزاد! اس نے سر کو جھٹکا جیسے کسی خیال کو جھٹک رہا ہو۔

''اس کے پاس پیسہ نہیں ہیں اور وہ اسے اسپتال میں داخل کرانا چاہتی ہے۔ بغیر ایڈوانس کے ہم اسے کیسے ایڈمٹ کر سکتے ہیں'' جونیر ڈاکٹر بولا ''اور پھر یہ تو پولیس کیس ۔۔۔''

''شٹ اپ!'' ڈاکٹر نائیک کا چہرہ سرخ ہو گیا۔ ''دروازہ کھولو'' اس نے چوکیدار کو ڈانٹ کر کہا

☆

اگر آدھے گھنٹے کے مزید تاخیر ہو جاتی تو وہ نوجوان شاید نہ بچتا۔ ڈاکٹر نائیک نے فوراً ہی

155

آپریشن کرکے سینے کے پنجر میں پھنسی گولی کو نکال دیا تھا۔ عورت کے پاس پیسے تو نہیں تھے لیکن اس نے خون میں سنے خالی آنچل کو پھیلا کر آسمان پر بیٹھے اپنے خدا سے زمین کے اس ہند و خدا کے حق میں جو دعائیں دی تھیں اگر خدا کے فرشتے ان دعائیہ لفظوں کو ثواب میں منتقل کرتے تو ڈاکٹر نائیک کے لیے جنت کے دروازے شاید اسی لمحے کھولنے پر مجبور ہو جاتے۔ لیکن ڈاکٹر نائیک کو اس عورت کی دعاؤں سے زیادہ سکون اس تصور نے پہنچایا تھا کہ ”میں نے شہزاد کو بچا لیا!“

تین روز سے فسادات میں ایسے شدت آ گئی تھی جیسے کوئی سلگتی لکڑی پر مٹی کا تیل چھڑک دے۔ ڈاکٹر نائیک چار روز سے اپنے پرائیوٹ اسپتال میں پڑا ہوا تھا اُسے پہننے اور کھانے کا ہوش نہ تھا۔ باہر کے کرفیو نے اسپتال کی ویرانی میں وحشت پیدا کر دی تھی۔ دو روز سے شہر کا شاید ہی کوئی گوشہ فساد سے محفوظ تھا۔ شہر کے مختلف حصوں میں جھونپڑ ابستیاں جل رہی تھیں یا پھر جل کر خاکستر ہو جانے کے بعد سلگتے اپلوں کے ڈھیر کی طرح دھواں چھوڑتی دکھائی دیتی تھیں۔۔۔ ملک کے کسی بھی گوشے سے فساد کی کوئی خبر آتی تو ڈاکٹر نائیک کو اختلاج ہونے لگتا اور نظروں کے سامنے شہزاد کا چہرہ گھومنے لگتا۔ خون میں لت پت ایک لڑکی کی بانہوں کے سہارے گھسٹتا ہوا، پتھرائی آنکھوں سے خلا میں گھورتا ہوا شہزاد کا زرد چہرہ اس سے صرف یہی سوال کرتا کہ ”مجھے کیوں مار دیا گیا؟“

شہزاد اس کا بچپن کا دوست تھا۔ دونوں نے ساتھ ہی ہائی اسکول کیا تھا۔ پھر شہزاد اپنے والد کے انتقال کے بعد ماں کے ساتھ علی گڑھ اپنے ماموں کے یہاں چلا گیا تھا اور علی گڑھ یونیورسٹی میں داخلہ لے لیا تھا۔ دوسرے سال نائیک بھی شہزاد کے اصرار پر علی گڑھ گیا تھا جہاں اس کی ملاقات شہزاد ہی سے نہیں سیما مشرا سے بھی ہوئی تھی جو پتا نہیں کیسے اس بے ڈھنگے شہزاد کو دل دے بیٹھی تھی۔ علی گڑھ سے واپسی کے بعد نائیک کو شہزاد اور سیما کے خط برابر آتے رہے۔ پھر ایک دن علی گڑھ میں فرقہ وارانہ فساد ہو گیا۔ چھ سات ہفتوں تک شہزاد یا سیما کا کوئی خط نہیں آیا۔ فسادات کی ہولناک خبروں کے درمیان دونوں کی خاموشی نے نائیک کو بے چین

کر رکھا تھا ۔فسادات سے کافی پہلے شہزاد کے ایک خط سے پتہ چلا تھا کہ سیما کے رشتے داروں کو
اسکا شہزاد کے ساتھ ضبط ربط پسند نہیں تھا اور وہ اس پر دباؤ ڈالنے لگے تھے کہ وہ یونیورسٹی چھوڑ
دے ۔سیما کے پاس دباؤ سے نجات حاصل کرنے کا واحد ذریعہ تھا سول میرج! کورٹ میرج
کے معاملے میں شہزاد کے دوستوں میں بھی دو گروپ بن گئے ہندو دوست کورٹ میرج میں
شریک نہیں ہوئے لیکن شہزاد کے مسلمان دوستوں نے اسے نہ صرف حوصلہ دیا بلکہ بڑے جوش
و خروش کے ساتھ شادی میں شریک بھی ہوئے ۔شادی کے بعد سیما اپنے گھر اور رشتے داروں
کے دباؤ سے باہر نکل آئی تھی لیکن شہزاد کے ماموں پر محلے والوں نے اپنی سخت ناراضگی کا
اظہار کر دیا تھا کہ ایک ہندو لڑکی کو بغیر کلمہ پڑھائے گھر میں رکھ کر وہ اپنے بھانجے کی ،حرام کاری
،میں برابر کے شریک ہیں ۔ماموں شہزاد سے بہت پیار کرتے تھے اس لیے وہ خاموش تھے
لیکن ماں اپنی پریشانی اور خوف کو چھپانے کی ہر کوشش میں ناکام ہو رہی تھی ۔

شہزاد نے اپنے آخری خط میں لکھا تھا ۔"ماموں جان مجھے بچپن ہی سے بہت عزیز رکھتے
ہیں ۔میں انہیں اپنے پیار کی یہ سزا نہیں دینا چاہتا کہ وہ محلے والوں کے طعنوں اور دھمکیوں کو
خاموشی سے تنہا سہتے رہیں اور اندر ہی اندر گھٹتے رہیں ۔میں جلد ہی ماموں جان کا گھر چھوڑ دوں
گا۔۔۔" یونیورسٹی کے وہ مسلمان دوست جو شہزاد کی شادی میں پیش پیش تھے وہ بھی اب یہ مطالبہ
کرنے لگے تھے کہ شہزاد سیما کو کلمہ پڑھوا دے ۔سیما مذہب تبدیل کرنے کے لیے قطعی تیار
نہیں تھی اور شہزاد دین میں جبر کے سخت خلاف تھا ۔جس کا نتیجہ یہ نکلا کہ اس کے اپنے دوست
دشمن بن گئے اور شہزاد یونیورسٹی میں تنہا رہ گیا ۔ پھر ایک دن علی گڑھ میں فرقہ وارانہ فساد ہو گیا ۔
پچھے سات ہفتوں تک شہزاد یا سیما کسی کا خط نہیں آیا ۔فسادات کی ہولناک خبروں کے درمیان
دونوں کی خاموشی نے نائیک کو بے چین کر رکھا تھا ۔

ایک روز سیما کے ایک طویل خط کے ذریعے ڈاکٹر نائیک کو پتا چلا کہ یونیورسٹی کیمپس کے
باہر بھری دو پہر میں سیما کی نظروں کے سامنے شہزاد کو بلوائیوں نے گھیر کر گیتی مادی ۔خط کے
الفاظ تصویر بن گئے ۔۔۔سیما اُسے بچانے کی کوشش کر رہی ہے اور خود بھی زخمی ہو گئی ہے ۔خون کو

شہزاد کے پیٹ پر لگے گہرے زخم میں سے ابل کر پتلون کو بھگو چکا ہے ۔اس کی بے بس نظریں سیما کو دیکھ رہی ہیں ۔سیما اپنے زخمی ہاتھ کی پروانہ کرتے ہوئے شہزاد کی بغل میں ہاتھ دے کر اسے اٹھاتی ہے ۔عورت کا حوصلہ آدمی کی قوت بن جاتا ہے ۔شہزاد سیما کے سہارے گھسٹ رہا ہے ۔کیمپس کا صدر دروازہ اور پھر لمبی سڑک! سانس اکھڑنے لگتی ہے ۔آنکھیں بند ہوتی جاتی ہیں اور سیما کی بانہوں میں شہزاد کا سر ڈھلک جاتا ہے ۔۔۔نائیک نے یہ پتہ کرنے کی بہت کوشش کی کہ شہزاد کو کن لوگوں نے اور کیوں قتل کر دیا تھا ۔کوئی اسے سیما کے رشتے داروں نے قتل کر دیا تو کوئی کہتا اسکے مسلمان دوستوں نے ہی قتل کر دیا تھا ۔شہزاد جیسے نیک صفت انسان کی موت نائیک کے لیے صدمہ ہی نہیں ایک معمہ بھی بن گئی تھی ۔

ڈیوٹی نرس نے ریٹائرنگ روم میں آ کر جب روشنی کی تو ڈاکٹر نائیک کو ایک کرسی کی پشت پر دونوں ہاتھ رکھے جھکا ہوا پایا ۔نائیک نے سر اٹھا کر نرس کی طرف دیکھا اُسکی آنکھیں خشک لیکن چہرہ پسینے سے تر تھا ۔

''آپ ٹھیک تو ہیں ڈاکٹر''نرس نے اس کے چہرے پر پھیلی ہوئی وحشت کو دیکھ کر پوچھا ۔

''آئی ایم آل رائٹ''اس نے تھکی ہوئی آواز میں کہا اور جگ سے پانی گلاس میں انڈیلنے لگا ۔نرس نے کندھے اچکائے اور چلی گئی ۔آسمان کے کناروں پر آگ کی لپٹوں کی سرخ روشنی فوس کی طرح پھیلی ہوئی تھی ۔نیچے ٹرک کی آواز ابھری ۔دھندلی روشنی والے لیمپ پوسٹوں کے درمیان فوجی جوانوں سے بھرے ٹرک کا دھندلا سایہ ہاتھی کی طرح رینگتا ہوا گزر گیا ۔

☆

ڈاکٹر نائیک نے راؤنڈ لے کر ان تمام مریضوں کو چیک کر لیا تھا جن کی حالت تشویش ناک سمجھی جا رہی تھی ۔اپنا اطمینان کر لینے کے بعد ریٹائرنگ روم میں آ کر اس نے گھڑی اتار کر میز پر رکھنے سے پہلے وقت دیکھا ۔رات کے سوا بارہ بج رہے تھے ۔ایزی چیئر پر نیند پوری کرنے کے ارادے سے اس نے پیروں کو سامنے رکھی تپائی پر رکھ کر اپنے اعصاب کو ڈھیلا چھوڑ دیا ۔۔۔

کوئی کراہ رہا تھا۔ دردناک آواز میں کسی کو مدد کے لیے پکار رہا تھا۔ آواز گھٹی گھٹی لیکن بے پناہ کرب میں ڈوبی ہوئی تھی۔ وہ ہڑبڑا کر اٹھ بیٹھا۔۔۔۔ یہ۔۔۔۔ یہ۔۔۔۔ آواز تو شہزاد کی ہے۔۔۔۔ یہ کیسے ہو سکتا ہے۔ اس نے بیٹھے بیٹھے سوچا لیکن آواز شہزاد ہی کی تھی۔ وہ ایک دم سے اٹھ کھڑا ہوا اور نیچے آ کر کرفیو کی پروا کیے بغیر اپنی کار کو ڈرائیو کرتے ہوئے قبرستان کی طرف نکل گیا۔

کچی پکی قبروں کے درمیان وہ جھک کر ہر قبر کا کتبہ پڑھتے ہوئے چل رہا تھا۔ اس نے کندھے پر ایک بڑا سا بیگ اٹھا رکھا تھا۔ اچانک ہی وہ ایک قبر کے سامنے ٹھٹک کر کھڑا ہو گیا جس پر شہزاد کا نام اور اس کی تاریخ وفات درج تھی۔ اس نے بیگ زمین پر رکھا اور اس میں سے کدال نکال کر جلدی جلدی قبر کو کھودنے لگا۔ وہ پتا نہیں کب تک قبر کو کھودتا رہا۔ وہ پسینے سے شرابور ہو چکا تھا لیکن اس کے ہاتھ بڑی سرعت سے چل رہے تھے۔

کچھ دیر بعد اس کے سامنے گہرے گڑھے میں کفن میں لپٹی ہوئی لاش تھی۔ اس نے قبر میں اتر کر لاش کو کندھے پر لاد لیا تو اسے اپنے کندھوں پر حرارت کا احساس ہوا۔

"لاش گرم ہے"۔ اس نے سوچا "نہیں نہیں کفن کے اندر رکھا جسم گرم ہے۔"

لاش کو قبر کے کنارے رکھ کر اس نے بڑی بے صبری سے کفن کی گرہیں کھول ڈالیں۔ چہرے پر سے سفید کپڑا ہٹایا۔۔۔۔ شہزاد کا چہرہ اس کے سامنے تھا۔ ماتھے پر ایسی سلوٹیں تھیں جیسے وہ درد کو ضبط کر رہا ہو۔ اس نے جھک کر لاش کے سینے پر سر رکھ دیا۔ دل کے دھڑکنے کی آواز اسے بہت دور سے آتی محسوس ہوئی۔ اس نے جیسے ہی سر اٹھایا لاش نے ایک لمبی سانس لے کر آنکھیں کھول دیں اور مُردہ خود ہی کفن سے اپنے دونوں ہاتھ باہر نکال کر دھیرے دھیرے اٹھ کر بیٹھ گیا۔

"اچھا ہوا تم آ گئے۔ میرا دم گھٹ رہا تھا۔" شہزاد نے چاروں طرف دیکھتے ہوئے نحیف آواز میں کہا اور پھر جھک کر اپنے پپوٹوں کو سہلانے لگا۔ ڈاکٹر نائیک نے دیکھا کہ سینے کے نیچے بائیں طرف ایک گہرا خشک زخم تھا جس کے آس پاس کھر نڈسی جمی ہوئی تھی۔

"اس روز جب تم سیما کے ساتھ کالج جا رہے تھے تب کیا ہوا تھا شہزاد؟" وہ سوال جو نائیک کو

دس برسوں سے پریشان کیے ہوئے تھا، پوچھ بیٹھا۔

''انھوں نے مجھے چاروں طرف سے گھیر لیا تھا اور یہ دیکھو یہاں گپتی گھسیڑ دی تھی۔'' کہتے ہوئے وہ زخم سہلانے لگا۔

''کیوں مارا تھا انہوں نے مجھے؟'' شہزاد نے اس کی آنکھوں میں اپنے بے نور دیدوں سے گھورتے ہوئے پوچھا۔

''تمھیں نہیں معلوم'' نائیک نے پوچھا۔

''بتاتے تھے دنگا ہو گیا ہے اور مجھے مار دیا۔ میں تو دنگے میں شامل نہیں تھا! میں نے کسی کو ایک تمانچہ بھی نہیں مارا تھا پھر انہوں نے مجھے کیوں مار دیا سدھیر؟ شہزاد نے اس کے بچپن کا نام لے کر پکارا۔

''مجھے پتا نہیں''

''تمھیں پتا ہے سدھیر تمھیں پتا ہے۔'' اس نے اپنی ٹھنڈی آنکھوں سے نائیک کی آنکھوں میں جھانک کر کہا۔ میں بمبئی میں تھا اور تم علی گڑھ میں۔ مجھے کیسے پتا ہو سکتا ہے۔'' نائیک نے پریشان ہو کر کہا۔

''تمھارا دوست ہونے کے باوجود انہوں نے مجھے نہیں بخشا۔'' اس کی آواز کافی سرد ہو چلی تھی۔

''لیکن وہ بمبئی سے اتنی دور مجھے کیسے جانتے۔۔۔''

''وہ تمھارے دھرم کے لوگ تھے۔ ہزاروں میل کے فاصلے پر بھی وہ جس طرح میرے مذہب کی شناخت کر کے مجھے مار سکتے ہیں اسی طرح وہ تمھاری مذہبی شناخت کی وجہ سے تمھیں چھوڑ سکتے ہیں اور اگر تم وہاں ہوتے تو تم بھی اپنے دھرم کے لیے ان کے ساتھ شامل ہو جاتے''

''یہ تم کیا کہہ رہے ہو شہزاد؟''

''پھر تم ہی بتاؤ انہوں نے مجھے کیوں مارا؟''

"میں نہیں جانتا‘‘ نائیک گھبرا کر پیچھے ہٹا۔

"میں جانتا ہوں‘‘ اس نے سرد لہجے میں کہا "میں مسلمان تھا اس لیے انہوں نے مجھے مار دیا وہ ہندو تھے اس لیے انہوں نے سیما کو چھوڑ دیا اور تم بھی ہندو ہو اس لیے وہ تمہیں بھی چھوڑ دیتے۔‘‘ پھر وہ نائیک کی آنکھوں میں اترتے ہوئے بولا "ہم دھرم کے نام پر مارے اور چھوڑے جا رہے ہیں اس لیے تم بھی ان کے ساتھ مجھے مارنے کے لیے مجبور ہو جاتے۔۔۔‘‘

"نہیں ۔۔۔ نہیں ۔۔۔ نہیں‘‘ وہ زور سے چیخا اور درختوں پر پرندے کریہہ آواز میں بری طرح شور مچانے لگے۔

شور اتنا شدید تھا کہ اس کی آنکھ کھل گئی۔ ٹیوب کی روشنی میں اس کی آنکھیں چندھیا گئیں۔ اس کا سارا جسم پسینے میں شرابور تھا۔ ایک عجیب سا بے ہنگم شور سنائی دے رہا تھا جیسے کچھ لوگ زور زور سے باتیں کر رہے ہوں۔ بھاری بوٹوں کے ساتھ چل رہے ہوں۔ وہ فوراً ہی کمرے سے باہر نکل آیا۔ سامنے سے نرس اسی کی طرف دوڑی چلی آ رہی تھی۔ اسے دیکھتے ہی وہ چیخی "کوئی وی آئی پی پیشنٹ ہے ڈاکٹر نائیک، جلدی چلیے آپ کو بلا رہے ہیں۔‘‘ کہہ کر وہ ایک دم واپس مڑ گئی۔

"کون ہے‘‘ اس نے لمبے لمبے قدم بڑھاتے ہوئے پوچھا۔

"پتا نہیں۔ کافی پولس سیکورٹی ہے ان کے ساتھ۔‘‘ نرس نے اسی رفتار سے چلتے ہوئے جواب دیا۔

اسٹریچر ٹرالی کے اطراف دو کالے لباس والے باڈی گارڈ چوکنی نظروں سے چاروں طرف دیکھ رہے تھے۔ ساتھ ہی ایک پختہ عمر کی عورت تھی جس کی آنکھوں کا تفکر اسے مریض کا کوئی قریبی رشتے دار بتا رہا تھا۔ چار پانچ نوجوان تھے جن کے چہرے سے وحشت ٹپک رہی تھی۔ نائیک نے اسٹریچر کو اپنے پیچھے لانے کا اشارہ کیا اور یہ سوچتا ہوا کہ اسے امنیشن روم کی طرف چل دیا کہ۔۔۔‘‘ آخر یہ وی آئی پی پیشنٹ کون ہو سکتا ہے؟

اکزا منیشن روم میں نائیک نے سفید چادر سے جھانکتے مریض کے چہرے کو جیسے ہی دیکھا تو

پتہ نہیں باہر سڑک پر یا اس کے سینے میں تڑ تڑ تڑ بے شمار گولیاں چلیں اور یکبارگی ہزاروں لوگوں کی درد ناک کراہیں بلند ہوئیں ۔۔۔ یہ وہی تھا ۔۔۔ ہاں وہی بالکل وہی تنگ پیشانی موٹی سی ناک، بھینچے ہوئے پتلے پتلے ہونٹ ۔۔۔ ایک لمحے کو اس کا دماغ مغشل ہو گیا ۔ نفرت، کراہیت اور غصے نے اس کی آنکھوں کے سامنے چنگاریاں بکھیر دیں ۔ مریض کے ساتھ آنے والے تمام لوگ اس کی بدلتی کیفیت کو حیرت سے دیکھنے لگے ۔ اس نے فوراً اپنے آپ پر قابو پالیا ۔ عورت نے بڑھ کر اپنا تعارف کرایا وہ مرض کی بیوی تھی ۔

"شام سے بہت نارمل تھے ۔" وہ اپنی انگلیاں مروڑتے ہوئے رو ہانسی آواز میں بولی ۔

"نارمل تھے!" ۔۔۔ وہ چونکا ۔ شہر جل رہا ہے اور یہ نارمل ۔۔۔

"آٹھ بجے کے اس پاس انھوں نے تھوڑی سی ڈرنک لی تھی ۔ پھر کھانا کھا کر ویڈیو پر فلم دیکھی تھی ۔ تب بھی ٹھیک ٹھاک تھے ۔ کومیڈی فلم تھی خوب ہنستے رہے تھے ۔"

کومیڈی فلم دیکھ کر ہنس رہے تھے ۔ سوچ کر اس کے جبڑے بھنچ گئے ۔

"بارہ بجے وہ سوئے تھے اور پھر سارھے بارہ، ایک بجے کے اس پاس اچانک اٹھ بیٹھے تھے ۔ سینے میں درد کی شکایت کی اور پھر بے ہوش ہو گئے تھے ۔" عورت کی آنکھیں بھر آئیں ۔

"کیا اس سے پہلے بھی اس طرح ۔ میرا مطلب ہے دل کا دورہ ۔۔۔" ڈاکٹر نائیک نے بہت سنبھل کر کہا لیکن لہجے کی کرختگی کم نہ ہوئی ۔

دو سال پہلے پڑ چکا ہے ۔" عورت نے اس کے بہت قریب آ کر سرگوشی کی اور پھر اس کے پاس کھڑے اپنے ساتھ آنے والوں کو دیکھنے لگی ۔

"کیا بات ہے آپ اتنی راز داری سے ۔۔۔"

"ہاں وہ نہیں چاہتے کہ ان کی بیماری کے بارے میں کسی کو کچھ معلوم ہو ۔" عورت نے پھر اسی طرح سرگوشی کی ۔

ڈاکٹر نائیک نے فوراً ہی بلڈ پریشر چیک کیا، کارڈیوگرام لیا ۔ یہ سب کچھ کرتے ہوئے اس نے اپنے دل میں مریض کے لیے ہمدردی کا کوئی جذبہ محسوس نہیں کیا ۔ مریض کو انٹیسیو کیئر

یونٹ میں داخل کرنے کے بعد اس نے مریض کی بیوی کے علاوہ تمام لوگوں کو اسپتال سے چلے جانے کے لیے کہا۔

”ہم ان کی حفاظت کے لیے ہیں“ ایک باڈی گارڈ نے سختی سے کہا۔

” اس وقت انہیں تمہارے نہیں ہمارے تحفظ کی ضرورت ہے“ نائیک کی آواز سرد تھی۔

”لیکن ان کی جان کو خطرہ ہے۔“

”انکی جان کو کسی دشمن سے نہیں اس وقت صرف یم دوت سے خطرہ ہے اور تم لوگ یم دوت کو اپنی اس کار بائن گن سے نہیں مار سکتے اوکے لیو ہم الون“۔

یہ کہتے ہوئے نائیک نے اس عورت کی طرف ضرور دیکھ لیا تھا جس کی آنکھیں یہ سنتے ہی خوف سے پھیل گئی تھیں۔

”او بھگوان ۔“ عورت سسکنے لگی ”اب میں کیا کروں ۔“ اس نے ایک اچٹتی سی نگاہ عورت پر ڈالی پھر آئی سی یو میں داخل ہو گیا۔

مریض کے دل کو اس نے کارڈیو گرام اور اسکرین مونیٹر سے منسلک کر دیا تھا اب دل کی ہر دھڑکن کارڈیو گرام اور مونیٹر اسکرین پر منعکس ہو رہی تھی۔ عورت کو اس نے آئی سی یو کے باہر لگی بینچ پر بیٹھنے کی اجازت دے دی تھی۔ ایک نرس کو مریض کی کیفیت پر نظر رکھنے کے لیے مامور کر دیا تھا۔ وہ جب آئی سی یو سے باہر آیا تو اس نے دیکھا ایک بیس اکیس سال کا نوجوان اس عورت کے قریب بیٹھا اسے دلاسہ دے رہا ہے اور چار پانچ نوجوان ان کے اطراف خاموشی سے کھڑے ہیں۔ عورت نے اسے دیکھتے ہی کہا۔ ”یہ میرا بیٹا ہے۔“

”ماں بیٹے میں سے کوئی ایک ہی یہاں رہ سکتا ہے۔“ اس نے پیشہ ورانہ سفاکی سے کہا جو اس کے مزاج کا حصہ نہیں تھی۔

بیٹا جب اپنے نوجوان ساتھیوں کے ساتھ لفٹ کی طرف بڑھا تو اس کی چال نے اس نے بتا دیا تھا کہ اس کے پیر باپ کی بیماری کے صدمے سے نہیں نشے سے لپکپا رہے ہیں۔

ریٹائرنگ روم میں آ کر نائیک نے تھرماس سے چائے پیالی میں انڈیلی اور چسکیاں لیتے

ہوئے وی آئی پی مریض کی بابت سوچنے لگا جس کی تصویر وہ متعدد بار اخبارات میں دیکھ چکا تھا ۔فسادات کے دوران وہ اپنی حیثیت سے زیادہ ہی توجہ کا مرکز بن جاتا تھا۔اس کی ایک للکار پر شہر میں زندگی مفلوج ہو جاتی تھی اس کے منہ سے نکلے ہوئے لفظ شرارے بن کر زندہ بستیوں کو خاک کر دیتے تھے۔

شہزاد کو ایسے ہی سلگتے لفظوں نے منوں مٹی کے نیچے وقت سے بہت پہلے دبا دیا تھا۔۔۔ اس خیال نے نائیک کے جسم کے ایک ایک رویئں میں سوئیاں چبھو دیں۔ یہ رات اب مریض سے کہیں زیادہ اس پر بھاری تھی۔۔۔!

صبح اسپتال کے باہر وی آئی پی مریض کے معتقدوں کا ہجوم لگ گیا تھا ۔وہ اپنے محبوب رہنما کو دیکھنا چاہتے تھے لیکن ڈاکٹر نائیک نے سختی سے منع کر دیا تھا۔صرف اس کی بیوی اور بیٹا دو ہی لوگ اسے دیکھ سکتے تھے اور اسپتال میں ٹھہرنے کی اجازت صرف اس کی بیوی کو تھی۔

دو پہر میں نائیک نے بلڈ پریشر،کارڈیوگرام اور نبض کو چیک کیا۔حالت اب بھی خطرے سے باہر نہیں ہوئی تھی ۔آئی سی یو کے نیم روشن کمرے میں اس کے سینے تک کمبل پڑا ہوا تھا۔ اس نے قریب جا کر کمبل کمر تک الٹ دیا اسے جو قمیض پہنائی گئی تھی اس کے سارے بٹن کھلے رکھے گئے تھے تا کہ کارڈیوگرام اور مونیٹر کے وائر کو سینے سے جوڑا جا سکے۔ہنسلی اور پسلیوں کی ہڈیاں مچھلی کے کانٹے کی طرح نمایاں تھیں گردن سوکھی لکڑی کا ٹھونٹھ لگ رہی تھی دو روز کی داڑھی کے باریک سفید بال اس کی اصل عمر بتا رہے تھے۔البتہ سر کے بال بالکل سیاہ تھے وہ یقیناً ڈائی کیے ہوئے تھے۔آنکھوں کے نیچے سیاہ حلقے بہت صاف دکھائی دے رہے تھے جو موٹے فریم کی عینک میں چھپ جاتے تھے۔نائیک نے اس کا دایاں ہاتھ چھوا۔استخوانی پنجہ اور باریک سی کلائی پر ایک سیاہ دھاگا بندھا ہوا تھا۔

کیا یہی ہے وہ آدمی جس کے ایک اشارے پر کسی ذبح کیے جانے والے جانور سے بھی حقیر بنا دی جاتی ہے انسانی زندگی! کیا یہی ہے وہ آدمی؟ ایسا کیا ہے اس کے جسم میں جس نے اسے اتنا سفاک بنا رکھا ہے؟ یہ نحیف جسم جسے دمہ،ڈائی بٹیس اور ارتھرائٹس کے مرض نے جکڑ رکھا ہے

جس کی آنکھیں طاقتور ریشوں والے چشمے کے بغیر زندگی کو حقیقی رنگ میں نہیں دیکھ سکتیں۔ جس کے ہاتھوں میں اتنی قوت بھی نہیں ہے کہ اس کے ایک تماچے سے کسی کے گال پر ورم آجائے ۔۔۔۔ پھر کیا ہے اس آدمی کے اندر کہ لوگ اس کے نام ہی سے خوف زدہ ہو جاتے ہیں؟ ڈاکٹر نائیک کا جسم اپنے ہی خیالات اور سوالات کی حرارت سے تپنے لگا۔

اس نے غور سے اس کے چہرے کی طرف دیکھا۔ تکیے پر سر تھوڑا سا ڈھلکا ہوا تھا اور نیم وا آنکھوں میں سے جامد سیاہ دیدے ایک پتلی لکیر کی طرح دکھائی دے رہے تھے۔ بالائی ہونٹ ناک میں آکسیجن کی نلکی کی وجہ سے قدرے کھلا ہوا تھا۔ جس کے پیچھے زرد دانت نمایاں تھے۔ انتہائی نفرت سے وہ سر سے پیر تک لرز گیا۔ اس آدمی کو زندہ رہنے کا کوئی حق نہیں ہے۔ اس کی موت بہت سارے لوگ کو بے وقت موت سے محفوظ رکھ سکتی ہے اور۔۔۔۔ نائیک نے اسے بیڈ پر چاروں شانے چت پڑا پایا اس نے پھرتی سے آپریشن کرنے والی بڑی سی چھری اٹھائی اور اس کے سینے پر درپے وار کرنے لگا۔ اس کے سینے پیٹ اور نرخرے پر چھری کے ہر وار پر خون کا فوارہ سا پھوٹ پڑتا۔ نائیک پوری قوت سے اس پر وار کر رہا تھا اور چھری اس کے جسم میں ایسے گھستی جیسے وہ انسان نہیں ربڑ کا کوئی گڈا ہو۔ خون چھری کے ہر وار کے ساتھ اڑ کر نائیک کے چہرے کو داغدار کر رہا تھا اور بیڈ پر پڑے اس بے حرکت شخص کا منہ ایسے بگڑتا جا رہا تھا جیسے اس کے ربڑ جیسے جسم میں بھری ہوا خارج ہو رہی ہو اور وہ گیس کے غبارے کی طرح پچکتا جا رہا ہو۔۔۔۔

اپنے ہی خیالات سے گھبرا کر نائیک آئی سی یو سے باہر نکل آیا۔ پسینے کی موٹی موٹی بوندیں اسکی پیشانی اور کنپٹی پر رینگنے لگیں۔ ریٹائرنگ روم میں جا کر وہ ایزی چیئر پر گر پڑا ''نہیں نہیں یہ کیسے ہو سکتا ہے ۔۔۔۔ یہ کیسے ہو سکتا ہے ۔ میں ایک ڈاکٹر ہوں ۔ ہمارے پیشے میں کوئی بھی مریض ہماری پناہ میں ہوتا ہے تو پھر میں ۔۔۔۔ میں کسی کی جان کیسے لے سکتا ہوں ۔ آخر مجھے کیا حق پہنچتا ہے کسی کی جان لینے کا ۔۔۔۔'' اس کی پیشانی اور ہتھیلیاں سرد ہو گئی تھیں۔

ریٹائرنگ روم کے اس حصے میں جہاں ٹیوب لائٹ کی روشنی اندھیرے کے سامنے دم توڑ رہی تھی

،ایک سفید سایہ کھڑا تھا۔ نائیک نے محسوس کیا کہ وہ سفید سایہ قدم اٹھائے بغیر ہی اس کے ٹھیک سامنے آ کھڑا ہوا ہے۔ اس کے چہرے پر نظریں پڑتے ہی نائیک کے منہ سے بے ساختہ نکلا ۔"شہزاد!" ٹیوب کی دو دھیا روشنی میں اس کا پیلا چہرہ بے جان نظر آ رہا تھا۔

"لیکن اسے بھی تو کسی کی جان لینے کا حق نہیں ہے" شہزاد نے پلکیں جھپکائے بغیر اس کی آنکھوں میں سرد نظروں سے دیکھتے ہوئے سرگوشی میں کہا "اس کے بیانات اس کی تقریریں اب تک سینکڑوں لوگوں کی جانیں لے چکی ہیں۔"

"یہ بیماری ہی تو اس کی سزا ہے۔ اس کا جسم جس اذیت میں مبتلا ہے یہی تو قدرت کا انصاف ہے"۔ نائیک نے کرسی پر سیدھا ہوتے ہوئے کہا۔

"لیکن یہ تو بیہوش ہے۔ اس کے احساسات نیم خوابیدہ ہیں۔ میڈیکل سائنس کے آلات بھی اس کے درد اور تکلیف کی پیمائش نہیں کر سکتے ہیں اور اس کے جسم اور دماغ کو اس کا پتا اس وقت تک نہیں چلے گا جب تک وہ ہوش میں نہیں آ جاتا۔ وہ ہوش میں تب ہی آئے گا جب اس کی اذیت کم ہو جائے گی۔ اس وقت اسے نہ تو اس اذیت کا کچھ پتا ہے اور نہ ہی اس کرب کا کوئی احساس ہے جو اس کا جسم جھیل رہا ہے"۔ نائیک کو شہزاد کی سرگوشیاں اسپتال کی گہری خاموشی میں بڑی خوفناک محسوس ہوئیں۔

"ایک اچھا موقع ہے سدھیر تیرے پاس۔۔۔ اٹھ۔۔۔ بڑھ اور ختم کر دے ختم کر دے ۔۔۔ ختم کر دے!" اسے لگا جیسے شہزاد اس کے کان میں زور زور سے چیخ رہا ہے۔

ڈاکٹر نائیک اچانک ایسے اٹھ کھڑا ہوا جیسے اس نے کوئی فیصلہ کر لیا ہو۔ دونوں ہاتھوں کو پتلون کی جیب میں ڈال کر وہ تیزی سے آئی سی یو کی طرف چل پڑا۔ اسے لگا جیسے عقب سے شہزاد اسے گھور رہا ہے۔ برآمدے کا موڑ کاٹ کر وہ جیسے ہی آئی سی یو کے دروازے پر پہنچا سسکیوں کی آواز نے اس کے قدموں کو جکڑ لیا۔ آئی سی یو کے باہر پڑے صوفے پر مریض کی بیوی گھٹنوں میں سر دیئے سسک رہی تھی۔ نائیک کے قدموں کی آواز پر عورت نے سر اٹھا کر اسے ڈبڈبائی سرخ آنکھوں سے دیکھا اور خود پر قابو پانے کی کوشش میں اس کا نچلا

ہونٹ بری طرح لرزنے لگا۔

کسی عزیز رشتے دار کے سر پر منڈلاتے موت کے گہرے سائے ہمیں کتنا خوف زدہ اور بے بس بنا دیتے ہیں۔اس نے عورت کی آنکھوں میں ٹھہرے ہوئے کرب کو دیکھ کر سوچا۔

عورت خالی خالی نظروں سے اسے گھورتی رہی جیسے وہ نائیک کی آنکھوں میں کوئی تحریر پڑھنے کی کوشش کر رہی ہو۔

"وہ ٹھیک تو ہو جائیں گے نا ڈاکٹر؟"عورت تقریباً رو پڑی۔"میرا بیٹا ابھی ناسمجھ ہے۔بھگوان نہ کرے انہیں کچھ ہو گیا تو۔۔۔۔"اس کی آنکھوں سے آنسو نکل پڑے۔

ہم ایسا کبھی ان کے بارے میں کیوں نہیں سوچتے جو شاید ہماری وجہ سے غم،خوف اور بے بسی میں مبتلا ہیں۔یہ جملہ زبان کی نوک تک شعلہ بن کر آیا لیکن عورت کی آنکھوں کے آنسوؤں میں بجھ گیا اور وہ اسی طرح سر جھکائے آئی سی یو میں داخل ہو گیا۔

سفید بستر پر اس کا وہ نحیف و لاغر جسم پڑا ہوا تھا جس کے تحفظ کے لیے حکومت کے مہیا کردہ دو مسلح باڈی گارڈ اور اس کے اپنے معتقدوں کا ایک ٹولہ ہر وقت اُسے گھیرے رہتا تھا۔داڑھی کے بال دو روز میں اور بڑھ آئے تھے۔چہرے پر زردی کچھ گہری ہو گئی تھی۔مونیٹر گذشتہ ۲۱ گھنٹوں سے دل کی دھڑکن کو تقریباً نارمل دکھا رہا تھا۔نائیک مریض کے قریب جا کر اس کے چہرے پر جھکا ہی تھا کہ مریض نے نقاہت سے دھیرے دھیرے آنکھیں کھول دیں۔دونوں کی نظریں ٹکرائیں اور نائیک کے اندر چھپا ہوا نفرت کا سارا طوفان اس کے بدن میں کپکپی پیدا کر گیا۔

"اب کیسی طبیعت ہے آپ کی؟"نائیک نے دھیرے سے پوچھا۔مریض نے کہنے کے لیے ہونٹوں کو کھولا لیکن ۳۶ گھنٹوں کی غشی نے بولنے کی قوت کو متاثر کیا تھا۔ہونٹ ہل کر رہ گئے لیکن نائیک کو اس کی آنکھوں میں خوف کی بے نوری صاف نظر آئی۔مریض اب آنکھوں کے ڈھیلوں کو گھما کر بار بار دروازے کی طرف دیکھ رہا تھا۔جیسے اسے نائیک ہی سے ڈر لگ رہا ہو۔ہمیشہ شناسا چہروں اور اپنے معتبر لوگوں میں رہنے کی عادت نے اسے ایک اجنبی ڈاکٹر کے

وجود سے ڈرا دیا تھا۔ نیم روشنی میں صرف مشینیں تھیں اور ایئرکنڈیشن کی ہلکی ہلکی آواز تھی۔

مریض کے ہونٹ پھر ہلے اور کچھ الفاظ ادا ہوئے لیکن آواز اتنی مدہم تھی کہ وہ کچھ سمجھ نہ سکا۔ وہ مریض کے چہرے کے قریب اپنے کان لے آیا۔

''میرا بیٹا۔ میری بیوی''۔ کمزور اور پھنسی پھنسی آواز میں مریض نے پوچھا۔

نائیک خاموش کھڑا اسکی آنکھوں میں دیکھتا رہا۔

''کہاں ہیں سب؟'' آواز تو بہت دھیمی تھی لیکن ہونٹوں کی جنبش سے اس نے مفہوم سمجھ لیا۔

مریض کی آنکھیں اس کا جواب سننے کے لیے پارے کی طرح ہل رہی تھیں۔ اس کی بے صبری اپنی بیوی اور بیٹے سے ملنے کے لیے نہیں تھی بلکہ وہ فسادات میں ان کے محفوظ ہونے کا اطمینان کرنا چاہتا تھا۔ ڈاکٹر نائیک کی خاموشی اس کی بے چینی میں اضافہ کرتی جا رہی تھی۔ مریض کے گال کا بتلا سا گوشت پھڑکنے لگا اور اس کے ہونٹوں کی کپکپاہٹ بڑھ گئی جیسے وہ کچھ کہنا چاہتا ہو اور کہہ نہ پا رہا ہو۔ بستر پر پڑی اس کا دایاں سوکھا سا ہاتھ لرزنے لگا جیسے وہ چادر کو پکڑ کر اٹھنا چاہتا ہو۔ اس کے ہونٹ پھر ہلے اور ڈاکٹر نائیک کی نظریں دل کی رفتار دکھانے والے مانیٹر پر پڑی۔ روشنی کا سبز سیال نقطہ نارمل کے گراف سے کچھ اوپر پر چل رہا تھا۔ مریض کے اضطراب کو دیکھ کر اسے محسوس ہوا جیسے وہ کوئی خدا ہو اور اس کی اپنی مٹھی میں ایک چھوٹا سا جہنم ہو جسے وہ اپنی مرضی اور خواہش کے مطابق استعمال کر سکتا ہو۔ مریض کی آنکھیں بے یقینی خوف اور بے چارگی سے پھٹی ہوئی تھیں۔

نائیک نے مریض کی آنکھوں میں غور سے دیکھا جیسے آنکھوں سے دماغ کی کیفیت کو سمجھنا چاہتا ہو اس کی آنکھوں میں ایسی بے چینی تھی جیسے وہ کسی غیر یقینی صورت حال کو نائیک کی آنکھوں میں پڑھنا چاہتا ہو۔ اس کی ہر اساں آنکھوں میں پھر وہی سوال تھا۔ ''میرا بیٹا کہاں ہے؟''

نائیک پلکیں جھپکائے بغیر اس کے چہرے پر جھک گیا اور اپنے ہونٹوں کو سختی سے ایسے بھینچ لیا جیسے وہ ایک لفظ بھی اپنی زبان سے نہیں ادا کرنا چاہتا ہو۔

”تم۔۔۔ کچھ۔۔۔ بولتے کیوں نہیں۔“ مریض کی نحیف آواز کانپنے لگی۔

نائیک کی سفاک خاموشی مریض کے دل میں سویّوں کی طرح چھبنے لگی۔ میں یہاں پڑا ہوں اور وہ سب پتا نہیں کس حال میں ہوں گے؟ محافظتوں کو ختم کر کے مکان کی چار دیواری کو پھاند کر کوئی بھی اندر داخل ہو سکتا ہے۔ پہرے دار اور سیکورٹی والے اس خون خرابے میں کہیں اپنے بیوی بچوں کی حفاظت کے لیے نہ چلے گئے ہوں۔۔۔ پھر میرے گھر اور میرے بیوی بچوں کی حفاظت کون کر رہا ہوگا۔۔۔ مریض کی آنکھیں خوف اور اندیشوں سے نم ہو گئیں دل ایک جزیرے کی طرح امڈتے آنسوؤں میں ڈوبنے لگا۔۔۔ مانیٹر کے اسکرین پر سبز نقطہ مریض کے دل کی طرح ایک بار پھر مضطرب ہو گیا۔

تمہیں آرام کی سخت ضرورت ہے۔ ٹیک ریسٹ“ ڈاکٹر نائیک نے جھک کر اس کا کانوں میں سرگوشی کی۔ اس کی آنکھیں دہشت سے پھیل گئیں۔ ڈاکٹر نائیک خود کار دروازے کو کھول کر اسے آئی سی یو کے سرد کمرے کی سفاک خاموشی کے سپرد کر کے باہر نکل آیا۔۔۔ اور وہ خوف اور بے چارگی سے بند دروازے کو ایسے تکنے لگا جیسے اسے کسی کی آمد کا اندیشہ ہو۔

OO